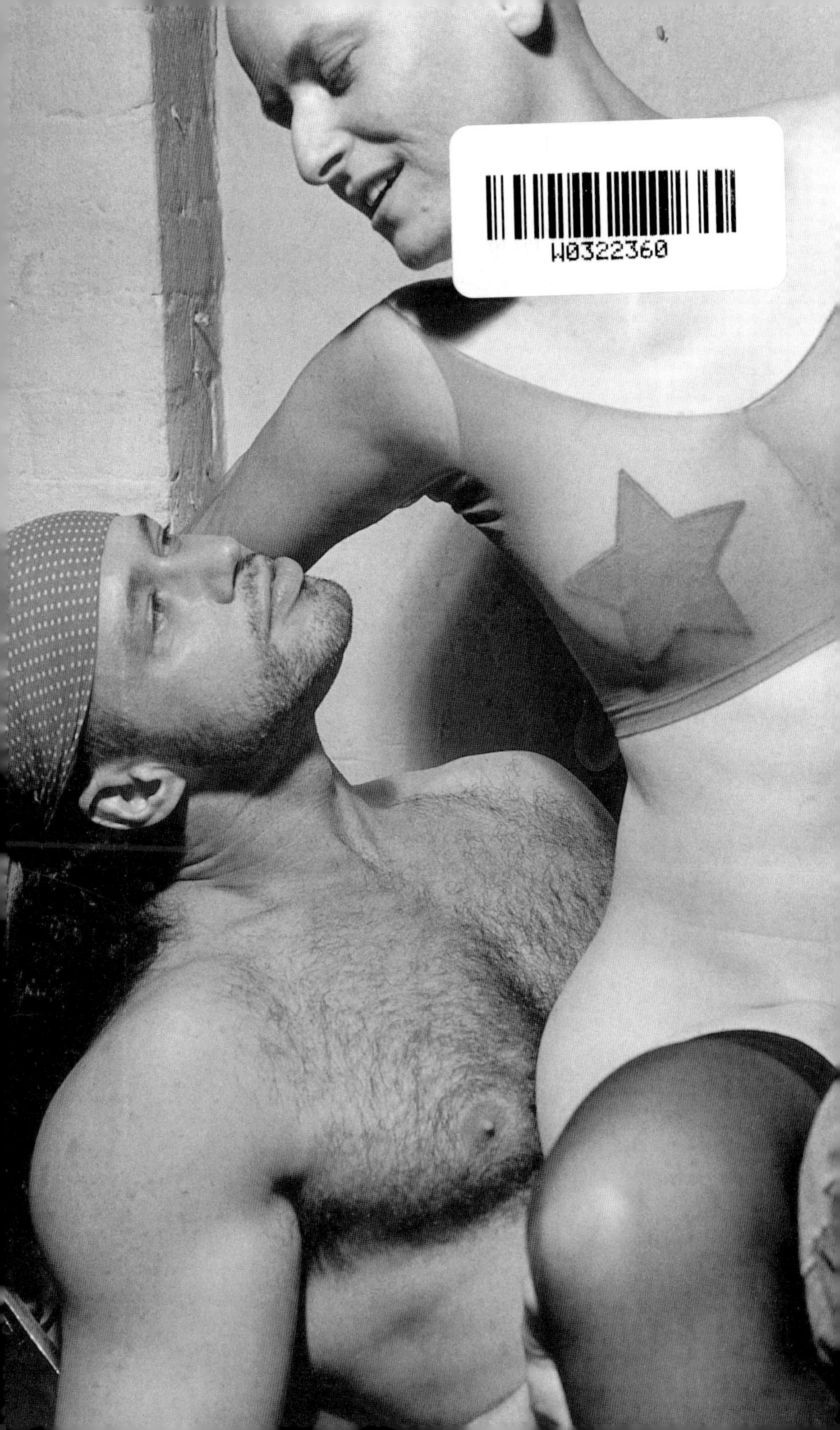

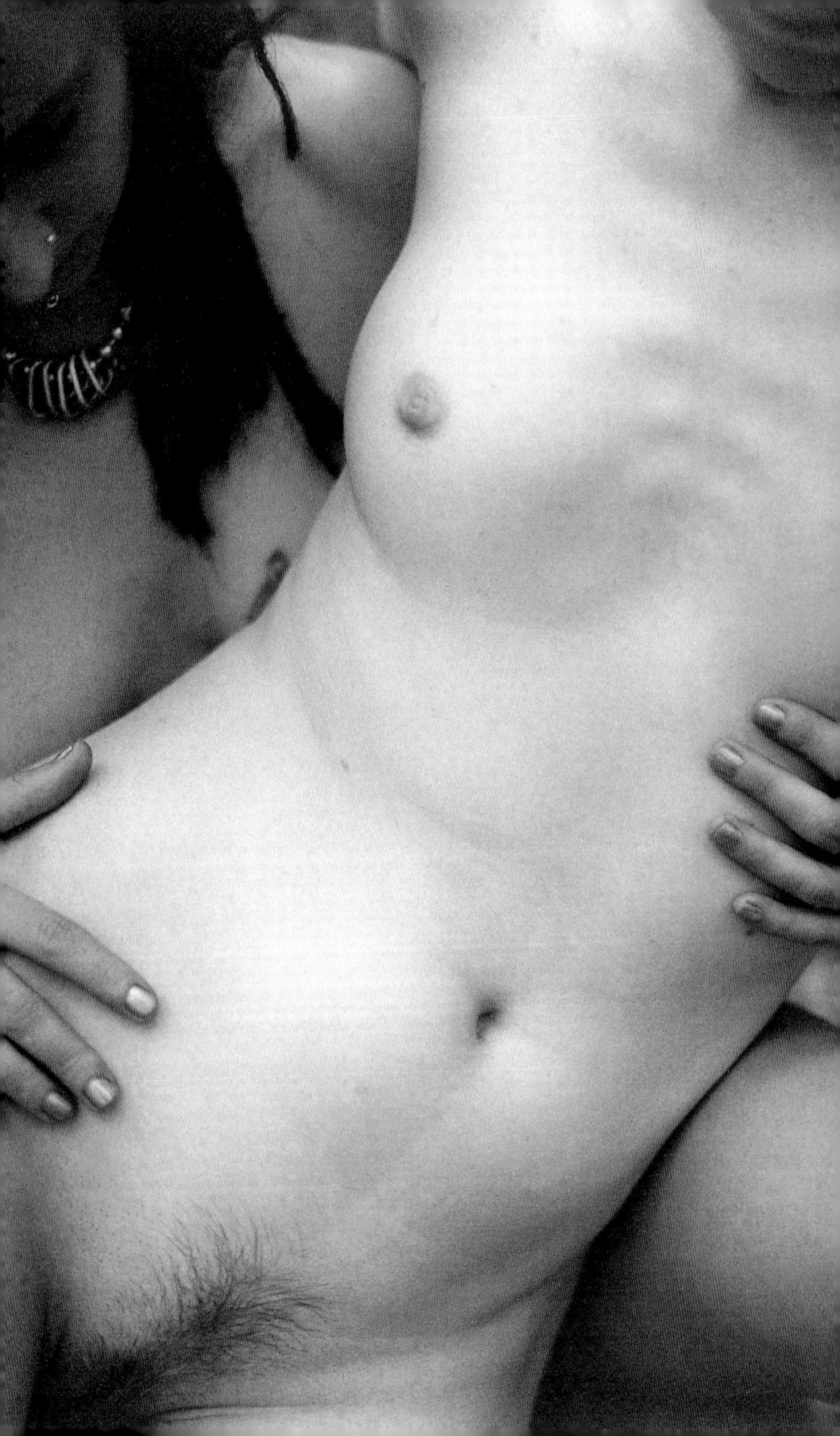

Bridge Markland

STRIPPED

Fotografien von Anja Weber

Konkursbuchverlag

Der Titel dieses Buches entspricht einem Songtitel der britischen Band Depeche Mode. *Danke.*

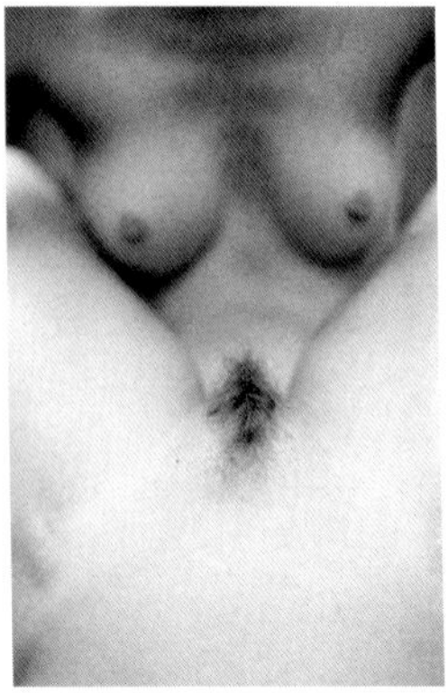

IMPRESSUM

PF 1609, D-72006 Tübingen, Tel. +49 (0)7071/78779 – Fax +49(0)7071/763780
e-mail: office@konkursbuch.com

Gesamtherstellung: typo-druck rossdorf GmbH

ISBN 3-88769-163-6

Abbildungen: Anja Weber, Berlin

Falls Sie unser weiteres Programm interessiert, fordern Sie bitte unser Gesamtverzeichnis an.
Verlagsveranstaltungen und unser Programm finden Sie auch im Internet:
www.konkursbuch.com

Vorwort:

In diesem Buch werfe ich mein subjektives Auge auf Sex und Erotik.
In diesem Buch geht es fast nur um Sex und Erotik...
Sex zu Hause.
Erotik in der Öffentlichkeit.
Sex in anderen Ländern.
Erotik mit anderen Menschen.
Sex mit mir selbst.
Sex wenn man jemanden nur anblickt.
Erotik wenn man jemanden nur leicht berührt.
Sex beim Tanzen.
Erotik die stattfindet. Subjektiv.
Sex der nicht stattfindet. Völlig subjektiv.
Subjekt Sex.
Erotische/s Subjekt/e.
Sex subjektiv.
Subjective sex.

Bridge Markland, September 2000

Die Fotos in diesem Buch sind eigenständige Kunstwerke, die von den Geschichten inspiriert wurden.

Inhaltsverzeichnis

Der Traum

Etwa im Jahre 1982 hatte ich einen Traum, den ich nie vergessen habe.

Ich laufe auf der Straße entlang um zu einem Ort zu gehen, an dem fremde Menschen zusammen kommen. Wir werden direkt am Eingang empfangen und von einer Bedienung in einen Raum ohne Fenster mit fünf Tischen geführt, der durch an den Wänden befindliche Lampen, die ihr Licht in Richtung Decke strahlen, erleuchtet ist. Die Bedienung platziert, immer vier Personen, die sich nicht kennen, gemeinsam an einen Tisch. Alle unterhalten sich sehr angeregt.

Es gibt nur ein Menü, man kann sich nicht individuell aussuchen, was man speisen will, also bringt die Bedienung jedem einen Teller mit Essen. Auf jedem Teller befinden sich fünf kleine Portionen verschiedenster Köstlichkeiten, visuell äußerst ansprechend angerichtet.

Alle Menschen im Raum sind sehr freundlich miteinander, plauschen über angenehme Dinge und zelebrieren das Essen.

Köstlich... jeder Bissen ist von so exquisitem Geschmack, dass sämtliche Geschmackssinne im Mund in orgas-mischer Ekstase laut jubilieren. Die Essensportionen sind von der Menge so gestaltet, dass im Anschluss ans Essen alle Menschen sehr wohl angeregt, aber nicht übersättigt sind. Nach dem Essen fangen die Bedienungen an, den Raum umzubauen. Die Esstische werden verändert und verschiedene Vorrichtungen aus den Wänden herausgeklappt.

Ganz allmählich und vorsichtig, sich viel Zeit lassend, fangen die Menschen, die vorher gemeinsam an Tischen gesessen haben, an, sich genüsslich, körperlich, erotisch miteinander zu delektieren.

Diese schönen Handlungen finden zu zweit - gegengeschlechtlich oder gleichgeschlechtlich - zu dritt oder zu viert statt. Einige schauen nur zu und steigen später ein. Bei allen Aktivitäten wird darauf geachtet, dass nichts übertrieben wird und auch hier alle Sinne aufs schönste angekitzelt, aber nicht überreizt werden.

Sehr angenehmer Stimmung verabschieden sich alle fremden, nicht mehr so fremden Menschen vor der Tür, auf der Straße, voneinander: "Bis zum nächsten Mal!" und gehen ihrer Wege.

Der erste Zungenkuss

Ich war fünfzehn und Lavinel war sechzehn, mein erster Freund.
Ein Jahr lang war ich schon unsterblich in ihn verknallt gewesen. Lavinel und ein anderer Junge waren sitzen geblieben, d.h. sie waren ein Jahr älter als alle anderen in der Klasse und beide hatten als einzige lange Haare. Es war Mitte der siebziger Jahre. Alle Mädchen der Klasse schwärmten für Lavinel, den coolen, lang-blond-mähnigen, der sich nicht besonders für seine schulischen Leistungen interessierte, in der Pause rauchte und wer-weiß-was für Drogen konsumierte, öfter mal zu spät kam, oder auch schwänzte, egal, egal, Hauptsache cool. Für letzteres hielten wir ihn alle, bis auf die Lehrer, die waren älter und hatten schon mehr Erfahrung, denen konnte naive Teenager-Coolness nicht so recht imponieren.
Ich saß in unserer Klasse in der letzten Reihe, war relativ still, etwas schüchtern, hatte viele Pickel im Gesicht und konnte mir nicht so recht vorstellen, dass sich ein Junge für mich interessieren würde. Also schwärmte ich still und heimlich vor mich hin und selbst meine besten Freundinnen erfuhren nichts von meiner Schwärmerei.
Ich saß in der letzten Reihe und schmachtete.
Jedes mal wenn ICH aufgerufen wurde, überkam mich eine große Hitzewallung und ich wurde puterrot. Jedes mal wenn ER aufgerufen wurde, klopfte mein Herz vor lauter Aufregung und egal was für ein Scheiß aus seinem Mund kam (ich fühlte bei jedem seiner Worte intensiv mit und bibberte für ihn, auf dass es endlich mal etwas intelligenteres werde), fand ich es doch super cool.
Ein Jahr und 3 Monate lang schwärmte ich so - wortlos und voller Blutröte in Gesicht und Herzen - vor mich hin. Bis eines Tages - es war Mittwoch der 3. November 1976, nachmittags um etwa 16.00 Uhr, mein Kopf steckte gerade im Waschbecken, um mein fettiges braunes Langhaar zu waschen, so wie ich es jeden Mittwoch und jeden Sonntag Nachmittag tat, Dogmen einer Fünfzehn-Jährigen – das Telefon klingelte. Meine Mutter war einkaufen, mein Vater kam erst um 18.30 Uhr nach Hause, also musste ich wohl oder übel ans Telefon hechten. So was nützliches wie Anrufbeantworter existierte noch nicht, auch will eine Fünfzehn-Jährige auf gar keinen Fall einen Anruf verpassen. Und dieser hier war sehr wichtig, wie sich später herausstellte, er sollte mein ganzes fünfzehn-jähriges Leben verändern. Die tropfnassen Haare aus dem Wasser gezogen, in aller Eile ein Handtuch in Turban-Form um den Kopf gewickelt, Shampooreste rannen mir die Wangen runter, als ich nach dem Hörer griff. Letzterer landete auch in einer guten Portion Shampoo auf meinem Ohr, den Nachnamen möglichst erwachsen klingend in die Muschel gesprochen und zur herzrasenden Salzsäule erstarrt, als ich die Stimme am anderen Ende wahrnahm. Er sagte seinen Vornamen, ich kannte nur EINEN Jungen mit diesem Vornamen, und dass er sich gerne mit mir verabreden würde. In dieser herz-

zerreißenden Minute wurden urplötzlich alle meine $\frac{1}{4}$ Jahre währenden Träume wahr... ER hat mich angerufen und will sich mit MIR verabreden, obwohl ich lauter Pickel im Gesicht habe... schlotter, bibber, stammel... "Ja, natürlich hab ich heute Nachmittag Zeit!"... fröstel... "Wo wir uns verabreden? Ja ja, vor der Sparkasse ist gut." Das Shampoo-Wasser-Gemisch lief mir die Wangen hinunter und tropfte den ganzen Teppich voll... "Wieviel Uhr? Ja, 16.30 Uhr ist gut!" Bis dahin würden meine Haare nie trocken sein, und ich hasste Föne, aber umso besser, dann konnte ich mich nicht so sehr in die Aufregung hineinsteigern und auch die Kleiderfrage musste möglichst schnell gelöst werden. Ich entschied mich also in diesem lebensentscheidenden Moment doch für den Fön und kriegte meine Haare etwa halbtrocken. Anschließend griff ich nach meiner Lieblingsjeans, oben eng, Beine weit ausgestellt und nach meiner Lieblingsbluse mit kleinen Blümchen, drüber nur eine Jeansjacke in einer Art Jackett-Schnitt und Pantoffel-Pumps mit etwa fünf Zentimetern Absatz. Ein Wunder wie ich damals stundenlang in so was laufen konnte - kein Wunder, dass meine Füße heute leicht ruiniert sind.
Ab ging's, die sieben Stockwerke unseres Neubaus mit dem Fahrstuhl heruntergefahren... zitter... Nachdem die ersten Begrüßungsnervositäten überwunden waren, wanderten wir stundenlang durch den novembrigen Berliner Nachmittags-Abend und redeten und laberten über 15/16jährige Welterfahrungen und was sonst noch alles. Das ging die nächsten zwei Wochen lang etwa jeden Nachmittag so und war so was von schwer aufregend für mich und machte mich gleichzeitig binnen Kürze um Jahre gereifter fühlen.
Eines Nachmittags landeten wir irgendwie im Keller seines Hauses. Wir wohnten beide im Falkenhagener Feld, einer riesigen Neubau-Siedlung am Rand von Spandau, nicht weit von der Mauer. Ja, also da waren wir nun im Keller, weiß auch nicht mehr, was wir da wollten. Bisher hatten wir nur tagelang geredet und es war mal Zeit für einen weiteren Schritt. Lavinel fragte mich, ob ich schon mal einen Jungen geküsst hätte. Nein, war meine Antwort, der flüchtigste Lippen-Kurz-Einsatz, auf einer der vielen Teenie-Tanz-Partys, die ich seit Monaten besuchte, zählte nicht. Der Junge schwärmte für mich, aber ich mochte ihn gar nicht und ging ihm nach diesem Kurz-Lipp im Anschluß an einen Blues-Tanz aus dem Weg. Ich übte mich auch nicht im Rumknutschen und Ausprobieren wie alle anderen, sondern wartete auf den Einen, den Richtigen und schmachtete derweil still und heimlich für Lavinel. Eben jener Lavinel hatte mein stilles Schmachten ja schließlich gehört, stand hier vor mir und seine Lippen berührten ganz vorsichtig die meinen. Er brachte jetzt Weichheit und viel Emotion mit in seine Lippen und wir versanken beide darin, da ich mich vor lauter Emotion ja sowieso schon kaum noch halten konnte. Lavinel setzte zu mehreren solchen Weich-Emotion/Weich-im-Knie-Küssen an, bis ich geübter ward und dann kam der nächste Schritt. Seine Zunge züngelte sich vorsichtig zwischen meinen Lippen hindurch und ich bekam erst mal den üblichen Erst-Zun-

gen-Kuss-Schreck, von dem alle Erst-Züngler erzählen. Erholt vom Schreck setzte er ein zweites Mal an, seine Zunge nahm vorsichtigen Zungenkontakt mit meiner auf. Nach ein bisschen Üben begriff ich allmählich das Spiel und fand größten Gefallen daran. Wir standen im sehr spärlich beleuchteten Keller an diesem sicher grauen Novembertag und waren vollmundig ineinander versunken
waren völlig mundversunken ineinander
züngelnd-zungend
zungrig-hungrig.
Der Rest der Welt sackte weg und existierte nicht mehr, der Kosmos unserer Lippen-Zungen-Münder war der einzig existente.
Lavinel hatte eine lange und akrobatische Zunge, die gerne selbigen Austausch mit meiner zelebrierte. Meine Zunge, ebenfalls sehr lang, wurde von diesem exquisiten Lehrer sehr gut unterrichtet und in der schönst-delikat-akrobatischen Zungen-Züngel-Technik sozusagen angefixt. Diese Grundprogrammierung hat mich nie wieder verlassen und ich habe später/inzwischen etlichen Menschen sensibleres Züngeln beigebracht, die mir in allen Fällen auf ewig dankbar waren. "Das habe ich noch gar nicht gewusst, dass man so genial-sensibel-akrobatisch in vollem ZungenKörperKontakt durch Münder tanzen kann. Das hat mir noch niemand jemals gezeigt. Alle vor dir haben nur relativ unbeteiligt, halb abwesend im Mund rumgelallt, ohne sich wirklich expressiv-lustvoll mit mir auszutauschen. Das ist ja genial!"
Die Schwierigkeit war/ist ja immer, hoch psychologisch geschickt zu dieser Unterrichtung hinzugelangen, wie mach ich's, ohne der anderen Person auf die Zunge zu treten. Da lerne ich wen kennen, finde sexy, Sympathie läuft ab und wir knutschen und da lallt's im Mund. Das ist unter meinem Qualitäts-Genuß-Anspruch, das kann ich nicht auf mir zungen lassen. Ja unterbrech' ich da nun und sage plump heraus: "Ey, vom Küssen, hast du ja leider gar keine Ahnung, lass mich dir mal was zeigen." Damit wären dann ja wohl sämtliche weiteren Kontakte gelaufen, also wie tue ich's... Von Fall zu Fall unterschiedlich, denkt mal selber nach... wird schon, hat bei mir auch...
Wie gesagt, am Anfang meiner ZungenKussKarriere war also Qualität selbstverständlich. Ich kannte gar nichts anderes, erst später sollte ich ähnliche Schocks wie den der Erst-Züngler erleben. Nun ist es so, dass jedes mal, wenn mir ein anderer ZungenGigant begegnet, mein Herz und meine Zunge 10 Begeisterungs-Hüpfer machen und los geht's, das vollmundige Spiel.

Faghag

Zwischen 17 und 19 Jahren war ich ein völliger Faghag. Das ist der amerikanische Ausdruck für eine Frau, die bevorzugt mit schwulen Männern sozialisiert.

Ich tuntete mit meinen schwulen Freunden Kuno und Osborn nur so durch die Gegend. In der Zeit trug ich mit Vorliebe Fünfziger Jahre Sachen, die ich von Tante Elvira und meiner Mutter geschenkt bekam. Eines späten Abends kam ich im Fifties Kostüm mit Stöckelschuhen und Handtäschchen aus der Disco und zwei Männer riefen mir auf schlecht beleuchteter Straße "Du alte Tunte!" hinterher, das größte Kompliment, was man mir damals machen konnte. Meiner Cousine erzählte ich, dass ich meine Weiblichkeit von schwulen Männern/von Tunten lerne und weibliche Kleidung an mir nur akzeptieren kann, wenn ich mich wie ein Mann in Frauenkleidern fühle. (So anders ist das heute auch nicht, seitdem ich eine Glatze trage, mag ich kitschige Blumenkleider an mir.)

1978 waren Kuno und ich die größten David Bowie Fans und ich ließ mir nach Bowie-Vorbild von meiner Mutter einen Nadelstreifenanzug kaufen, seiner war natürlich maßgeschneidert, meiner war von Hertie. Den trug ich bevorzugt mit Frauenblusen und leichter Schminke, schon damals völlig Transgender.

Eines Abends so gegen 1979, gingen Kuno und ich in den WuWu-Club in Berlin Schöneberg. Wir waren häufig in diesem Club und gaben uns die tuntige Kante, ich mit Pfirsichsaft, Kuno mit allem anderen. Nachdem wir ausgiebig zu *Ring My Bell* getanzt und mitgegrölt hatten, alberten wir hysterisch und glücklich an der Bar rum. Plötzlich sah ich auf dem Teppichboden etwas glitzern und fand doch tatsächlich einen alten Ehering mit Gravur von 1910. Kuno und ich lachten und lachten und beschlossen, wenn wir den zweiten auch noch fänden, uns zu verloben. Ich machte mich also auf die Suche nach: Alles was glänzt, ist Gold – und fand prompt auch noch den zweiten. Wir kriegten unglaubliche Lachkrämpfe, konnten uns gar nicht mehr beruhigen, fielen fast von den Barhockern und prosteten und prusteten auf unsere Verlobung an.

Ein halbes Jahr später verlobte ich mich mit Osborn, Kunos Ex. Wir planten eine Hippie-Tunten-Hochzeit auf dem Rasen, er im weißen Kleid, ich im Smoking und redeten von gemeinsamer Wohnung. Dieses Vorhaben wurde nie in die Tat umgesetzt, wahrscheinlich habe ich was verpasst, hätte eine gute Ehe werden können.

1979 lief im Kino am Kottbusser Damm in Kreuzberg, die Rocky Horror Picture Show. Kuno, einige andere Freunde und ich machten insgesamt 5 x in drei Wochen die weite Pilgerfahrt von Spandau nach Kreuzberg in Frank N Furters gelobtes Land der Strapse und der sexuellen Freiheiten. (Im Jahre 1997 hatte ich dann selbst die große Ehre als Frank N Furter auf der Bühne zu stehen, eine wirklich große Ehre, denn ich weiß nicht, ob die Rolle schon jemals vorher von einer Frau verkörpert wurde.)

Eines Nachmittags fuhren Kuno, Osborn und ich zu deren Freund Habakuk, der ebenfalls in Kreuzberg wohnte. Bei Habakuk im bekifften Wohnzimmer wurde ich zum ersten Mal Dorians gewahr. Dorian trug ein blaues Kleid, hatte kurze rote Haare und sprach nur Englisch. Bumm war es um mich geschehen. Er hatte zwei meiner Fetische in sich vereint, das war einfach zu viel, das musste ja. Der dritte Fetisch: Mann mit langen Haaren, fehlte ihm zwar, aber kein Mensch ist perfekt. Die Beziehung verlief allerdings schräg, Dorian konnte nicht gut Küssen, dafür lernte ich, meine eigenen englischen Sprachbarrieren zu überwinden. Wir fickten in seinem Durchgangszimmer im Hinterhof-Parterre in der Crellestrasse, das Klo war in der Hofdurchfahrt und völlig unappetitlich. Beim Ficken wurden wir öfter mal von Dorians tuntigstem aller Mitbewohner überrascht, der uns beim Passieren hysterisch zu unserem Hetero-Akt beglückwünschte und sich mit seiner jeweiligen nächtlichen Eroberung in sein Zimmer zurückzog. Beim Frühstück lernten wir dann Manuel, Michael oder Martin kennen.
Dorian trug leider nie wieder ein Kleid, er hatte Angst, für schwul gehalten zu werden.

Der Hinterhof

Sommer 1982 in Berlin, ein sehr heißer Sommer in jeglicher Hinsicht. Fuchs und ich sind tooootaaal verknallt, aber total, und das Wetter ist auch schön. Das heißt, den Großteil des Sommers verbringen wir am Flughafensee oder in seinem Bett.
Wir versuchen, die Wochenenden am See zu vermeiden, weil da ist es einfach zu voll, aber ab und an kann man ja mal mit vielen Menschen im Sand liegen. Sonntags ist auch die Mehrzahl bekleidet – anderer Nachteil, unter der Woche ist besser mit nackt. Mit Bikinis und dergleichen schwimmen gehen gehört nicht zu meinen Lieblingsbeschäftigungen.
Eines solchen vollen, angezogenen Sonntags liegen wir da also und lassen uns sonnlich bescheinen. Ich schaue so rum und schaue und sehe Menschen und Menschen. Und vor lauter Menschen sehe ich dann irgendwann mal da so ein Paar mal öfter an, weiß auch nicht warum, die sind aber auch nackt, so wie wir, Fuchs und ich. Und ich gucke immer mal wieder so in die Runde und sehe, und mein Blick bleibt immer mal wieder hängen, an denen da. Er liegt halb neben ihr – und liebkost. Er liegt halb auf ihr - und liebkost. Er liegt auf ihr – und liebkost und beißt zärtelnd in ihren Hals. Sie liegt die ganze Zeit ruhig auf dem Bauch, Arme verschränkt, Kopf auf der Seite, Augen zu, sie sieht gelassen und genießend aus. Ich schaue auch immer wieder woanders hin und sehe anderes und andere, aber als ich wieder bei den beiden lande und diesmal ziemlich lange hängen bleibe, sehe ich, dass er ganz, ganz langsam seinen Unterkörper bewegt, aber so

langsam, dass man nur durch Hängenbleiben und lange Schauen sieht, was er da macht, sie nämlich sehrsehr langsam und genüsslich zu ficken, in aller Öffentlichkeit am Strand, mit Hunderten von Menschen drum herum. Während er das tut, beißt er sie wiederholt genüsslich in den Hals, schleckt ihre Schulterblätter und schaut auch immer mal wieder selbst unauffällig in die Runde. Erst jetzt tippe ich Fuchs an und mache ihn auf das Geschehen aufmerksam. Er glaubt mir kaum, hat seine Brille nicht dabei und sieht nicht so gut, weil das ist ganz schön weit weg. Aber ich mit meinen Luchsaugen bin dem Fuchs voraus.

In der lauen, warmen, hitzigen Juli-Nacht in Fuchs' kleiner Wohnung bei geöffneten Fenstern und leicht im Wind wehenden Vorhängen, lassen wir es uns erotisch-körperlich-sexisch gut gehen und zelebrieren laut stöhnend, schluchzend, ächzend wunderschöne Juli-Sommer-Nacht-Orgasmen, lecker.
Anschließend liegen wir völlig erschöpft und verschwitzt und verklebt auf der heißen Liege.
Da tönt es von der anderen Seite des Kreuzberger Hinterhofs... ahhh...ohhh...ahhhh...ahhhhhhhhhh... steigert sich weiter und endet in lautem Schrei. Kaum fünf Minuten später kommt es von unserer Seite von unten, wir sind übrigens im vierten Stock... uuuhhh...ehhhh...uhhhhhh...eeeehhhhhhhhhh und endet kurz darauf wieder in lauterem Schreien. Etwa zehn Minuten später tönt es vom Nebenhaus zu uns rüber... uuurrrhhhh...aaaarrrhh...urrhh...aaaaahhhhhuuuaaahhh...
Fuchs und ich liegen im Bett und gackern und kichern und kuscheln und sind so angemacht, dass wir gleich auch noch mal ficken müssen und jetzt besonders laut losstöhnen und schreien, was wiederum die übrigen Paare anturnt und sehr bald ist ein schönes Sexgestöhn-Konzert auf dem Hof im Gange.
Hoffentlich wollte heute nacht niemand schlafen.

Die Hochzeitsnacht

Meine Großcousine heiratet. Meine Großcousine heiratet einen amerikanischen Besatzungssoldaten und ist im vierten ‚alliierten' Monat schwanger. Wir schreiben das Jahr 1988, also die Berliner Mauer steht noch, und die Alliierten sind noch da. Ja, und zu Hochzeitsgelegenheiten wird dann die ganze Familie eingeladen und kommt dann auch. Es gibt dann immer peinliche Reden von Onkel Heinz und bei Geburtstagen

noch viel peinlichere und viel zu lange Konzerte von Onkel Otto. Bei diesen Konzerten starren dann immer alle an die Decke, sehen sich ab und zu verkumpelnd an und wünschen sich nichts sehnlicher, als dass es bald vorüber sei, aber natürlich wagt niemand, etwas dagegen zu sagen, wo er sich doch solche Mühe gibt und noch dazu live spielt. Nur gut, dass dies kein Geburtstag ist. Nein, es ist eine Hochzeit, aber letztendlich ist bis auf das fehlende Konzert der Unterschied nicht so groß. Alle fressen sich voll, zeigen neue Kinder, Verlobte u.ä., die dann von der Verwandtschaft akzeptiert werden müssen - und trinken und trinken. Es ist, als gäbe es einen familieneigenen Peinlich-Party-Veranstalter, der immer wieder denselben Deutsch-D.J.-Trottel engagiert, der mit Humptadumpta und dümmlich sexistischen Spielchen die Familie noch mehr verdummt. Bei diesen Spielchen darf man sich dann auch mal anfassen und da haben dann auch Nicht-miteinander-Verheiratete die Erlaubnis dazu. Wie schrecklich aufregend ist das alles im Vergleich zum tristen Arbeits- und Ehealltag. Ab und an kommt dann auch diese verrückte Cousine, die Kunst macht, nämlich ich. Die kann man dann nach Strich und Faden nach ihrem aufregenden Leben ausfragen, sich Fotos zeigen lassen, die ist ja auch immer noch nicht verheiratet, ach wie unmoralisch – ach wie aufregend.
Ja also meine Großcousine heiratet einen amerikanischen Soldaten, d.h. es sind auch ein paar Berufskollegen von ihm eingeladen und die sprechen kein deutsch. Also wird die Künstlerin, also ich, neben sie gesetzt, weil die spricht ja englisch und sonst niemand von der anwesenden Familie. Die Kanadier natürlich schon, aber die sind diesmal nicht gekommen. Igitt, was habe ich mir da angetan! Da gehe ich nun schon so selten zu Familienfeiern und dann muss ich mich den ganzen Abend mit Soldaten unterhalten, igitt. Ja, und Soldaten - was reden die unter sich und dann mit einer jungen Frau, sie reißen einen dummen *Joke* nach dem anderen. Mein Englisch ist zwar exquisit, trotzdem verstehe ich nicht alles, nur gut so, da gibt's auch sicher nicht viel zu verstehen. Und das geht Stunden über Stunden so. Ich lasse mich ein wenig hinüberziehen in ihre Witz-Welt, weil die pseudo-heile Familien-Welt auch nicht viel besser ist. Je betrunkener die Soldaten-Kollegen werden - es sind übrigens nur zwei -, umso lärmender werden sie. Sie benehmen sich als wären sie eine ganze Kompanie. Noch dazu fängt einer der beiden, der rotblonde Red, ganz heftig an, mit mir zu flirten. Da ich großen Beziehungsstress mit meinem Freund Thor habe, bin ich für jede Ablenkung dankbar. Bei den plumpen Annäherungsspielchen der Familie machen wir nicht mit, die Amis aus Verständigungsschwierigkeiten, ich aus Verständnislosigkeit, also drücken wir uns öfter in den Ecken des Saales rum und erzählen uns Verschiedenes. Dabei kommt uns der zweite Ami irgendwie abhanden, und Red und ich flirten munter drauf los. Anschließend verschwinden wir in eine dunkle Ecke vor den Klos und knutschen wild und hemmungslos. Küssen kann er sehr gut, aussehen tut er auch, aber muss er denn unbedingt Soldat sein?

Je später der Abend, desto dumpfer die Party, Red und ich verabschieden uns unauffällig, ich lache mich innerlich kaputt, ich hätte nie gedacht, dass ich ausgerechnet auf einer Familienparty mal einen Kerl aufreiße. Wir nehmen eine Taxe und fahren zu ihm. Im Auto warnt er mich vor seiner Wohnung und diese Warnung tut auch wirklich not. So etwas habe ich, glaube ich, noch nie gesehen. In die Wohnungstür kommt man ja noch normal rein. Aber um ins Bad überhaupt zu gelangen, muss man über einen riesigen Berg Wäsche steigen, der sich im Türbereich türmt, es ist ja nicht so, dass er keine Waschmaschine hat, aber die ist total voll gestopft mit Dreckwäsche und vor ihrem Bullauge befindet sich der Riesen-Wäscheberg. In der Küche herrscht eine undefinierbar verschimmelte Duftnote vor. Abwasch der letzten drei Monate stapelt sich samt in diversen Stadien verfärbten Essensresten turmhoch empor. Im Wohnzimmer liegen Dutzende von leeren Bierdosen verstreut umher und diverse Aschenbecher quellen über und über mit Zigarettenstummeln. Ich bin völlig schockiert und möchte am liebsten sofort weglaufen. Red hält mich, wird super zärtlich, ganz im Kontrast zu seinen vorherigen tumben Witzen und verpasst mir einen der delikat-akrobatisch-erotischsten Zungenküsse, die ich mir vorstellen kann, woraufhin ich natürlich bleibe. Wir tanzen und körpern umeinander, in geschickten Ausweichmanövern Bierbüchsen und Aschenbecher umtänzelnd. Das Licht ist aus, nur die Straßenlaterne scheint ins Zimmer, was allerdings eine gewisse graue Helligkeit produziert. Wohlweißlich behalte ich die Augen geschlossen, damit mir die Super-Unordnung nicht die erotische Stimmung verleidet, und genieße die Körperlichkeit mit diesem höchst kontroversen Mann.
Das riesige Bett ist hinter einem noch riesigerem Schrank versteckt, der mitten im Zimmer steht und den Raum teilt. Wir landen schnell auf dem Bett, ziehen uns aus und bekörpern uns nackt. Die Bekörperung ist sehr leidenschaftlich und überhaupt nicht kontrovers. Red verhält sich im Bett extrem sensibel und gar nicht machohaft. Weilen später reite ich lange und lustvoll auf ihm und wir streben wunderbar jubilierend einem gemeinsamen Höhepunkt entgegen. Glücklich und K.O. kuscheln wir uns aneinander und sind gerade dabei, sanft in den Schlaf hinüberzugleiten, als das Telefon klingelt. Es ist etwa 3 Uhr nachts und Red denkt gar nicht daran, ran zu gehen. Wieder wach fangen wir an, uns was zu erzählen, ich höre vom Alltag in der Armee, er von meinem Alltag als Performance-Künstlerin.
Ich muss zugeben, er ist nicht mein erster Soldat. Vor ein paar Jahren hatte ich einen *One-Night-Stand* mit einem englischen Soldaten, dann eine fünf-Wochen-Affäre mit einem schwarzen amerikanischen Soldaten. Letzteres war ganz schwierig, der hatte nämlich keine Privat-Wohnung, sondern wohnte in den *Barracks* und musste zu bestimmten Zeiten anwesend sein. Wir verbrachten nie eine ganze Nacht miteinander, ungefähr um 4 Uhr morgens stand er immer auf und verschwand... anstrengend. Außerdem bin ich selbst im britischen Militärkrankenhaus geboren worden und verbrachte

meine ersten zwei Lebensjahre nur mit Militärgören. Mein Vater war selbst 10 Jahre lang britischer Soldat. Ich hab da wohl so was wie eine leichte, mehr wirklich nicht, in die Wiege gelegte Schwäche entwickelt. Aber mit den Jahren hat sich das ja völlig gelegt...

Red und ich reden über dies und das und irgendwann erzählt er mir beiläufig, dass er einen Mercedes fährt. Dabei stellt sich heraus, dass er meinen Vater kennt. Mein Vater arbeitet auf dem Prüfstand in einer großen Mercedes-Werkstatt im Süden Berlins. Oft kommen Amerikaner in die Werkstatt und die werden dann immer zu ihm geschickt, weil er der einzige ist, der vernünftig englisch spricht. Red war also schon öfter bei ihm in der Werkstatt und hatte nett mit ihm gequatscht. Im krassen Gegensatz dazu, dass mein Vater sich ja schon seit Jahren weigert, mit mir zu kommunizieren. Red ist schockiert, dass dieser so nett scheinende Mann nicht mit seiner einzigen Tochter redet, wir fangen an, teuflische Pläne zu schmieden, wie wir ihm einen üblen Scherz verpassen könnten, und lachen uns kaputt. In diese allgemeine Heiterkeit hinein fängt das Telefon wieder an, zu klingeln und hört und hört nicht auf, bis Red endlich ran geht. Es folgt eine längere Konversation, die mir etwas unverständlich bleibt, bis Red auflegt und mich aufklärt. Sein Kollege Damian, der Mann meiner Großcousine, hatte mitten in der Nacht seine Frau nach Hause gefahren und all die Geschenke und Blumen transportiert. Sie waren mehrmals vom Auto zum Haus hin- und hergelaufen, um die Sachen zu tragen. Ein riesiges Blumen-Bouquet stand für eine Weile auf der Kühlerhaube des Wagens. Als Damian wieder rauskam, war ein Passant gerade dabei, es zu stehlen. Damian legte sich mit dem Passanten an und es kam zu einer Prügelei. Die Militär-Polizei erschien und sperrte Damian zur Ausnüchterung in eine Zelle, denn er hatte natürlich reichlich getrunken. Seine Frau musste die Hochzeitsnacht allein verbringen. Währenddessen hatten Red und ich fröhlich, anstatt ihrer, den Hochzeitsfick zelebriert. Da sich Damian in der Zelle nicht wohl fühlte, hatte er nach Beistand verlangt, und da Red sein direkter Vorgesetzter ist, ist er für ihn zuständig und wurde mitten in der Nacht angerufen. Raue Sitten beim Militär. Red wird dann dazu beordert, dort hinzufahren um gute Worte für Damian einzulegen, oder was auch immer. Er will zwar nicht, darf sich aber wiederum dem höheren Befehl nicht widersetzen. Also steht er auf, zieht sich an und sagt, dass er gleich wieder käme.

Die ganze Aktion dauert vielleicht eine dreiviertel Stunde und dann liegt er wieder neben mir und berichtet. Es wäre ihm auch nicht gelungen, meinen neuen Groß-Cousin frei zu bekommen, sie hätten darauf bestanden, ihn auszunüchtern, obwohl er laut protestierend nach seiner Frau verlangte.

Auf diese ganze nächtliche Aufregung hin, wiederholen Red und ich unseren Hochzeitsfick in Vertretung, kreischen orgastisch auf und schlafen Hochzeitsnacht-feierlich-glücklich endlich ein.

London, Hongkong, Berlin

Sommer 1989 in Berlin. Es ist der letzte Sommer, in dem ich mittellange rote Haare habe. Es ist der letzte Sommer, in dem die Mauer steht. Es ist ein fröhlicher Sommer mit vielen Festen und theatralisch-tänzerischen Veranstaltungen. Auf einer dieser vielen lerne ich Hongkong kennen, einen entzückenden Mann, kurz jünger als ich, mit langem schwarzen Zopf. Sofort können wir gut miteinander – quatschen, tanzen, lachen.

Auf einer der anderen vielen lerne ich London kennen, einen sensiblen Mann, kürzer jünger als ich, mit längerem blonden Zopf.

London und ich können gut – lachen, tanzen, quatschen.

Auf der nächsten treffen wir uns alle drei und tanzen und quatschen und spielen und lachen, und das kommt dann öfter vor und wochenlang und wird immer freundlicher und intensiver bis – ich eines Abends als D.J. auf einer Party fungiere und London und Hongkong nach meiner Musik tanzen, erst am Ende des Abends kann ich mal mit ihnen, aber das ist schwierig, denn ich arbeite ja. Um halb vier bin ich fertig und wir drei in super Stimmung und gar nicht müde und lachen und lachen, und die Nacht ist sehr warm. Wir haben Lust auf Luft, so laufen wir durch die Berliner Nacht und scherzen miteinander und London schiebt sein Fahrrad, auf dem meine geD.J.te Musik lagert und wir laufen und laufen und wissen gar nicht so recht und wollen noch tanzen, aber landen bei mir. Also lege ich im ganzen Zimmer Decken aus, auf dem Fußboden ums Bett herum und wir kugeln und kontaktieren und rollen über Beine, Arme, Muskeln und gelenkige Körperteile.

Bei diesen Aktionen verlieren wir unzählige schwarze, blonde und rote Haare, die ich noch Monate später grinsend von meinem Teppich sammele.

Bett - im Bett gelandet und gekuschel-wuschelt in Haaren und Armen und Köpfen und alle drei miteinander sensibel aufgepasst, dass alle drei, Fluss *just* floss und wir treiben drauf und mit ihm und weiter und wir werden sexier sexend und Klamotten ausziehend und hauteng hautend und fassend, greifend, prickelnd, schmeichelnd, streichelnd und zärtlich, so zärtlich in Armen geflossen, genossen.

Drei Länder, zwei Kontinente, zweierlei biologische Geschlechter, alle mal zart männlich-weiblich-androgynlich zärteln in schönsten FriedensFreundschaftsHaltungsGesprächen und... So einfach kann es sein.

Bis..der helle Morgen uns so sehr grüßt und empfängt, dass wir in 6 Armen sanft entschlafen.

Am Mittag sitzt mein schwuler Mitbewohner aus Montreal in der Küche und freut sich – London erblickend – über meine nächtliche Eroberung. Als auch noch Hongkong verschlafen um die Küchenecke blinzelt hört Montreal überhaupt nicht mehr auf zu grinsen.

Zur Unterhaltung spiele ich Peking-Oper, die ich mal aus New York mitgebracht hatte, jetzt fängt Hongkong an zu grinsen. Als ich dann noch MisoSuppe mit Algen koche, heult er vor Rührung und meint, die Suppe würde fast, weil MisoSuppe ist ja eigentlich Japanisch, wie bei seiner Mama schmecken. London, Hongkong und ich schlürfen grinsend die Suppe und haben einen super schönen Tag.

Rücksitz

Anfang Januar 1990, wir fahren in einem kleinen Auto von Burlington/Vermont in den USA nach Montreal in Kanada. Vorne sitzen ein Cousin von Myles und ein guter Freund des Cousins. Hinten sitzen Myles und ich. Es ist ca. 19.00 Uhr, draußen ist es stockfinster, hell leuchten die Sterne in einer kalten Nacht. Wir fahren schon ein paar Stunden, Myles und mir ist langweilig, erzählt haben wir uns schon alles und so sitzen wir nun da. Der Cousin und sein Freund plappern sehr intensiv miteinander und haben obendrein das Radio an. Wir verstehen ob des Fahrlärms kein Wort.

Tja – hm – wir halten Händchen, krabbeln interessiert mit unseren Fingern in unseren Handtellern herum, wandern die Arme weiter, verlassen diese bald und killern uns an den Oberschenkeln. Unsere Köpfe neigen sich einander zu, berühren sich, die Wangen rollen sich ab und schwupp! landen Lippen auf Lippen. Wir fangen an zu knutschen, durstig trinkend, Zungen in unseren Mündern tanzend. Währenddessen fummeln unsere Hände unsere gesamten behosten Unterleiber ab, krabbeln, killern und bekribbeln alle interessanten und spannenden Stellen.

Während wir so beschäftigt sind, werden wir total geil, klar.

Schon die Tage vorher in New York, nach all den Nächten, die wir in Nacht-Clubs verbracht hatten, waren wir regelmäßig morgens um 5 Uhr heftigst übereinander hergefallen, bei diesen wilden Gelegenheiten hatten wir unseren bis dato besten Sex gehabt. Unsere Beziehung währte zu dem Zeitpunkt gut zwei Monate. Zusammen gekommen waren wir etwa um den 18.Oktober, am 9.November war die Berliner Mauer gefallen, da weilte Myles gerade in Polen, um als Cutter für Nachrichten-Sendungen über Kanzler Kohl in Polen zu berichten. Letzterer wurde sofort nach Deutschland zurückgeflogen, die Nachrichten-Crews noch nicht, man traute der bedeutenden Geschichtsentwicklung wohl nicht gleich so recht. Also kam Myles' Stimme völlig verzerrt durch schlechteste polnische Telefonverbindungen auf meinem Anrufbeantworter an und sang:

"When the walls come tumbling down..."

Ich erlebte die Geschichte hautnah mit, und er hockte in Polen...
Jetzt hocken wir auf dem Rücksitz dieses Autos und sind mega-scharf aufeinander, unser Sex-Pegel ist durch die heißen New York-Nächte auf dem höchsten Stand... Was tun? Einfach weitermachen? Cousin und Freund sind ja sowieso schwer anderweitig beschäftigt.
Während eines erneuten Zungentrommelwirbels wandern unsere Hände allmählich eine Schicht tiefer unter unsere Pullover, zupfen mühselig die T-Shirts aus den Hosenbünden und schieben sich auf nackte Haut – gutes Gefühl. Weiter geht's in die Untiefen Richtung Unterhosen, da müssen allerdings noch die Hindernisse Hosenknopf und Reißverschluss bzw. bei Myles als passioniertem 501-Träger weitere Knöpfe überwunden werden. Das ist ein bisschen Fummelei, aber nicht so super schwierig, obwohl das Schwanken des Autos das Ganze etwas verlangsamt.
Endlich angelangt am Ziel lassen unsere Zungen voneinander ab, um uns von unserem Genuss in die Ohren zu stöhnen. Die aufrechte Haltung auf der Rückbank ist inzwischen auch schon in eine heftige Schräglage abgerutscht. Unsere Finger und Hände engagieren sich heftigst in unseren Unterhosen, beträllern, befummeln, begrabschen, herzen, kraulen, erregen einander sehr. Wir knabbern und beißen in unsere Hälse und vor lauter Geilheit ist die Schräglage inzwischen in eine Waagerechte auf der Rückbank gekippt. Unsere Unterhosenfummeleien steigern ihr Tempo, und das Schaukeln des Wagens wiederum erhöht die Erregung noch um einiges.
Meiner Fantasie entspringt ein Bild - von inzestuösen Zwillingen in einer großen Fruchtblase während die Mutter Langsamen Walzer tanzt.
Aufgrund des Schaukelns und unserer ständig sich steigernden Erregung, unserer wild stoßenden und rubbelnden Hände, verlieren wir allmählich sämtliche Balancen und Haltungen, ich wässere meine ganze Unterhose und natürlich Myles Finger voll, und weiss, dass es mir jetzt sehr bald kommen wird – dasselbe spüre ich von Myles, dessen Schwanz zum Bersten hart in meiner Hand angeschwollen ist.
Ein paar kleine Stöhner in unsere Ohren bis wir letztere gänzlich aus der Reichweite verlieren – ich komme mit einer gewaltigen Explosion, unterstützt durchs Schaukeln... und fliege mit riesigem Schwung als Raumkapsel durchs Weltall, die Sterne glitzern und funkeln nur so um mich her und mein Orgasmus entspricht einem wahren Weltraum-Feuerwerk, so übermäßig gewaltig... und dadurch, dass es so schaukelt, lande ich nicht, sondern fliege immer weiter durchs Weltall, abgeschossen, abgeflogen in die unendlichen Weiten der sexuellen Erfüllung.
Myles erlebt zur selben Zeit die gleiche Explosion - zwei Kapseln nebeneinander lautlos durch den Raum gleitend, und eine riesige Ladung Sperma hat sich über meine Hand und in seine Unterhose und T-Shirt entladen.
In Wahrheit bin ich zwischen die Sitze gerutscht, liege mit der Hand voll Sperma, eingequetscht zwischen Rückbank und Vordersitzen und bin überglücklich.

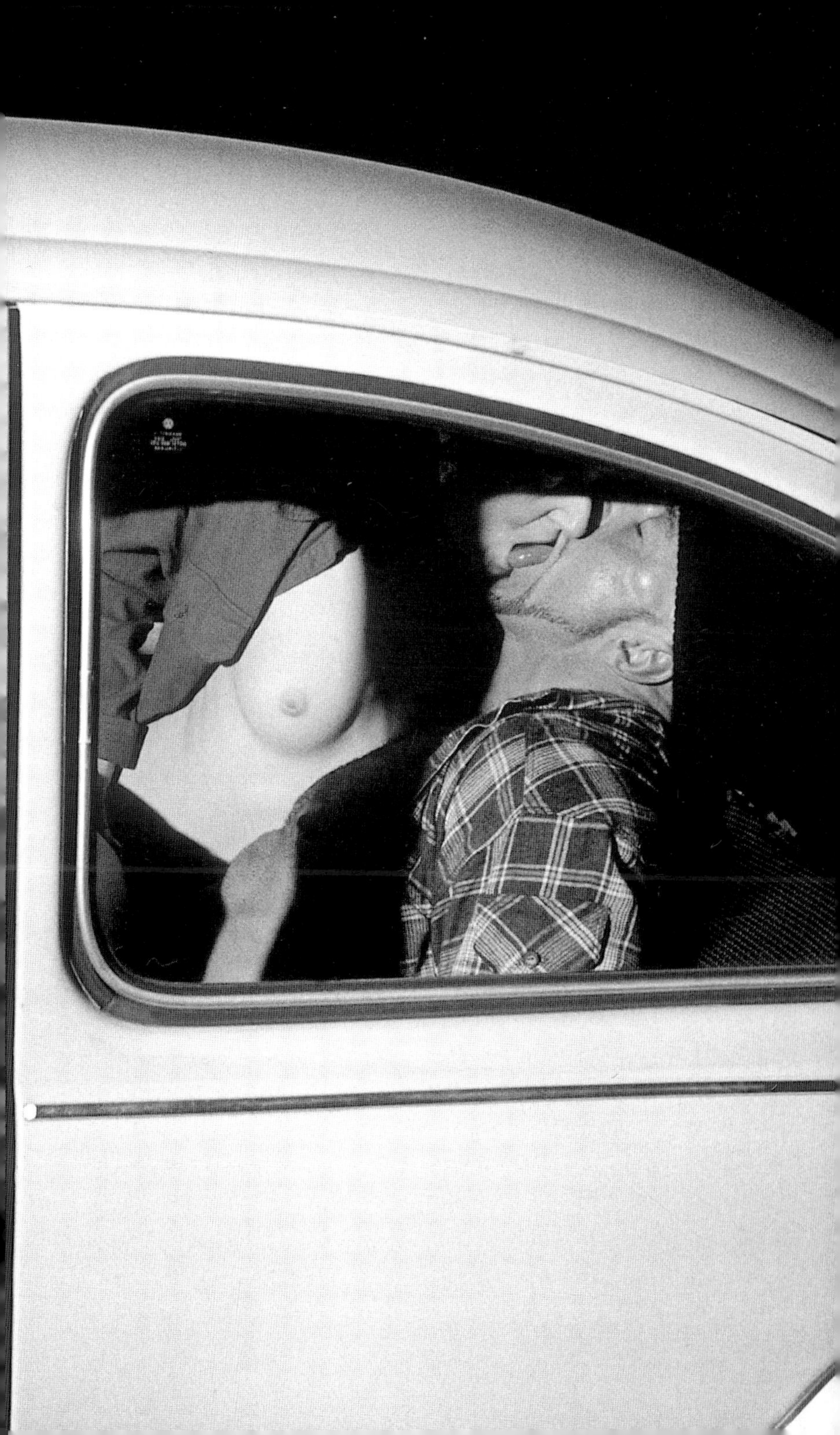

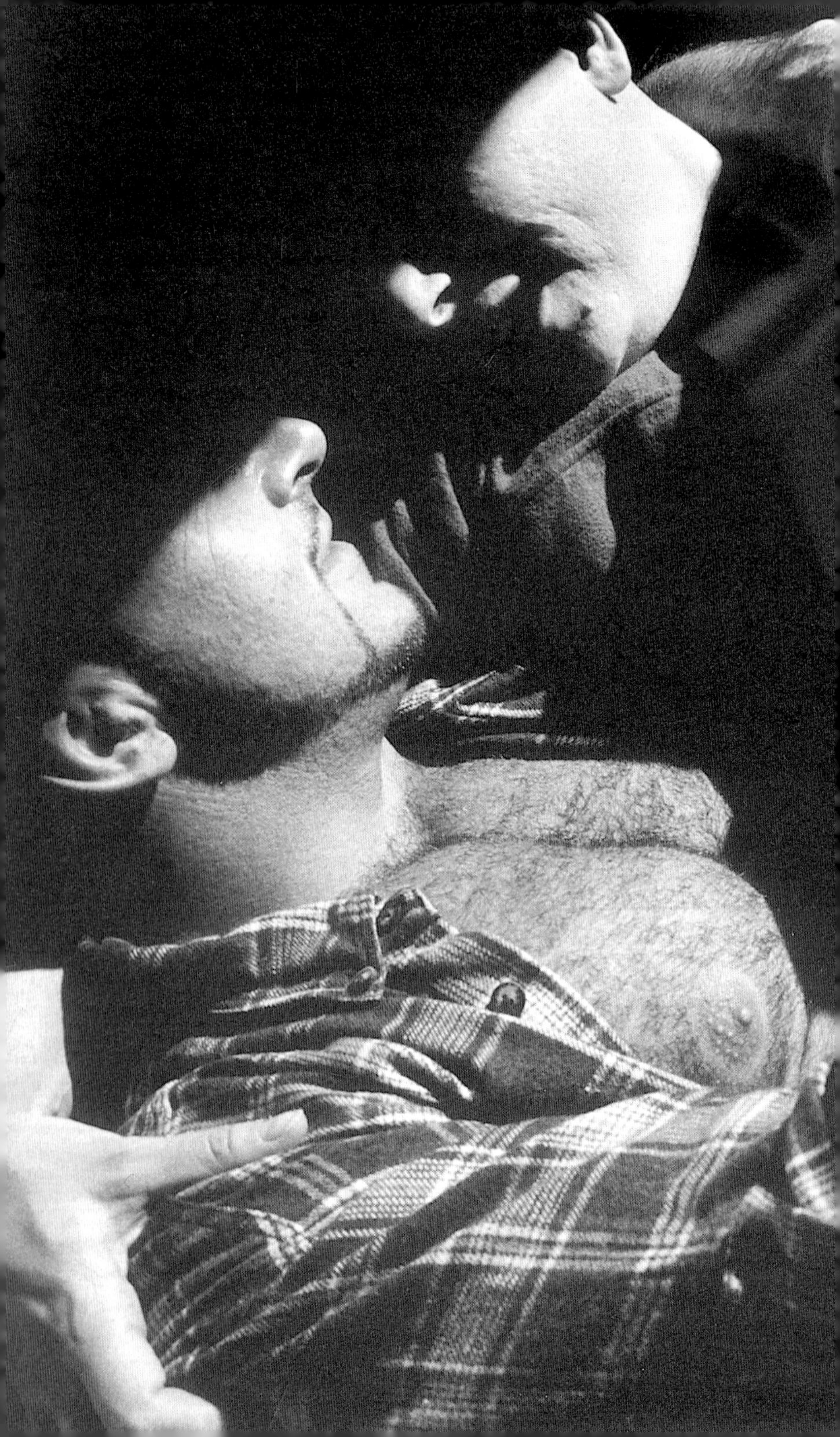

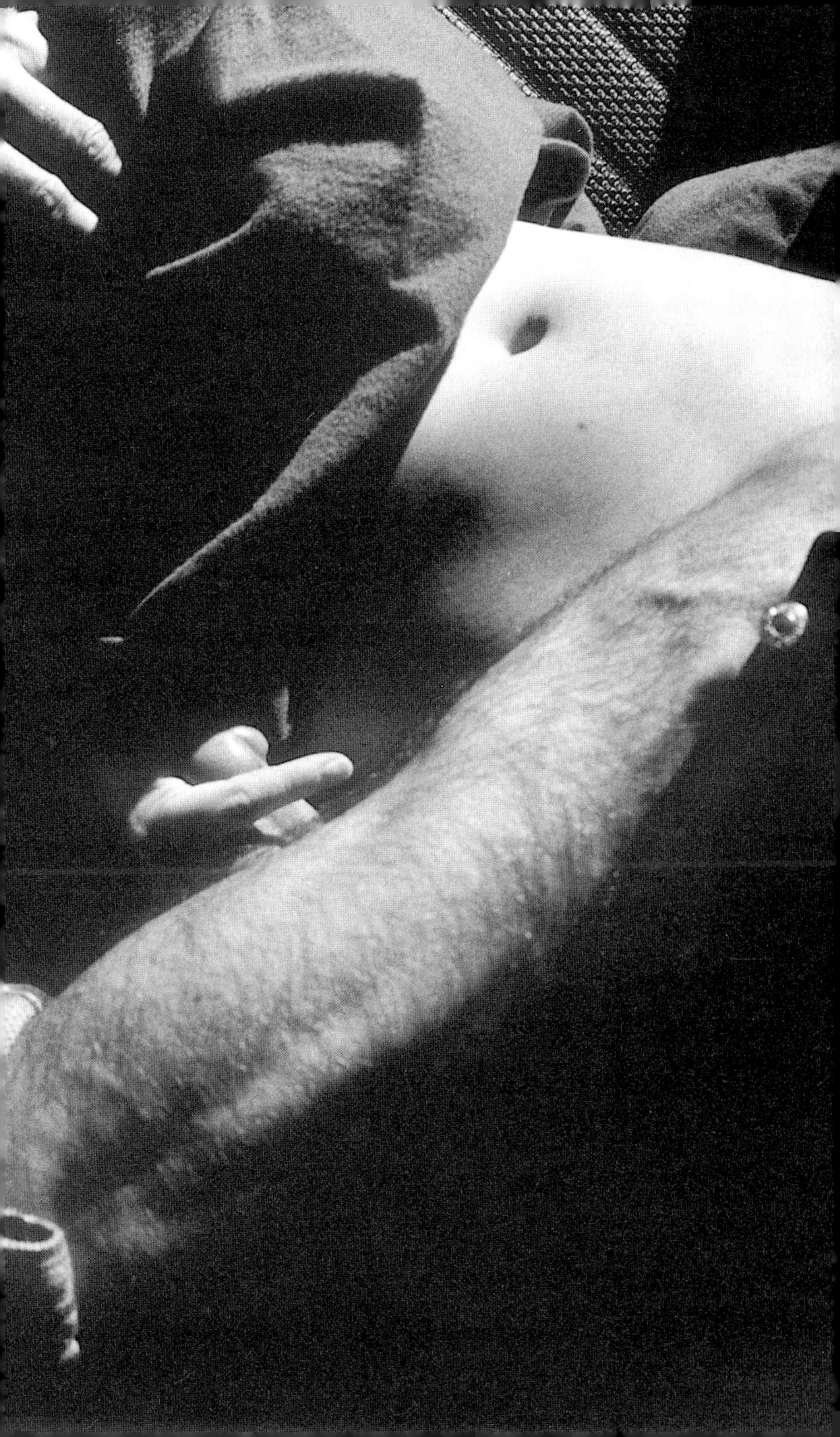

Dachgarten

Earl und ich kennen uns seit 11 Jahren.
Meine längste Ab-und-An-"Beziehung". Manchmal sind die Pausen zwischen unseren Téte à tétes/*get-togethers* Jahre lang. Das liegt im Speziellen daran, dass ich ab und zu Detektiv-Arbeit leisten muss, um ihn ausfindig zu machen, weil er öfter mal chronisch Mister Unauffindbar spielt bzw. sich NIE von selbst bei mir meldet. Natürlich ist er immer SEHR froh, wenn ich ihn finde, z.B. nach 3 Jahren Abstinenz. Ein paar Jahre lang war ich so romantisch, ihm einmal im Jahr eine Postkarte zu schreiben und stoisch auf Antwort zu warten, vergebens – ich stellte die Romantik und die Postkarten ein. Bei unserem nächsten Jahrestreffen fragte er mich doch tatsächlich, warum ich ihm denn diesmal keine Postkarte geschrieben hätte, sie hätte ihm gefehlt, erstaunlich, auch er ist zu Romantik fähig, halt auf SEINE Weise. Für gewöhnlich trennt uns ein Ozean, Berlin – New York. Allerdings weilte er ein paar Jahre lang auf meiner Seite des Ozeans, ich hatte allerdings keinen Schimmer wo, obwohl ich seit 15 Jahren nicht umgezogen war und mein Telefon funktionierte. Von diesem ominösen Aufenthaltsort schickte er mir eine Postkarte, so behauptet er jedenfalls. Sie hat mich nie erreicht, aber es ist richtig, die Deutsche Bundespost macht öfter mal was kaputt, ich hab schon für die gearbeitet. In diesem speziellen Fall sollte ich sie verklagen, denn hier stand eine "Liebesbeziehung" auf dem Spiel, die ganz anders hätte verlaufen können...
Jedes mal wenn ich in New York bin, wohne ich an den verschiedensten, oft schwer interessanten Orten, und Earl und ich haben mancherlei nettes Stündchen. Einmal mietete ich für 6 Wochen die Loft einer Malerin, die nach Europa gereist war.
Diese Loft war ziemlich *funky* und man konnte nicht durch die Milchglasfenster auf die Strasse schauen, sondern nur unbesehen den Lärm genießen. Allerdings war sie sehr groß und hatte einen traumhaften Dachgarten, welchen ich täglich gut bewässern musste. Die Malerin hatte mich extra einem Pflanzen-Sensibilitäts-Test unterzogen, welchen ich komischerweise mit Bravur bestand, ihr Garten war ihr völlig heilig, schließlich gibt es in New York wenig Grün. Außerdem lag die Loft in *Tribeca*, nördlich vom *World Trade Center*, welches ich schräg von unten her, in seiner vollen New-York-Hochhaus-Romantik sehen konnte. Ich verbrachte viele besinnliche Stunden mit Blumen und Hochhäusern tanzend, meine Mahlzeiten genießend, mit beschaulichem Blick auf *World-Trade* über mein Leben philosophierend, auf diesem Dachgarten. Auch nachts war *WTC* unübersehbar, weil beleuchtet, in New York müssen viele dieser berühmten *Skyscrapers* nachts diverse, aber bloß nicht alle Büros beleuchten, sonst könnte man schließlich die berühmte New York *Skyline* gar nicht sehen. Das mit dem nachts auch so hellen Teil nervte mich allerdings in meiner Dachgartenpräsenz ziemlich, ich war zu nahe dran, da störte das viele Neon einfach, zerriss die Dachgarten-bei-Nacht-Romantik erheblich,

aber von weit weg sieht es super aus – das ist richtig.
Eines netten Abends im Spät-Mai besucht mich Earl und wir flanieren nur mit Decken bekleidet, in der Absicht, uns miteinander zu verlustieren, dort selbst umher. Wir gackern und scherzen miteinander, langen immer mal wieder gegenseitig unter unsere Decken und suchen nach dem genialen Austragungsort. Urplötzlich steht ein fremder Mann vor uns. Wir erstarren für einen kleinen Moment zu schockierten Salzsäulen, Earl verDeckt möglichst unauffällig seine inzwischen schon vorhandene Erektion, aber binnen Sekunden verschwindet sämtliche Sexuallust in höchst adrenaler Aufregung, zumindest vorrübergehend. Es stellt sich heraus, dass dieser Mann zu einer gerade im Anfang begriffenen Dach-Party gehört, die auf dem Nebendach ihren Lauf nehmen will.
Wir lehnen seine Einladung zur Teilnahme dankend ab, aus Gründen nicht ganz standesgemäßer Kleidung und verschwinden, leicht zitternd und unter schallendem Gelächter einen Stock tiefer in die Loft, auf schnurstracksem Wege ins Hochbett.
Hochgebettet also, genießen wir einander nun ausgiebigst, da wir von den vorherigen Ereignissen gut erregt sind. Direkt nach unseren sehr lautstarken Vor-Komm-Nissen, tapsen Schritte direkt über unseren Köpfen auf dem Dach, von denen uns sozusagen nur wenigste Fuß trennen. Über dem Bett befindet sich in der Decke auch eines der Milchglasfenster, über welches sich so dann auch einige Schritte begeben, wahrscheinlich angelockt durch unser, sich in Sicherheit wägendes, Lustgeschrei. Ich zittere, erneut adrenalierend, um die in meiner Obhut befindlichen Pflanzen der ängstlich-sensiblen Malerin unter den Füßen betrunkener Party-Gäste und natürlich um uns. Ich quengele so lange rum, bis Earl aufsteht, sich anzieht und nach oben geht, um den Party-Gästen klarzumachen, dass sie auf unserem Dach und Milchglasfenster nichts zu suchen haben. Das klappt dann auch halbwegs, aber ihr Krach, der lautstark rüberschallt und diverse leere Bierbüchsen, die über unseren Köpfen dahinpfeifen, lassen uns noch stundenlang nicht zur Ruhe kommen.
Als die Malerin von ihrer Reise wiederkommt, sind die Pflanzen immens erblüht und gewachsen, Tatsache mehr – als unter ihrer Obhut, denn ich hatte täglich mit ihnen geredet und getanzt.

Ein andermal im selben Sommer, besuche ich Earl in einem fabrikigen Verschlag in Brooklyn, wo er derzeit haust. Zwischen anderen Künstlern und ihren Werkstätten hat er ein Matratzenlager auf dem Fußboden, was man kaum als eigenes Zimmer bezeichnen kann. Wohnverhältnisse in New York können interessant sein... tssss. Hinter aufgestellten Pappen, an einem zugigen Ort, der nur im Sommer taugt und Göttin weiß wo, das Klo zu finden ist, Küche? ja, man kann wohl Wasser heiß machen. Earl und ich befinden uns auf Matratzen mitten im Raum, ringsumher voll-totales Künstlerchaos, jederzeit könnte ein Maler über uns steigen, um in andere "Wohngemächer" zu gelan-

gen. Auf diesem bequemen Lager liegt Earl genießerisch auf dem Rücken und ich ficke, und ficke, UND ficke ihn, und komme dabei ungefähr 8-10 Mal hintereinander,
oh ja, oh ja, oh ja, ja ja ja ja ja ja ja JA.......................
Greife und packe ihn zur Drehung und lasse mich ficken, giggele und gackere mit wackelschmackelnden Vaginalwänden nur so vor mich hin. Ich solle nicht so laut sein, das ist ihm unangenehm, die anderen Künstler, du verstehen.

Inzwischen feiern Earl und ich, nach 4 Jahren "Abwesenheit", Wiedersehen. Und was für eines. Wir haben beide gehörig viel gelernt mit anderen Lovern.....
Diesmal auf Grund des schönen Wiedersehens kriege ich doch tatsächlich ZEHN hochromantische Minuten und sage ihm, das es immer einen speziellen Platz für ihn in meinem Herzen gäbe und er wäre doch meine längste "Beziehung". Er ist sichtlich berührt, denn auch er verspürt einen hochromantischen Moment und ich kriege das wohl eher scherzhafte Versprechen, das er mich mit 50 heiraten würde.
"Schön" sage ich, das ist ja in 11 Jahren – und so lange kennen wir uns ja auch schon, das ist ja nicht mehr so lange hin.
Im gewissen Sinne wären wir wirklich ein gutes Paar, denn wir sind beide nicht an völliger Monogamie interessiert, aber..............es gibt da natürlich Ozeanische Probleme, die könnten wir vielleicht durch Experimental-Beziehungsformen lösen, aber die anderen Probleme.. na ja wenn wir 50 sind.. ist schon wieder viel Wasser den *East-River* und die Spree runter gelaufen.
Beim nächsten Telefonat, zwei Monate nach dem Wiedersehen, als ich woanders, aber auf seinem Kontinent weile, frage ich ihn nach seiner Beziehung, seiner Liebe von der er mir erzählt hatte.
"Oh, I'm no husband, they all want a husband."
"Ach, ich bin kein Ehemann, sie wollen doch alle einen Ehemann."
"But you're gonna marry me when I'm fifty?!"
"Aber du heiratest mich, wenn ich fünfzig bin?!"
"Oh, yes, yes, yes."
"Oh, ja, ja, ja."
"And then I quickly changed the subject and had him talk about politics."
"Und dann wechselte ich ganz schnell das Thema und ließ ihn über Politik reden."

Der Po auf der Straße

New York im Sommer. An heißen Tagen (häufig), die nicht zu sonnig (selten) waren, lief ich manchmal ohne Kopfbedeckung durch die Stadt. Das hatte mehrere Gründe. Erstens braucht mein Kopf ab und an Lüftung, zweitens hatte mir eine Freundin erzählt, dass der *Jetlag* schneller vergehen würde, wenn man die Krone/*Crown*-Chakra dem Sonnenlicht/Tageslicht aussetzt. Ich hab inzwischen reichlich andere Erfahrungen. Selbst mit ständig behütetem Kopf hatte ich mal fast zwei Wochen *Jetlag*, mal fast gar keinen, woran auch immer es liegt. Ich meditiere schon immer im Flugzeug: "Ich bin hier...", aber es scheint, als würde irgendeine Stimme in mir das nicht immer glauben. Mal klappt's, mal nicht, so ist es eben, jawoll.

Ein weiterer Grund für die kopfige Hutlosigkeit war ein Test. Ich war am Ausprobieren wie die New Yorker auf kahlköpfige weiße Frauen reagieren. Auf kahlköpfige schwarze Frauen, die es hier mehr als weiße gab, reagierten sie nicht besonders. Davon abgesehen, dass ein schwarzer Kopf natürlich nicht so doll leuchtet wie ein weißer und diese schwarzen Frauen so super gut aussehen mit ihren Glatzen, dass ICH völlig neidisch werde... Nein, aber ‚nicht besonders reagierten' heißt: sie reagieren ja fast immer, auf alles und jedes, ‚sie' heißt: bestimmte Exemplare von Männern reagieren. Z.B. wenn du ein rotes T-Shirt anhast, kannst du zu hören kriegen: *"Nice red today!"*/ "Schönes rot heute!" und an dir mag sonst überhaupt nichts besonderes sein, *anyway*, immer gut für einen Kommentar, ob man ihn hören will oder nicht.

Ich hörte also aus vorbeifahrenden Autos, von grölenden Männern, die sich jungenhaft großartig vorkamen *"Nice haircut!"* / "Schöner Haarschnitt!" Kicher, Kicher... Das war im übrigen der häufigste Spruch überhaupt. SEHR WITZIG. Ich machte das ab und an, wenn ich mich stark fühlte und so von wegen mal gucken, was passiert. Ich nahm meine Kopfbedeckung ab und innerhalb von fünf Minuten, es dauerte fast nie länger, meistens ging es sogar schneller, kam dann so ein Spruch. Danach reichte es mir auch oft und ich setzte meinen Hut gleich wieder auf und lachte vor mich hin. Der zweithäufigste Spruch war "*Sinéad* (von Sinéad O'Connor), *can I have an autograph?" /* "Sinéad kann ich ein Autogramm haben?" In dem Jahr als *ALIEN III* in die Kinos kam, wechselten sie von Sinéad zu *"Sigourney, can I have an autograph?"* und fanden sich aktueller als aktuell, weil Sigouney Weaver für diesen Film eine Fast-Glatze trug. Sah DIE sexy aus! *ALIEN III* ist immer noch mein LieblingsAlienFilm, so ziemlich alle Darsteller im Film sind kahlgeschoren und es gibt nur Männer und Sigourney. Leider war der Film ein totaler Flop, obwohl er gute Kritiken hatte.

Einer meiner Lieblingslooks ist: stinknormales Blumenkleid, leicht geschminkt, Perlenkette und Glatze. In dem Outfit wurde ich ein einziges Mal in New York von einer ca. 45jährigen Frau im konservativen Business-Kostüm angesprochen. Völlig hysterisch und aus dem Häuschen kam sie auf mich zu gesprungen und kreischte: *"Wow, you look so good, keep on doing it, I wish I had the guts, I would do it too!"*, "Wow, Sie sehen so gut aus, machen Sie weiter so, ich wünschte, ich hätte den Mut, dann würde ich es auch tun!" Na wenn das kein super Kompliment war...

Eines Tages wandere ich durchs East-Village und verspüre wieder diesen Moment von wegen mal gucken, was passiert, und nehme meinen Hut ab. Eine Minute später spricht mich ein *African-American* an. Er spricht mich allerdings nicht nur so Spruch-im-Vorbeigehen-fallen-gelassen an, sondern verwickelt mich etwas schüchtern und unsicher wie er rüberkommt sofort in ein längeres Gespräch über Haare. Währenddessen setze ich meinen Hut wieder auf, weil die Sonne etwas zu stark scheint. Da schaut er mich völlig enttäuscht an und bittet mich, ihn nicht aufzusetzen, da er meinen Anblick ohne Hut toller fände, außerdem hätte ich einen so schönen wohlgeformten Po, der würde so gut mit der Form der Glatze zusammenpassen. Das alles wird mir nicht etwa völlig machismo-mackermäßig-anmachend vorgetragen, nein er ist irgendwie schüchtern und leicht verklemmt und sagt es aber trotzdem. Das hat so seinen ganz eigenen Witz und ich amüsiere mich köstlich. Ich spüre auch sofort, dass ich nichts zu befürchten habe, er ist harmlos, mit dem kann ich umgehen. Natürlich setze ich meinen Hut nicht wieder ab, denn die Sonne sticht jetzt fürchterlich und einen Sonnenstich möchte ich nicht kriegen, weil ein Mann den Anblicksvergleich meines Pos und meiner Glatze so mag. Street fragt mich, ob wir nicht was zusammen trinken gehen wollen, um weiter zu quatschen, er ist sympathisch, sieht ganz gut aus, ist freundlich, ich habe nichts besonderes vor, dies ist ein weiteres interessantes Experiment, also *why not/* warum nicht. Wir gehen trinken, wir quatschen, er erzählt mir, er wäre *Businessman*, würde in New Jersey wohnen, dort wäre es aber langweilig, also läuft er nach der Arbeit an manchen Tagen stundenlang durch *Manhattan*, lässt sich treiben und es passieren wie in New York so üblich, oft die tollsten Sachen, die kaum ein Film jemals wirklich wiedergeben kann, so absurd sind sie manchmal. Ich ertappe mich ja auch immer wieder wie stark ich in *Movie-Sets* denke, das ist ja wie im Film..., dabei passieren im wahren Leben doch so dermaßen absurde Geschichten. Tja, Hollywood hat einen viel zu großen Einfluss auf unser Leben. *Anyway*, wir sitzen in einem *Middle-Eastern-Fast-Food-Thingy*, essen Falaffel, reden, trinken Buttermilch, quatschen und schauen uns in die Augen. Ich trage nach wie vor meinen Hut. Nachdem wir unsere Falaffel beendet haben, fragt mich Street, ob er mich küssen dürfe. Diese lustige Mischung von schüchtern und mutig gefällt mir und ich küsse ihn. Und boah ey, kann der küssen, auf unseren Barhockern da im Mittleren Osten geht die züngelnde Post ab. Das machen wir so vielleicht zehn Minuten und dann wird es unangenehm für den Imbissbesitzer, der Laden ist ja winzig und die Leute sollen essen, nicht knutschen, also rutschen wir von den Hockern und laufen wieder durchs *East-Village*.

Street fragt mich, wo ich wohne. Bei einer Freundin, die bis dann und dann arbeitet und das ist in zwei Stunden. Ob er denn nicht mit zu mir und ich bin gut angezüngelt, also nehme ich ihn. Ja, und da wird es dann zu lustig. Küssen ssssuuuuppperrrrr!, aber... beim Anfassen kommt die Schüchternheit durch, er stellt sich irgendwie ungeschickt... na ja, mal sehen, denke ich, aber beim Ficken... da kommt er in zwei Sekunden... und ich muss innerlich kichern, aber okay Überaufregung, exotische Frau und auf der Straße, und so, getroffen und ja, ich kann damit schon umgehen, Männer haben damit größere Probleme als ich, denke ich mal so von weiblicher Seite aus betrachtet... Ihm, dem Street, ist's jedenfalls unangenehm, aber so sehr, dass alle Stimmung völlig darnieder, ja okay
und die Zeit, und er ging dann halt. TJA.
Im nächsten Jahr habe ich ihn wieder zufällig auf der Straße getroffen und wir sind was trinken gegangen.

Die Perücke

Nach zwei Sommern Perückentests in New York, habe ich Anfang 1993 die Vision eines Charakters: Angela – die einer meiner wichtigsten Bühnencharaktere werden wird. Ich lasse mir von einem befreundeten Kostümbildner ein grünes Seidenkleid und einen Spezial-*Wonderbra* schneidern, die rot-lockige Langhaar-Perücke aus New York besitze ich ja schon, und schicke Angela auf Testserie, um für meine zukünftige Performance zu recherchieren. Zu der Zeit erhalte ich passenderweise eine Einladung für einen neuen Party-Event, bei dem das Motto ist, in Abendgarderobe zu erscheinen. Ich rufe meinen schwulen Freund Tai an, um ihn als Anstandswauwau mitzunehmen, schminke mich nett und mache mich auf den Weg. Tai ist von Angela völlig begeistert und so werden es auch alle anderen Männer an jenem Abend sein. Ich muss keine einzige Tür selber öffnen, die werden mir von den elegantesten Zehlendorfer Männeranzügen, blitzschnell jeder meiner eigenen Regung zuvorkommend, äußerst galant geöffnet. Ihr Tun wird mit Blicken, die höchste Bewunderung ausdrücken, garniert.
Interessante Welt. Frau hat "nur" schön zu sein, (nur ist gut, das ist super viel Arbeit: Körperpflege, Haare machen, Schminken, Garderobe auswählen...) und dann tut Mann alles für sie, sie braucht nur zu zucken, in der Absicht etwas tun zu wollen, er macht es sofort, liest ihr ihre Wünsche von den Augen ab.
Natürlich sind die männlichen Anzüge völlig enttäuscht, dass ich einen Freund dabei habe,
sonst würde ich wahrscheinlich zig Heiratsanträge kriegen. Aufgrund des Freundes

werde ich auch nur zweimal zu Drinks eingeladen. Tai ist klein und zierlich, die Drink-Einlader haben wesentlich breitere Schultern als er und wollen mit ihren Schulterpolstern wahrscheinlich demonstrieren, dass ihr Bankkonto fetter ist als seins. In Urzeiten, hätten die breiten Schultern bedeutet: Ich kann mehr Beute fangen und unsere zukünftigen Kinder besser ernähren, heute funktioniert das übers Bankkonto.
Ich mache an diesem Abend noch eine – für mich ganz und gar neuartige – Erfahrung. Männer schauen mir in die Augen, dann sackt ihr Blick runter zu meinem herrlich mit Kunststoffkügelchen ausgestopften BH, bleibt dort einen hormonell verklärten Augenblick lang versonnen träumend hängen, um dann wieder zu meinen Augen zurückzukehren und mich bewundernd anzugrinsen. Diese Art von Busenfänger-Blick kenne ich gar nicht. Normalerweise schaut Mann mir in die Augen und erkennt schon aus der Peripherie, dass ich keine nennenswerten, extra zu begutäugens-würdigenden Titten mein eigen nenne, also braucht Mann auch nicht hormonell hängen bleiben. Das geschieht bei mir mehr mit meinem von Mutter Natur aus wohl-gerundetem Po, aber das sehe ich ja nicht, das findet ja hinten statt. Da muss das Hormon schon verbal werden, um bei mir vorne anzukommen.
Tage nach der Party rede ich mit groß-busigen Frauen, und die erzählen mir, dass sie diesen Busen-Einfänger-Blick nur all zu gut kennen. Inzwischen ertappe ich mich ja selbst immer öfter dabei, an entzückend hervorstehenden weiblichen Front-Kurven augenhaft hängen zubleiben, weil ich die Freuden des Nuckelns am Busen auch sehr schätzen gelernt habe.

Fazit dieses ersten Angela-Party-Abend-Auftritts-Tests ist: viele Männer stehen auf Ersatzteile und Prothesen.

Zur nächsten Abendgarderobe-Party gehe ich dann mutig allein und nehme mir diesmal ein noch mutigeres Experiment vor, nämlich den Männertest *one on one*, Eins zu Eins. Kurz nach meiner Ankunft auf der Party habe ich auch schon den ersten Verehrer, Paco aus Hamburg. Mehr als ein Plastik-Kügelchen-Busen-Fetischist, stellt er sich als Plastik-Rothaar-Fetischist heraus. Er erzählt mir über weite Strecken des Flirts immer und immer wieder, wie TOLL meine roten Haare wären. Dieses Kompliment bringt mich natürlich jedes Mal zum Kichern, was ihn wiederum zu dem Kommentar anregt: "Du lachst so viel, das gefällt mir."
Also wir flirten und flirten und scherzen und dann – kommt natürlich der Zeitpunkt, wo Paco meint, er müsse mich jetzt mal anfassen. Jetzt ist MEIN großer Moment gekommen. Ich bitte ihn, einen Augenblick zurückzutreten und ziehe mir ganz langsam und genüsslich die Perücke vom Kopf. Pacos Unterkiefer klappt runter und er kann es gar nicht fassen.

Eine ganze rothaarige Welt bricht für ihn zusammen, er schreit: "Was machst du da, was machst du mit mir?!"
Ich grinse Paco an, aber der ist überhaupt nicht mehr zu beruhigen. Die reichlich um uns herstehenden Menschen beobachten das Geschehen und lachen herzlich. Paco entzieht sich laut stammelnd meiner Gegenwart und jedes Mal, wenn ich ihm im Laufe des weiteren Party-Abends begegne, kriegt er völlig hysterische Anfälle und warnt alle Umstehenden vor DIESER Rothaarigen.
Diesem unwissenden männlichen Opfer meines Experimentes habe ich wahrscheinlich einen Schock fürs Leben verpasst, er mir DIE Anregung für das Stück meines Lebens gegeben.
Tja, so kann's spielen – das Leben.

Planet-Kreatur

Ich machte in den USA eine Ausbildung, die viel mit Körperarbeit zu tun hatte. Die Ausbildung ging über vier Jahre und fand jeweils in Sommer-Intensivkursen über sieben Wochen lang statt.
Wir waren etwa hundertzehn Leute aus aller Welt und davon, wie bei solchen Ausbildungen so üblich, waren die meisten Frauen. Es gab etwa fünfzehn Männer. Wenn frau den ganzen Sommer lang jeden Tag stundenlang Körperarbeit macht, völlig offen, gelöst und frei wird, wird sie natürlich... geil, ganz klar! Also hatten die fünfzehn Männer viel zu tun, denn von den fünfundneunzig Frauen waren nicht alle verheiratet, lesbisch oder monogam. So mancher langjährige Freund weilte weit weg in Europa, und was da in den USA geschah... Aber mitnichten waren jetzt diese fünfzehn Männer nur in sexuellen höchsten Rauschzuständen und suchten sich jede Nacht eine andere tolle Frau aus einem anderen tollen Land aus, nein, nein. Leider waren einige von ihnen verheiratet, schwul oder monogam, und was die Freundin weit weg im fernen Australien über polyamouröses Verhalten so denken könnte, war ihnen überhaupt nicht egal. Somit waren einige von ihnen den ganzen Sommer lang nur damit beschäftigt, die penetranten erotischen Attacken der schönen, geistreichen und fingerfertigen Frauen aus fernen Ländern abzuwehren, sehr zum Leidwesen der Frauen. Andere von ihnen suchten sich eine Frau aus, der sie den ganzen Sommer über treu blieben, sehr zum Leidwesen der anderen Frauen. Ein sehr hässlicher aber lieber Mann gar, schwängerte eine sehr schöne und liebe Frau in der ersten Woche ihrer Bekanntschaft. Im nächsten Sommer kehrten beide überglücklich mit dem Ergebnis zurück, und im dritten Sommer war dann schon das zweite Baby dabei. Ja und dann gab es auch noch einen Mann, der zu alt war, als dass sich das erotische Interesse der etwas jüngeren Damenwelt in seine Richtung hätte ausbreiten wollen und die älteren Damen wiederum waren meist doch verheiratet und monogam.
Was bei diesen ganzen Aufzählungen noch übrig blieb, war nicht existent. Dann fand die Ausbildung noch in Northampton, Massachusetts statt, die Frauen-Interessierten und Amerika-Begeisterten unter den LeserInnen werden jetzt eventuell aufmerken. In Northampton gibt es eine Uni namens Smith-College, an der in früheren Zeiten nur Frauen studierten und auch heutzutage ist ein Grossteil der Studenten weiblich. Davon ist wiederum ein nicht unerheblicher Teil lesbisch. Northampton ist eine Kleinstadt, in der es völlig normal ist, dass Frauen-Pärchen Hand in Hand die Straße entlang laufen. Warum ich das alles erzähle? Um auf die folgenden Ereignisse vorzubereiten...
Innerhalb der Ausbildung hatten wir mit sechs Frauen eine *Support-Group* gegründet. Wir trafen uns einmal die Woche in der Mittagspause, um uns über unsere sehr unterschiedlichen Missbrauchserfahrungen auszutauschen. Im Laufe dessen beschlossen wir,

uns einen Abend mit Ritualen, Improvisationen, Offenheit für kreative Kreatürlichkeiten und Vokalisationen zu gönnen. Also mieteten wir uns ein Tanzstudio. Das Tanzstudio lag angeschlossen an ein Wohnhaus mitten im Wald. Wir hatten uns speziell diesen Ort ausgesucht, damit wir laut werden könnten, schreien, kreischen etc., falls uns danach wäre. Ich bin ja eine spezielle Kandidatin fürs schreien, wenn meine Monster erst mal aufwachen, geht's total ab und ich will gar nicht mehr aufhören. Den fünf anderen ging es teilweise ähnlich. Wir brachten uns Essen und Trinken mit. Die anderen waren gut ausgestattet mit perkussiven Instrumenten, reinigenden Mitteln wie *Smudgesticks* aus Salbei, welche abgebrannt werden, um damit die Aura eines Raumes zu reinigen und diversen Gegenständen und Objekten die zu kultischen, mystischen, esoterischen Handlungen, Begegnungen, Werdungen und Seins-Zuständen aufrufen können, sollen und wollen. Ich habe von diesen Dingen wenig Ahnung, finde sie aber sehr faszinierend, wenn sie nicht übertrieben werden.
Während die anderen fünf damit beschäftigt waren, den Raum rituell zu reinigen und vorzubereiten, ging ich in den Garten, der aus einer großen Rasenfläche und einem Gemüsegarten bestand. Es war früher Abend an diesem 28. Juli, Uhrzeit der Mücken. Ich befand mich aus lauter Vorfreude auf diesen Abend schon längst in einem gelöst, fließenden, völlig authentischen Zustand – meine Körper-Glückshormon-Produktion war auf vollen Touren. Ich hatte gesteigerte Fähigkeiten, war ohne Grund angegackert und torkelte höchst glücklich mit Gräsern, Mücken, Zweigen, Blättern, Bäumen und dem Wind tanzend durch den Garten. Ich war wie ein Medium, welches die "Radiowellen" vieler Dinge auffangen kann, sie kurz abspielt, gleichzeitig mitfühlt und dann zum nächsten Sender springt. Ich war so glücklich, dass ich mich all meiner Kleidung entledigte und anfing, nackt durch den Garten zu springen – durch die Nacktheit angestachelt, wurde ich prompt noch glücklicher...
Dazu muss man wissen, dass die Amerikaner sehr prüde sind, Nacktheit weit entfernt von normal ist und das Ganze somit noch einen größeren Touch von Verboten bekam.
Mit einem Mal kam Caramel aus dem Tanzstudio heraus. Caramel, die mir am engsten vertraut war, im letzten Sommer waren wir uns allmählich näher und näher gekommen. Es war eine Entwicklung, die im Laufe von 7-8 Wochen passierte und in einer achtstündigen Autofahrt kulminierte. Eine Autofahrt mit einem riesigen amerikanischen Gefährt aus den 60er Jahren, so ein echter Ami-Schlitten, total lang und breit, der weich und soft über die Straße glitt, als ob seine Räder den Boden gar nicht berührten und in dem wir zwei Frauen total witzig winzig aussahen. Eine Autofahrt, während der wir uns *basically* unsere gesamten Lebensgeschichten erzählten und uns am Ende so nahe waren, dass es sich total komisch anfühlte, sich danach abrupt nicht mehr zu sehen. Erst zehn Monate später sahen wir uns wieder und waren uns sofort sehr verbunden. Fast jeden Tag saßen wir beim Lunch zusammen und erzählten uns Dinge, die

uns tief bewegten. Caramel hatte seit fünf Jahren eine Beziehung mit einer Frau und seit ein paar Monaten war es offensichtlich, dass etliches im Argen lag und die Beziehung dabei war, auseinander zu gehen. Das heißt sie hatte sehr stark das Bedürfnis, mir ihr Herz auszuschütten. Ihre Freundin war zu Hause in Minnesota und hatte gerade eine Affäre mit einer anderen Frau, bisher hatten beide monogam gelebt. Nun führten sie etliche Telefonate und es war ein ewiges hin und her, nach jedem Telefonat war Caramel völlig zerstört, unsere Gespräche bauten sie dann jedes Mal wieder auf.
Ja - und hier stand sie nun – lange dunkelblonde Haare, große blaue Augen, sehr expressive Nase mit Ring im rechten Nasenflügel, etwa acht Ohrringe in jedem Ohr, viele Ketten um den Hals hängen, diverse Ringe an den Fingern, aufrecht, stolz – etwas hexenartiges – und zugleich sehr mädchenhaftes war in ihrer Erscheinung.
Angeturnt von mir, der freien Deutschen, die über zwölf Jahre lang als Akt-Modell gearbeitet hatte und auch sehr gerne nackt auf der Bühne rumturnte, zog sie dann auch ihr T-Shirt aus und stand oben ohne da.
Ich erblickte einen der schönsten Busen, den ich je in meinem Leben gesehen hatte. Wohl geformt und aufrecht nach vorne stehend mit wunderschönen Brustwarzen. Dieser Busen würde niemals einen BH benötigen, obwohl er gar nicht so klein wie meiner war, nichts gegen meinen Busen, ich liebe meinen Busen und will auch überhaupt keinen größeren haben, aber dieser hier hatte jedenfalls eine sehr angenehme Größe und würde trotzdem niemals hängen, das konnte ich einfach sehen. Ja und wie ich sie da so stehen sah, in all ihrer Schönheit und ihre Brüste mir frech entgegenlachten, in diesem Moment machte es bumm/ klick/ boing und ich begehrte sie sexuell sofort und total und war gleichzeitig total verknallt in sie. Irgendwas in ihr schien zu spüren, was da mit mir passierte, - das Irgendwas war aber sehr tief in ihr drin und ihr Bewusstsein wollte das noch nicht so recht wahrhaben. Ich agierte meine Begierde auch nicht gleich aus und wurde zunächst einmal noch glücklicher und aufgedrehter und sagte etwas zu ihr wie, dass das ja wohl die schönsten Brüste der Welt wären, die sie da hätte. Gleichzeitig war ich irgendwie sehr aufgeregt, mein Herz schlug ziemlich doll und ich zitterte etwas. Sie freute sich natürlich sehr über das Kompliment und sagte, dass sie selbst sehr auf ihre Brüste abfahren würde.
Ich drehte mich in meinem Delirium durch den Garten, in dem Moment fing es ganz leicht an zu regnen – ein sehr warmer nur tröpfelnder, recht zaghafter Sommerregen. Ich schmiss mich vor lauter Glück auf den Rasen, Mücken oder nicht Mücken (in der Boulevardpresse stand mal, dass sie einen besonders stark beißen wenn man sexuell erregt ist) und kugelte mich eifrig hin und her. Sie stand unterm Hausgiebel und schaute mir zu, war inspiriert mitzumachen, fühlte sich aber noch nicht ganz so frei und machte dann ein paar Schritte nach vorne, um die warmen Tropfen auf ihrer Haut zu spüren. Ich sprang und quiekte derweil über den Rasen und war überfroh, diese Eksta-

se-, Glücks- und Rausch-Zustände zu erleben und zu spüren, dass sie Realität waren. Ich lief auf sie zu und machte ein paar eindeutige Bemerkungen wie – dass ich super gerne an ihren Brüsten saugen würde. Sie nahm das zwar zur Kenntnis, aber wie gesagt nur oberflächlich, ihr Oberbewusstsein sagte ihr, dass diese Frau, die da so sexuell zu ihr redete, heterosexuell sei und das alles gar nicht so ernst meinte. Sie machte dann zwar ein verbal-sexuelles Geplänkel mit mir, aber unten drunter lag ein Zweifel. Ich in meinem deliriösen-kapriziösen Zustand registrierte ihr Verhalten zwar so halb, ignorierte es aber ein wenig und flirtete kräftig drauf los. Inzwischen kam ein Ruf von drinnen, dass die anderen fertig mit der Vorbereitung des Raumes waren. Ich zog mich wieder an und wir gingen rein.

Griffbereit hatte ich ein gewagtes Strickoberteil, eine Art Weste, die am Rücken geschlossen – vorne aber nur aus lose angeordneten Strickschlangen bestand, die das Vorne in keinster Weise verhüllten, sondern nur akzentuierten. Zu einem fortgeschrittenen Stadium des Abends hatte ich vor, mich meines T-Shirts zu entledigen und dieses kultige Kleidungsstück zu tragen.

Am Anfang kamen wir zu sechst im Kreis zusammen, um eine Einstiegs-Bestandsaufnahme zu machen, uns an den Händen zu fassen und diverse Einstimmungsrituale zu vollführen, um von dort aus in erste Improvisationen überzuleiten.

Eine der Frauen war Mitte fünfzig, mit starken femininen Rundungen – es war schön zu sehen, wie sie recht schnell warm wurde und in eine sehr intensive Improvisation mit Mutter Erde reinging, sich Teilen ihrer Kleidungsstücke entledigte und ihre Brüste präsentierte. Jene wurden gerieben und liebkost, gleichzeitig betrieb sie wildeste Gesangs- und Sprach-Improvisationen, tief aus ihrem Innersten sprudelten die Worte nur so aus ihr heraus, sie schienen von ganz unten zu kommen und erzählten von diversen Zuständen aus vorigen Leben, die vielleicht 3-5000 Jahre her sein könnten. Sie erzählte von positiven und von traumatischen Ereignissen, zunächst sprang sie zwischen ihnen hin und her, bis sie dann bei einem blieb und sehr intensiv in den aus ihr heraussprudelnden Zustand hineinging und in eine Art mediale Trance verfiel. Die anderen drei blieben mehr oder weniger Zuschauerinnen und waren in ihren Aktionen zurückhaltend, gar gehemmt, während Caramel und ich total angesteckt wurden und ganz leicht, *easy* und *relaxed* in unsere tieferen Ebenen hineinflossen und aus unserem Inneren schöpften. Es war so, als ob wir mühelos in eine Parallelwelt glitten, in der es keine Sprache gab, sondern nur ständig die Form verändernde Kreaturen, sogenannte *Shapeshifters,* die mit Lauten, Mimik, Gestik und Körpersprache, aber keinesfalls mit Sprache kommunizierten. Initiiert durch unsere damalige Autofahrt, unsere vielen schwesterlichen Gespräche und unseren kleinen Gartenflirt rutschten wir mühelos gemeinsam in diese Welt und hatten keinerlei Kommunikationsprobleme. WIR taten das, die anderen leider nicht – die schauten mit offenen Mündern und es war ihnen nicht möglich zu folgen – da sie total in ihrer analysierenden Hirntätigkeit blieben und es nicht schafften, das logische Denken auf einen hinteren/niederen Platz im Hirn zu verweisen, von dem aus es zwar als Zeuge beobachten kann, aber nicht mehr aktiv eingreift, weil es einen Sprechschutz vor dem Maul hat und so High-gefüttert wird mit Endorphinen, dass es nur noch kichernd auf seinem Stühlchen in der Ecke hockt und glücklich zuschaut, die Dinge fließen sieht und auch gar nichts sagen will. Nein, es ist sogar stolz, wie sein Herr/seine Herrin über sich hinaustritt und zu Dingen fähig ist, die sonst unmöglich erscheinen – letzteres tun sie ja oft nur, weil das logische Denken hindernd und hemmend eingreift. Hier wieder eine kleine Schizophrenie, mein innerer Zeuge registrierte sehr wohl, dass die anderen nicht mitzogen, aber mein authentisches, fließendes Ich scherte sich nicht darum und floss in Richtung Monster-*Shapeshifting*-Dimension zusammen mit Caramel davon. Nein, nein so ist es nicht ganz richtig, ich versuchte, sie mitzureißen, mitfließen zu lassen, sie zu integrieren, ihr logisches Denken baute allerdings so ein starkes Vorurteil auf, dass sie sich selbst total behinderten. Schade – dabei hatten wir gedacht, dass wir gerade in dieser Runde mehr Verständnis und Offenheit für unsere Bedürfnisse finden würden als in der großen Runde – *damn* -.

Anyhow, Caramel und ich waren *Soul-Sisters*/Seelen-Schwestern und tobten gemeinsam in Dimension-Monster auf Planet-Kreatur. Das heißt: ich fand mich etwa eine halbe Stunde in die Improvisation von *FiftyFive* hinein: in einer Ecke des Raumes: auf Planet-Kreatur: auf allen Vieren: animalisch: kreischend, fauchend, kratzend und beißend - nur um Haaresbreite noch mit meinem logischen Denken verbunden,,, wenn dieses Haar (konnte nur ein Schamhaar oder eines meiner Perückenhaare sein) reißen würde, wäre ich ganz in dieser anderen Dimension und könnte wahrlich nicht zurück, ich wäre glücklich auf Planet-Kreatur – *ever-shapeshifting,* aber die "normale" Welt hielte mich für verrückt, was ich im richtigen Wortsinne ja auch wäre.

Anyhow, in diesem Tanzraum in meiner Raum-Ecke war meine rechte Hand-Arm-Pranke ausgestreckt nach *Soul*-Schwester, die mit graul-grimmigem Antwort-*growling* sich auch meldete, aber sehr, sehr lange brauchte, um sich mir physisch zu nähern... *there had to be long struggle, long temptation...* Unter Planet-Kreatur und seiner Welt lag ja die Parallel-Welt Planet-Erde und ihre sexuellen Begierden – es liefen also diverse Parallelwelten ab. Planet-Erde/sexuelles Bedürfnis hörte eindeutig meinen *mating-call*/Brunftschrei und wusste ihn auch entsprechend zu deuten, abgesehen davon, dass Caramels haaresbreites logisches Denken das nicht checkte, dieses Verständnis lag viel tiefer auf Sex-Chakra-Ebene zum Beispiel. Also wie gesagt der *outreach,* das Reichen und Strecken dauerte eine halbe animalisch-menschliche Ewigkeit, bis endlich unsere Fingerspitzen sich berührten und noch weiter in die Ewigkeit hinein bis die Fingerkuppen ineinander hakten, sich daran lang-langsam mit viel *resistance*/Widerstand aneinander heranzogen und ach – all das war so überaus muskulär anstrengend, aber so bestialisch gewollt, dass eben jene bestialischen Kräfte freigesetzt wurden bzw. uns zur Verfügung standen, dass jaaaa, Hände sich in Unterarme griffen und zooogen, bis jaaaa, die Körper sich parallel wiederfanden, parallel in der Parallel-Welt angekommen. Neben uns gleichzeitig, in anderen Parallel-Welten *FiftyFive: mothering, earthing, wombing, birthing, breasting...*/mutternd, erdend, gebärmutternd, gebärend, brüstend... Die anderen Grazien in der Mitte des Raumes, wie um das symbolische Lagerfeuer hockend, nur mal kleine authentische Fühler ausstrecken könnend, widerständisch, zickig, intensiv an eingefahrenen Mustern festhaltend – schade. Wir– *outreaching for them, crying for them*, aber da wir nun zu zweit viel stärker in unserer Parallel-Welt waren, nicht willens hinauszugehen, allerdings eines unserer Menschenaugen weinend ob der Spiel-für-sich-selbst-Verderberinnen, Schad-Innen – tja—- In diesem schizophrenen Zwiespalt-Fluß-Zustand geht der Abend seinen Gang, geht und fließt, und krabbelt und schreit, und brüstet, und frisst gekochten Reis und *Seaweed*/Seetang, und die *sexual attraction on planet-earth* steigt grrroooooaaaaauuuulllll——————————------

Als Abschluß des Abends eine Evaluations-Besprechung ums *fake* Lagerfeuer - mit wortgewaltigen Vorhaltungen seitens der zickigen Grazien, gegen die Ur-Mutter/*FiftyFive* und die parallel-weltigen Einwohnerinnen von Planet-Kreatur. Ohne Rücksicht auf Gefühle wären wir rücksichtslos – grenzüberschreitend – egoistisch – egozentrisch, unsere Welten aufoktroyierend vorgegangen – vorgeprescht, hätten sie drei am Feuer verhungern lassen und wären Ich-bezogen auf Planet-Mutter/Ur-Mutter und Paar-bezogen auf Planet-Kreatur herumgeturnt, während sie drei mutterseelenallein von allen guten Geistern, Müttern und Kreaturen verlassen auf Planet-Ziege hockten meck...meck...meck... Da hockten sie immer noch meck...meck... und waren blind und taub meck... vor lauter Vorurteilen/Projektionen meck...meck... für unsere aufrichtigen Lockungen und Bemühungen meck...meck...
In the meantime, war es schon fi 12.00 Uhr nachts geworden. Es war Donnerstagabend und am nächsten Tag hatten wir wieder ab 8.30 Uhr Unterricht. Als wir den Raum vorbestellten, hatten wir angemeldet, auch in die Sauna gehen zu wollen, die war nun extra für uns geheizt worden, bei unserem inzwischen gestartetem Aufbruch wurden wir von jemandem im Haus daran erinnert, dass sie schön heiß wäre und nur auf uns wartete...hmmm
Die Stimmung zwischen den Ziegen und den Kreaturen war mehr als komisch, aber die Kreaturen untereinander ja schwer am harmonisieren. Ja und wo war sie, die Sauna, mitten im Wald, ungefähr sechs Minuten Fußweg vom Haus aus. Es war eine hell scheinende Juli-Vollmondnacht und wir *creature-girls* machten uns begeistert auf, in die Sauna zu gehen. Es war so eine richtige Hänsel-und-Gretel-Hexen-Häuschen-Nacht, nur waren wir eher Hanne und Gretel. Zwei der Planet-Ziege-Inhabitantinnen hatten sich

bereits verabschiedet und waren meckernd, dampfend und kochend abgerauscht. Wir anderen inklusive eines *guides* vom Haus rauschten durch den Wald um in der Sauna zu dampfen und zu kochen. Die Nacht war sehr warm, wir trugen nur ein paar sehr luftige Trainingsklamotten. Meine Seelen-Schwester und ich zupften uns gegenseitig an den Sachen wie zwölfjährige Girls. Ich hatte teilweise ziemliche Angst, Großstädte bei Nacht machen mir weniger Angst als draußen in der Natur – ich bin schließlich in Berlin aufgewachsen und all die komischen Geräusche nachts im Wald...brrr... Aber es war eine sternenklare Nacht, der Mond dick und voll, direkt über uns am Himmel, das war total *spooky* und gleichzeitig sehr aufregend. Wir zupften, zeigten uns gegenseitig die Sterne, zitterten vor Angst, gackerten deshalb lauter und kamen so bei der Sauna an. Ein simples Holzhäuschen mitten im Wald. Es gab einen Vorraum der total voller Gerümpel stand, der hatte kein elektrisches Licht oder sonstige Lichtquellen außer dem Mond, der durch die Zweige hindurch ein wenigst Licht spendete. Unsere Augen waren durch den MondnachtWaldSpaziergang schon recht gut an diese Halbdunkelheit gewöhnt und so fanden wir nach etwas Suchen ein paar Haken, an die wir unsere Kleidungsstücke hängen konnten, ab ging's in die Sauna. Diese Sauna war eigentlich ein *Sweat-House*, sie wurde durch riesige Steine, die durch Holz zum Glühen gebracht wurden, beheizt. Ich war total aufgeregt, erstens war ich zum ersten Mal in der Sauna, nachts um fi 12, Vollmond, mitten im Wald in Massachusetts, USA und zweitens war ich total horny-heiß-sexuell-erregt+verknallt in diese tolle Monster-Kreatur-Frau-Girl-Soul-Schwester hier direkt neben mir. Ab und an war ich sehr von Frauen bzw. Mädchen angeturnt bzw. erregt gewesen – hatte mit 18 Jahren versucht, meine beste Freundin zu verführen, als sie mal bei mir übernachtete, sie hatte gekreischt und hat danach nie wieder bei mir geschlafen. Hatte mit 19 bei einem Discobesuch, den ich mit meinem damaligen Freund Damian, einem Ex-Lover und seiner Freundin tätigte, mit eben dieser Freundin 10 Minuten lang auf dem Damenklo geknutscht. Wonach wir errötet und glücklich aus dem Klo wieder erschienen und ich total eifersüchtige Schelte von Damian bekam, während mein Ex-Lover mir heimlich Orgien-Angebote machte, auf die ich aber vor lauter Opfertum nicht eingehen konnte. Meine nächsten Verliebtheiten in Frauen, was so etwa alle 2 Jahre vorkam, waren immer totale Heteras gewesen und ich traute mich einfach gar nicht, auf erotischer Ebene auf sie zu zugehen. Aber dieser 3. Sommer Ausbildung mit all der Körperarbeit/*bodywork* und all diesen tollen Frauen, wovon schätzungsweise fünf lesbisch und vielleicht 2-5 bisexuell waren, was sie wahrscheinlich selbst nicht so recht wussten inklusive mir selbst. Ja und der dritte Sommer eingemietet im Smith-College, der unter amerikanischen Lesben berühmtesten Uni, in Northampton, diesem entzückenden kleinen Städtchen, in dem so wahnsinnig viele Hippies und Heiler aller Richtungen lebten. All diese Energie hatte ich den dritten Sommer um mich... aber *back to the story*... rein stolperten wir... in diesen heißen, hexigen Raum mit den riesigen glühenden Steinen, es war tooootal dunkel und gewöhn was wollte, man konnte nur schemenartig etwas ausmachen, die Steine gaben nur sehr wenig Licht her, wir suchten ein Weilchen, bis wir endlich eine Sitzbank fanden, unsere Handtücher drauflegten und uns hinsetzten. Die Versuchung und mein Schweiß fingen an zu tropfen, mein Herz fing an zu pochen... da saß sie nun, direkt neben mir, die Versuchung in Person, im Dunkeln, splitternackt, die reifen Brüste zum Ansaugen, Anzapfen, Reinbeißen, die heiße Luft um uns her, SIE zum Greifen nah... und ICH griff zu... ran an die Brüste – oh, wow, diese weichen vollen Rundungen, dieses schöne Gewicht, diese Warzen, die sich unter meinem Zugriff sehr schnell aufstellten. Inzwischen rann der Schweiß mehr und mehr, ich fühlte mich sehr wohl in meiner Aktion, merkte aber gleichzeitig, dass ich nicht so lange in der Hitze bleiben wollte. Ich flüsterte ihr zu, ob wir nicht rausgehen wollten und wir wanderten, uns an den Händen haltend, in den Gerümpelvorraum, in den inzwischen relativ viel Mondlicht einfiel und in dem somit ein angenehm, unangenehm graues Zwielicht herrschte. Zum ersten Mal seit Stunden allein, keine Worte, aber Küsse, sofort heiß und kochend und zungig–züngelnd, durstig-durstend, sexuell-gierig, märchen-mädchenhaft, mädchenhaftes Märchen, märchenhafte Mädchen... und wir küssten und küssten uns, heiß und innig und griffen und zupften an unseren Brüsten und *nipples*,,, so durstig unsere Küsse trinkend, nach all den *struggles*... Dann ein paar aufgeregte, flüchtige Worte – Worte schienen schwach, in diesem intensiven Moment... Noch mal kurz rein in die Sauna, gackernd und *giggling*. Keine rechte Sauna-Ruhe findend vor lauter Kleine-Mädchen-Aufregung, ziemlich egal uns - vor lauter *excitement*, was die zwei, drei anderen Frauen, die auch in der Sauna saßen, dachten. Wieder raus in den Vorraum *touch, touch, touch you briefly – all over, but very briefly*,,, fass, fass, fass dich an, überall, aber sehr zart, aber sehr kurz, um zu vergegenwärtigen vielleicht, dass all dies auch wirklich geschah. Die anderen kamen auch raus, wir zogen uns an und gingen zum See – Waldsee, zum Abkühlen... *oh my goodness, in the middle of the night into the water?*

Das war, glaubte ich, zu viel für mein kleines aufgeregtes und leicht wasserscheues Herz. *Soul-Sister and I jumped geekily through the forest* / Seelen-Schwester und ich hüpften gackernd durch den Wald, wie zwölfjährige Mädchen, zupften immer wieder an unseren Sachen, griffen immer wieder nach unseren Gliedmaßen, zupften immer wieder an unseren Busen, griffen immer wieder nach unseren Geschlechtsteilen, völlig aufgekratzt, als ob wir so was noch nie getan hätten. *Which was true for my case at least.* Nachts um fi 1 bei Vollmond mitten im Wald in Massachusetts. Sie war 34, ich 32. Sie hatte ihr Coming Out mit 24, war vorher vier Jahre durchaus glücklich verheiratet gewesen, bis ihr Mann schließlich realisierte, sie sollte lieber mit Frauen zusammensein, gab ihr einen freundlichen Arschtritt *and off she went...jippieehhh...* Beim See angekommen, gingen die anderen ziemlich schnell, aber doch laut protestierend ins Wasser, schwammen, redeten dabei aber laut, lautes Reden reduziert die Angst im Dunkeln. Dieser dunkle Hexensee, mitten im Wald, ein großes Loch zwischen all den Bäumen, darauf drei schemenhafte Köpfe auf schwarzem "Öl" gleitend, laut in amerikanischem Slang wirres Zeug stammelnd, Waldgeräusche um uns her, dunkle Stämme und riesige Wurzeln, die aus der Erde ragten.

Ich allein, leicht zitternd vor Angst, eigentlich hatte ich gar nicht so große Angst, aber mein Schweinehund war riiiiiiesig und ließ mich nicht über die Wurzeln den dunklen sehr steilen Sandabhang runterklettern, um ins schwarze Öl abzutauchen, also erwartete ich zitternd (blöder Schweinehund!) *the return of soul-sister.* Nachdem sie dem Wasser entstiegen, rieb ich sie mit einem Handtuch ab und weiter ging's, *under big sister moon's protection* quietschend und zwitschernd einen hell beschienenen Waldweg entlang.

Am Haus wieder angekommen, zogen wir uns in einem halbdunklen Flur, keine mochte normales elektrisches Licht anmachen – igittigitt – unsere Straßenklamotten wieder an. Irgendwie waren wir in diesem Moment schrecklich zivil, normal erwachsen und schüchtern, aber auf andere Art schüchtern, nicht wie *little girls/*kleine Mädchen, sondern erwachsen-schüchtern, *how shall I describe it, oh you know* – ihr wisst schon – so total *grown-up-shy* halt. Gleichzeitig dachte ich, dass alles klar wäre, dass wir die Nacht miteinander verbringen würden und sie fragte mich, ob sie mich nach Hause fahren solle – aber so richtig einfach nur nach Hause fahren und nichts weiter. Ich war völlig überrascht ob dieser Frage. Mein ganzes Selbst wollte unbedingt diese Nacht mit ihr verbringen, alles floss zu ihr hin, mit ihr, für sie, in diesem Moment – und ich sagte es ihr und sie war erst mal total überrascht, was wiederum mich überraschte, schließlich hatten wir ja vor einer halben Stunde heftigst rumgeknutscht.

Sie schaute mich an, soweit man das im Halbdunkeln sehen konnte und sagte: *"I thought you were straight?"* / "Ich dachte du bist Heterosexuell?"

"Yeah, yeah so far, but I really wanna spend this night with you!" "Wow", she says, "where can we spend this night together, your place or mine? And it is really your first time with a woman?" "Yes" "Wuhuuu!" / "Ja, ja, bisher schon, aber ich will wirklich diese Nacht mit dir verbringen!" "Wow", sagt sie, "Wo können wir diese Nacht verbringen, bei dir oder bei mir?" Und ist es wirklich deine erste Nacht mit einer Frau?" "Ja" "Wuhuuu!"

Es folgten diverse Diskussionen über das WO, wir entschieden uns für ihre WG. Sechs Frauen alle lesbisch, hatten für sieben Wochen gemeinsam ein Haus gemietet und wohnten darin während des Sommer-Kurses, jede hatte ihr eigenes Zimmer. Während der Autofahrt durch dunkle Massachusetts-Wälder waren wir beide sehr aufgeregt und gleichzeitig irgendwie ruhig.

Am Haus angekommen schärfte mir *Soul-Sister* ein, mich sehr leise zu verhalten, da alle

anderen schon schliefen. Schließlich hatten wir am nächsten Tag Kurs, und der fing früh an. Wir schlichen auf Zehenspitzen durchs Haus, ihr Zimmer befand sich im ausgebauten Dachboden, das Kinderzimmer – wie passend - der eigentlichen Bewohner dieses Hauses, die ihr Haus für den Sommer vermietet hatten.
Wir entledigten uns mal wieder unserer Anziehsachen und hopsten sofort ins Bett, für ein Kinderzimmer war das Bett ganz schön groß. Endlich allein – endlich intim. Irgendwie lief alles völlig natürlich, die Sexualorgane kamen mir bekannt vor, ich wusste genau, was ich machen musste, um sie anzuturnen und *Soul-Sister* mochte kaum glauben, dass es wirklich mein erstes Mal mit einer Frau war, so beeindruckt war sie von meinen *natural talents*.
Wir knabberten und bissen heftig, genüsslich und lustvoll an allen Körperteilen rum, ließen unsere Finger tief in unseren Mösen vibrieren und schrieen, kreischten und gackerten wie hungrige Teenie-Girls. Zwischendurch schlichen wir uns verstohlen fest an den Händen haltend aufs Klo, so als ob wir etwas Verbotenes täten, dabei fühlten wir uns, als ob wir inzwischen nur noch fünf Jahre alt wären, dabei pissten wir ja nur und das Haus war sowieso in lesbischer Hand. Jedenfalls wurde es eine höchst lustvolle, lange bzw. kurze Nacht. Und oh — ach — diese Titten, ich konnte mich überhaupt nicht davon losreißen und nuckelte und saugte die halbe Nacht lang daran rum.m.
Am nächsten Morgen schlichen wir völlig verpennt aber glücklich in die Küche, dort wartete schon ein halbes Empfangskomitee und bewillkommnete mich im Club. Das war so ähnlich wie Applaus nach gelungenem Bühnenspiel. Die Frau, die im Zimmer unter uns nächtigte, meinte sie wäre von unserem Krach und Liebesgestöhn wach geworden und hätte sich sehr gewundert, mit wem Caramel wohl Sex hatte.
Tja, die nächsten zehn Tage kamen *Soul-Sister* und ich, außer wenn wir in der Schule waren, überhaupt nicht mehr aus dem Bett raus. Die sexuelle Anziehungskraft war zu groß. Ich habe ja unter anderem beim Sex oft die Angewohnheit zu Monster/Tier/Kreatur zu mutieren – *Soul-Sister* konnte da wunderbar mithalten und wir lieferten uns wunderbare Beißgefechte hmmmjammm. Wir schliefen eng umschlungen in meinem sehr schmalen Bett, denn meine Mitbewohnerin war in einem Zimmer sehr weit weg von uns.
Ja, und dann kam leider der Tag meiner Abreise – traurig, traurig. Zwei Kontinente und ein dicker fetter Ozean dazwischen sind schon schwierig zu überwinden. Wir schrieben uns vier Monate lang glühende Liebesbriefe, dann flog ich wieder rüber und musste feststellen, dass die Erwartungshaltung ins Unermessliche gestiegen war und die Realität dem nicht standhalten konnte. Wir trennten uns in Freundschaft.

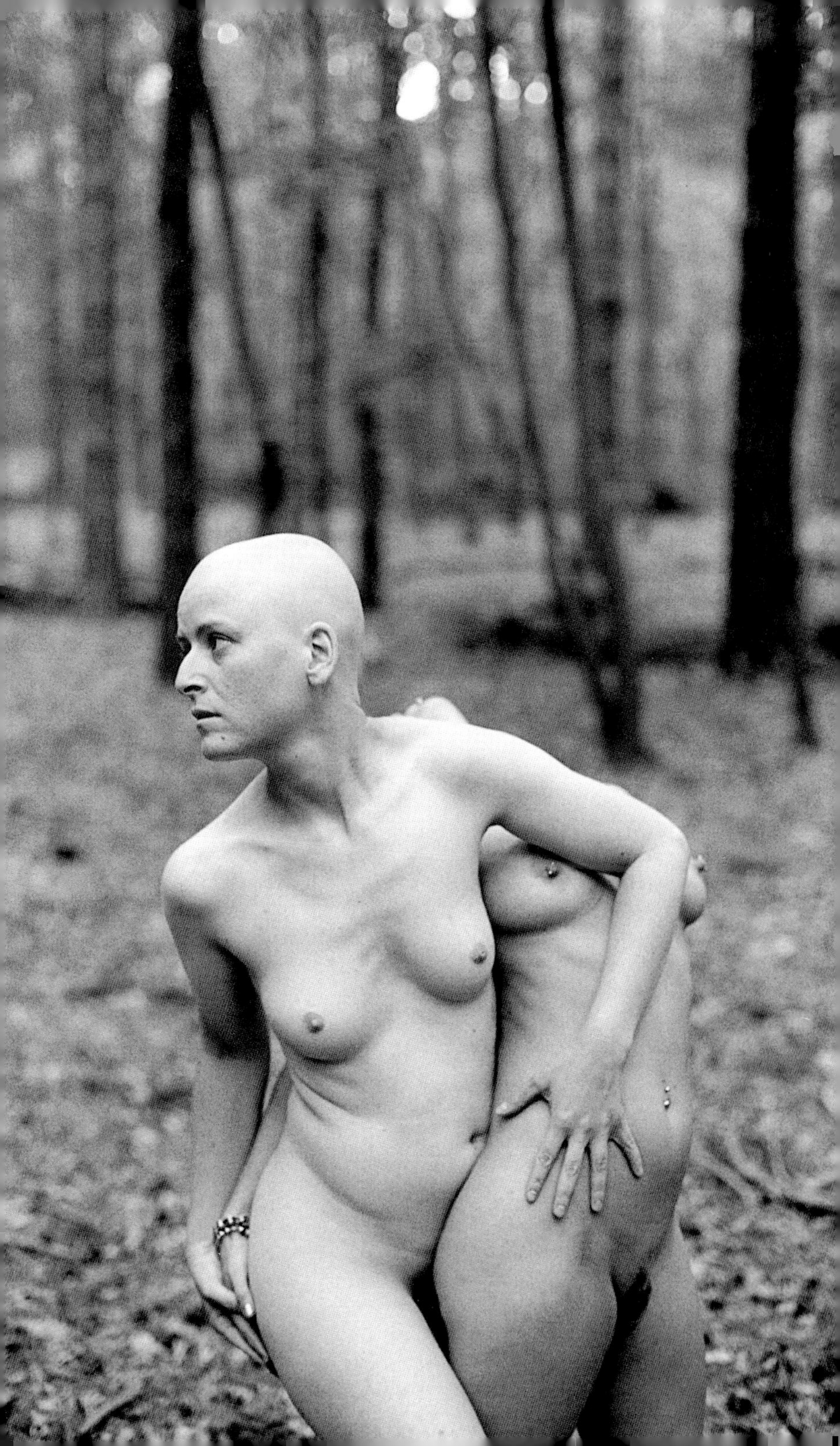

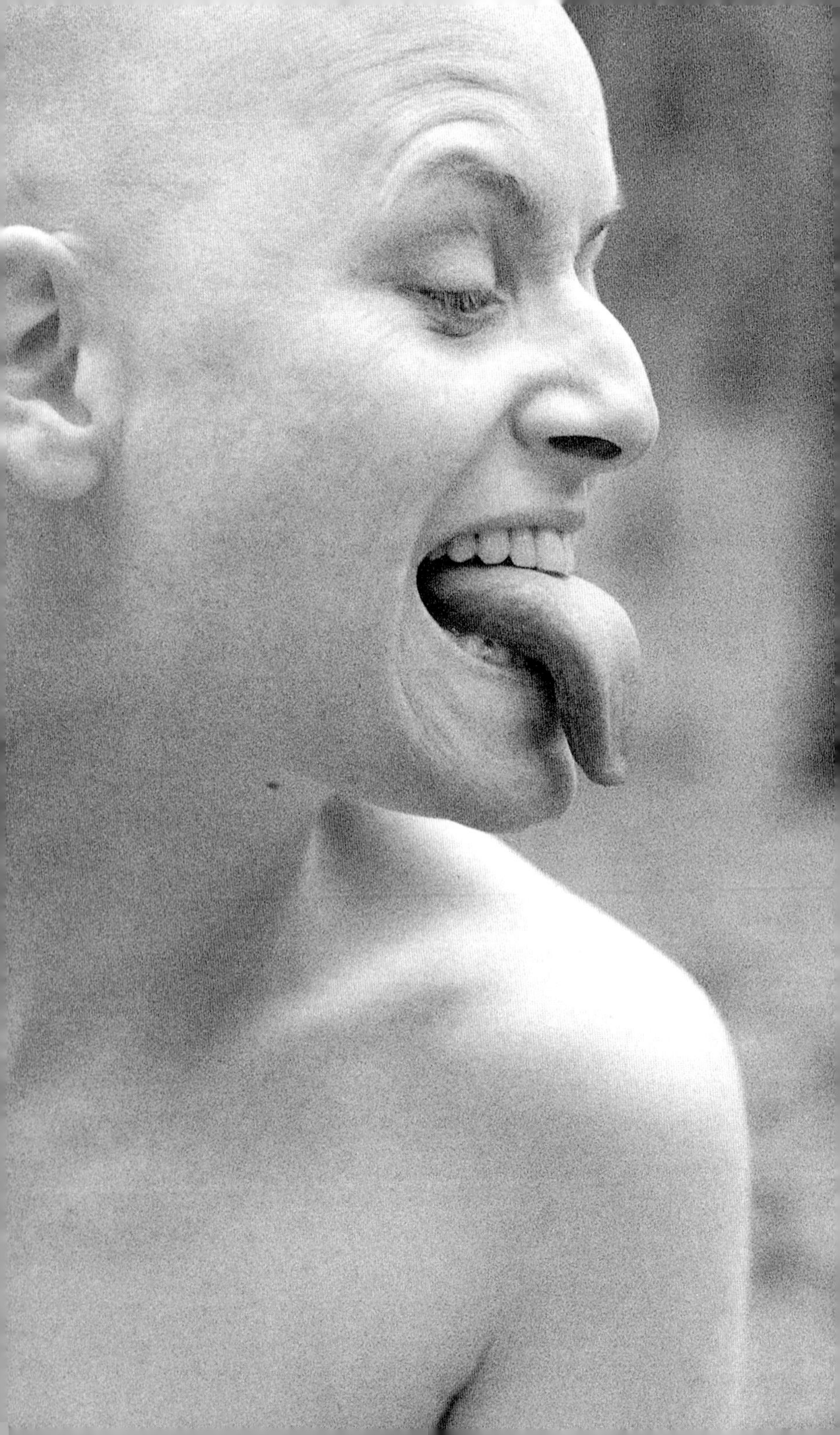

Hotelflur

Im Sommer 1993 recherchiere ich in New York für eine Performance und frage Amerikaner nach ihren liebsten erotischen Fantasien oder wahren Erlebnissen. Ihre Bereitwilligkeit, mir ihre Geschichten in mein Aufnahmegerät zu sprechen, ist riesig.
Die Geschichten handeln oft von Sex an ungewöhnlichen Orten. Es gibt sogar einen Fall, wo eine Frau mir unbedingt helfen will, wir aber keinen Termin finden, da hinterlässt sie eine ellenlange Geschichte auf meinem Anrufbeantworter.
Sol ist sehr schüchtern, alle anderen Freunde sind das weniger, aber auch er will sich nützlich machen. Also schlägt er mir vor, seinem Freund Stone meine Nummer zu geben, Stone würde ständig verrückte Sexgeschichten erleben und auch gerne darüber reden.
Sol und Stone sind beide Musiker und spielen in diversen Bands.
Eines Tages ruft Stone mich an und sagt, er würde mir gerne eine seiner Geschichten erzählen, wir kennen uns bis dato überhaupt nicht. Er will mir bei meiner Recherche helfen, Kunst sei sowieso immer unterstützenswert, wenn Künstler untereinander sich nicht helfen, wer sonst. Wir machen einen Termin aus, wann er zu mir in die Wohnung kommen soll.
Die Wohnung ist im *East Village, 7th Street just off Avenue B.* Ich mache *House-Sitting* für einen anderen Musiker-Freund, der gerade auf Tournee ist. Oben drüber wohnen zwei weitere Musiker, die oft auf ihren Instrumenten üben. Ansonsten gibt es in diesem Haus mit extrem dünnen Wänden nur Puerto-Ricaner und die hören sehr häufig und sehr laut Salsa – eine Musik, die ich hassen gelernt habe, speziell wenn ich mal wegen meiner häufigen Nacht-Club-Aktivitäten einen dringend notwendigen Mittagsschlaf halten will, was meist schier unmöglich ist.
Dann steht Stone vor meiner Tür. Er hat sehr lange mittelbraune Haare, die mit einem Gummi hinten zusammen gehalten sind und ein ansprechendes Gesicht.
Wir setzen uns in Ermangelung anderer Sitzmöglichkeiten aufs Bett.
Ich bereite meinen Tape-Recorder vor, wir sind beide etwas verlegen und sprechen kaum ein Wort, die Nachbarn sind ebenfalls ausnahmsweise ruhig. Anschließend halte ich diesem höchst attraktiven Mann mein Mikrophon vors Gesicht. Wir sitzen ganz still, um keine Nebengeräusche zu produzieren. Stone erzählt mir – einer völlig Fremden - praktisch aus dem Stand, denn wir haben uns ja gar nicht warm gequatscht, eine super erotische Geschichte: Wie er mit einer Freundin zusammen am Strand onanierte und beide gemeinsam gekommen wären, in einer riesigen Explosion. Er legt Betonung darauf, dass dies einer der intensivsten Orgasmen gewesen wäre, die er je gehabt hätte. Paff, Bumm, Wow...
Dann sitzen wir da und rühren uns nicht. Mir wird ganz heiß und ich weiß weder was ich

sagen, noch tun soll, nachdem er die Story beendet hat. Die meisten Leute, die mir bisher Geschichten erzählten, sind gute Freunde, die ich schon lange kenne und von denen ich eh nichts will oder wir haben sowieso eine Affäre, aber dieser Fall hier ist anders.
Nachdem ich meinen Rekorder ausgemacht habe und einen Moment Ruhe herrscht, steht Stone auf und sagt, er müsse jetzt zu seinem nächsten Termin. Typisch New York, die Leute haben hier gerade mal eine halbe Stunde Zeit, um jemanden zu treffen und dann - ab zum nächsten Date. Aber es funktioniert auch ganz gut für sie, sie sind Meister im effektiven Zeitausnutzen und es gibt wenig Zeitverschwendung.
Ich bedanke mich bei Stone und raus ist er, aus meiner Tür. Verwirrt sitze ich in meinem Zimmer und es überkommt mich heiß und kalt. Ich stehe ja nun total auf langhaarige Männer und dieser hier hat sehr lange Haare, offensichtlich ist er auch noch leicht exhibitionistisch veranlagt und seine Aura ist höchst erotisch. Und ich war dazu verdammt, unbeweglich auf dem Bett zu sitzen und ihm das Mikrofon vor die Nase zu halten. Selbstgewählte Verdammung – und ohne das Projekt hätte ich ihn auch nicht kennen gelernt.
Eine Woche später gehe ich auf ein Konzert, eines der Band-Projekte von Sol und Stone. Sie spielen Funk-Rock in einem der angesagten Clubs in New York auf 14th Street. Ich freue mich, sie endlich mal live zu sehen. Stones Freundin springt die ganze Zeit behüterisch um ihn herum, und mein Schwärmen wird dadurch etwas gedämpft.
Ein halbes Jahr später sehe ich Stone mit seiner karriere-technisch aussichtsreichsten und spannendsten Band in einem kleinen Club auf *Avenue A*. Es sind etwa 50 Leute da, die meisten Freunde und Fans, die sämtliche Texte des poetisch sehr expressiven Sängers mitgrölen. Die Stimmung ist genial.
Genau ein Jahr später höre ich in einem Radio-Jingle, dass die Band nach Berlin kommen würde. Wow – die haben es ja wohl ein Stück weit geschafft. Der Radio-Sender spielt täglich ihre Songs und macht sehr viel Werbung. Ende Januar spielen sie im völlig ausverkauften Loft.
Das Konzert ist ein sehr großer Erfolg, der Saal tobt. Nach dem Konzert gehe ich ins *Backstage* um Stone zu begrüßen. Er freut sich, dass ich da bin. Den Sänger begrüße ich auch, denn den kannte ich noch von seinem früheren Job als Türsteher in der New Yorker *Knitting Factory*, wo ich selbst schon aufgetreten war. Ein Joint wird kreisen gelassen, ich will nicht ziehen, schließlich nehme ich keine Drogen – die Musiker wundern sich. Wir quatschen angeregt, bis Stone mich fragt, ob ich ihn mit zum Hotel begleiten würde – so spaziergangsmäßig.
Die Band ist im Art-Hotel in der Joachimsthaler Straße untergebracht.
Ich werde dann noch mit aufs Zimmer eingeladen, wo wir ewig reden. Stone klagt mir sein Leid, dass Touren super anstrengend sei, jeden Tag in einer anderen Stadt, und sie wären schon ein paar Monate unterwegs. Auch sind sie noch nicht so berühmt, dass sie

Einzelzimmer kriegen würden und das wäre echt blöd, da könnte er nicht mal in Ruhe onanieren. Ich fange an, ihm die Schultern zu massieren, das geht allerdings sehr schnell in ein etwas vertraulicheres Kraulen über. Er genießt die Be-Hand-lung sichtlich und gibt mir das unmissverständlich über wohlige Geräusche zu verstehen, was mich dazu ermutigt, ihm am Hals zu knabbern und vorsichtig in sein Ohrläppchen zu beißen. Irgendwann im Laufe des Abends hatten wir uns erzählt, dass wir beide gruselige Filme mögen, also fabuliere ich ihm eine äußerst blutrünstige Horror-Sex-Fantasie ins Ohr. Woraufhin er mir deliziöse erotische Schweinereien in mein Ohr flüstert. Seine Stimme ist mir so dermaßen vertraut, da ich mir zig mal sein erotisches Strand-Abenteuer über Kopfhörer angehört hatte und dieses dann auch in Ausschnitten in mein Bühnenstück übernahm, wodurch er per Stimme auch auf der Bühne oft bei mir war. Und doch kenne ich den Mann zur Stimme gerade mal flüchtigst.
Unsere Lippen wandern langsam über unsere Gesichter und finden einander. Wir tauschen züngelnde Küsse aus. In diesem höchst ungünstigen Moment kommt Stones Zimmergenosse herein, will ins Bett gehen und seine Ruhe haben. Was tun? Ich wohne für Uhrzeit und Situation zu weit weg. Stone muss früh aufstehen, um zum nächsten Tournee-Ziel gefahren zu werden. Wir wollen aber doch noch nicht so schnell wieder voneinander lassen, also landen wir praktischerweise auf dem Hotelflur.
Der Flur ist wesentlich angenehmer beleuchtet als das Zimmer. Es ist sehr schummerig, das einzige Licht stammt von den Zimmernummern, die in Form von Licht vor die Türen auf den Boden geworfen sind, 504, 505, 506, 507... Inzwischen ist es irgendwo zwischen zwei und drei Uhr nachts. Stone und ich legen uns auf den Teppich und fangen an, um unsere Gliedmaßen herum zu turnen. Mal scheinen uns die Zimmernummern auf Arme, Beine, Rücken, Pos... wir beknabbern uns gegenseitig, tanzen schlängelnd umeinander her oder rollen in wilder Umarmung den Flur entlang, um dann vor der Klima-Anlage am Kopf-Ende des Flures zu landen, die seine Haare wie wild im Wind bewegt und mir kühl über die Glatze fegt. Unsere Begeisterung, sowie die Angst vor Entdeckung regen uns an und auf. Hinter all diesen Zimmernummern und den dazugehörigen Türen liegen anonyme Hotelgäste und schlafen, diese Hotelgäste haben keine Ahnung, welch aufregende Geschehnisse direkt vor ihrer Tür passieren.
Dieses wilde Rollen und Tanzen und Knutschen dauert Stunden und wir sehen in wahren Traum-Bildern jede Zimmernummer mehrmals auf unsere Körperteile herabscheinen. Die Träume sind zusammengesetzt aus einer romantischen Mischung von Gefängnis und Science-Fiction.
Stone hat mich halb entblößt, mein schwarzes Kleid hochgezogen und saugt an meinen Brüsten. Ich bin ihm in die Brustbehaarung gefahren und habe seine Nippel gezupft, sein Schwanz - hoch und aufrecht – ist in meiner Hand gelandet und seine Finger zwischen meinen Beinen. Doch aus Angst vor Entdeckung haben wir uns keines Kleidungs-

stückes ganz entledigt, alles ist nur hochgeschoben oder freigelegt worden.
Je länger wir zu Gange sind, desto mehr driften wir in diese äußerst real-irreale Traum-Nummern-Welt und trauen uns immer mehr.
Wir bleiben nicht dabei, des anderen Gliedmaßen/Glied + Möse zu verlustigen: da ich ja weiß, dass er auf gemeinsames Onanieren steht und der Gedanke daran mich gerade total anmacht, fordere ich ihn genießend auf, dazu überzugehen, was er sofort in die Tat umsetzt.
Wir halten einander am Rücken und schauen uns gegenseitig beim masturbieren zu. Aufgrund unserer seit Stunden dauernden sexuellen Aktivitäten, vergeht nur noch wenig Zeit und wir verpassen uns vergnügliche Höhepunkte, die kurz nacheinander stattfinden. Langsam erwacht auch das Hotel und wir hören es in einigen Zimmern rumoren. Es ist Dienstag Vormittag, und sicher sind einige Business-Guys unterwegs, die früh zur Besprechung müssen.
Wir wandern ins Treppenhaus, hier ist es kalt und hell, kein Teppich, keine Zimmernummern. Irgendwie scheint Stone noch nicht recht genug zu haben. Sex - gemeinsam mit einer anderen Person hatte er schon lange nicht gehabt. Das einzige waren fürchterlich teure Telefon-Sex-Sessions mit einer Freundin in den USA, das ging aber auch nur, wenn sein Zimmergenosse unterwegs war. Seine Beziehung war auch am Touren gescheitert, und er machte einen unglücklichen Gesamteindruck.
Erfolg macht nicht unbedingt glücklich, jedenfalls nicht, wenn er auf Kosten von Lebensqualität geht. Diese Nacht hat jedenfalls einen glücklichen Verlauf genommen und er war in keine After-Show-Depression verfallen. In dem kalten Hoteltreppenhaus, auf den Steintreppen zerrt er seinen Schwanz noch mal aus seiner Hose und erzählt mir, wie sehr er es genießt, wenn ich ihm beim Wichsen zuschaue. Was ich auch gerne tue, hat er doch einen wohlgeformten Schwanz von ansehnlicher Größe.
Nur leider ist dieser jetzige Ort wesentlich weniger romantisch als der letzte, auch ist es schon etwa 7 Uhr morgens und das Hotel scheint nur so zu surren. Es ist nicht anzunehmen, dass jemand die Treppen benutzen wird, da es doch Fahrstühle gibt. Trotzdem, der Geräuschpegel ist riesig und nicht gerade entspannend. Außerdem haben wir ja auch überhaupt nicht geschlafen und sind inzwischen völlig übermüdet. Dieser erneute Onanie-Versuch wird also erfolglos abgebrochen.
Um kurz vor 8 stehen wir draußen vorm Hotel und verabschieden uns mit einigen Umarmungen, aus müden Augen blinzelnd. Die Welt erscheint merkwürdig hell und verschoben.

Central Park

Es gab einmal die löbliche Initiative einiger New Yorker Tänzer, eine Contact-Jam im Central Park zu organisieren. Eines Freitag abends im Juni kugele auch ich durchs hundescheiße-freie New Yorker Gras, stecke meinen Kopf ins Grün und schaue völlig begeistert verkehrt herum, auf die mich umgebenden Wolkenkratzer, genial.
Jeglicher tänzerische Kaboltz hat einen so spektakulären HintergrundsAusblick-*View,* Wahnsinn. Zwischen den Kaboltzen und dem contactierenden Tanzen, kontaktierten einige von uns auch immer mal wieder redender Weise. Ein sehr sympathischer junger Mann ist spontanst daran interessiert, mich näher kennen zu lernen. Er lädt mich ein zur Haus-Musik, die er mit Freunden in seiner Loft in Hoboken, New Jersey betreibt, zu improvisieren und malt mir sofort eine sehr detaillierte, aber hoch komplizierte Wegbeschreibung auf, wie ich die Loft finden würde. Hobokens einziger Berühmtheitswert ist, die Heimatstadt Frank Sinatras zu sein. Das ist aber schon mal was, das können andere nicht von sich behaupten.
"Hoboken, New Jersey?" frage ich ihn, da war ich bei all meinen New York-Besuchen noch nie hingekommen. Er schwärmt von der super schönen großen Loft mit zwei tollen Mitbewohnern, so was in DER Größe und für DEN Preis würde man in Manhattan schon seit sehr langer Zeit nicht mehr kriegen. Ich habe trotzdem nicht die Absicht, nach New Jersey zu fahren, so nett er mir auch ist.
Aber dieser äußerst nette Mann aus dem Mid-Westen der USA ist völlig begeistert, eine Performance-Künstlerin aus Berlin kennen gelernt zu haben und lässt nicht locker. Wir tanzen, wir reden, er erzählt, dass seine Freundin am nächsten Tag in Urlaub fahren würde, wir reden und tanzen und tanzen und Leiber über Leiber kugeln durchs Gras und fliegen durch die Luft. Irgendwann ist es später Abend und nach getanem Tanz verabschieden sich nach und nach die anderen, nur der Nette aus New Jersey und ich bleiben noch über .
Wir liegen im Gras, schauen auf den Sichelmond und den klarblauen New Yorker Juni-Himmel und fühlen uns. Um uns her dunkelt es gewaltig, man kann auch sagen es ist die blaue Stunde in ihrer späteren Phase und interessante Dinge spielen sich da ab, auf *The Big Lawn/*der großen Wiese, im Central Park. Es bleiben so etwa 4-5 andere Häufchen mit je zweien übrig, und als wir uns dann endlich in Gang setzen und in gebührendem Abstand an einem dieser Häufchen vorbeikommen, wird es ganz klar, dass da zwei unter einer Decke Sex haben, mhhh...

New Jersey und ich lassen uns an diesem schönen, lauen Manhattan-Juni-Abend den *Broadway* runter treiben. Wenn man sich schon an einem Freitag Abend im *Central Park* kennen lernt, sollte man anschließend auch den Broadway runter flirten, *Kitsch as Kitsch can.* Die Lichtreklamen, der zwischenblaue Himmel, Manhattan in schönster Pracht...

Dieser Spaziergang dauert::: mit allem drum und dran, anschließendem Essen im East Village, tief in die Augen schauen, Händchen halten und New Jerseys Beteuerung, dass er sofort seine Freundin aus Brooklyn verlassen würde, um mit mir zusammen zu sein und zwischen Hoboken und Brooklyn liegen nur East- und Hudson-River sowie Manhattan, aber zwischen New Jersey und mir liegt, mal von halb Europa abgesehen, der ganze Atlantische Ozean und ich hatte das Spiel ja gerade mit *Soul-Sister* scheitern gesehen, oh je und hier schon wieder, na vom Scheitern weiß man ja jetzt noch nichts, aber, aber er ist doch so nett, und will doch unbedingt, und ssssooooo nette Männer sind selten... und und und. Wir stehen morgens um halb acht an einer Straßenkreuzung im East-Village und knutschen und haben jetzt schon solche Sehnsucht nacheinander, wie soll das noch werden, ich bin nur noch 2 Wochen in New York, aber immerhin 2 Wochen, das ist viel Zeit - für meine Verhältnisse.
Am Tag darauf finde ich mich an seiner Hand auf dem Weg nach New Jersey, so schnell kann's gehen. Die komplizierte Beschreibung habe ich nicht dabei, ich habe ja ihn dabei.
Ich bin zu einer Party eingeladen, die seine Mitbewohner geben. Ich komme an, werde diversen anderen netten Amerikanern aus dem Mid-Westen vorgestellt und stelle fest, dass die Loft schön groß und künstlerisch eingerichtet ist, New Jersey sein eigenes Yoga-Zimmer mit abschließbarer Tür besitzt, sein eigentliches "Zimmer" aber nur aus einer Vorhang-Abtrennung besteht, hinter welchem sich lediglich sein Bett und etliche chaotische Regale befinden. *Very interesting.*
Die Party ist schön, wir lachen, quatschen, trinken, essen, natürlich verstehe ich, wie immer bei amerikanischen und auch manch anderen Partys, nur jeden dritten Witz, weil bestimmte kulturelle Feinheiten und Absprachen in Freundeskreisen..., und überhaupt.
Ich lerne auch Chicago kennen, eine gute Freundin von New Jersey-Nett. Chicago ist Schauspielerin, schlägt sich seit Jahren so durch und hat es jetzt geschafft, als hübscher, blonder Serienstar in einer Soap, die in New York gedreht wird. Dafür musste sie von Chicago nach New York umsiedeln, um drei bis vier mal die Woche um 7.30 Uhr auf dem Set anzutanzen. Die Wochenenden verbringt sie bevorzugt bei ihrem über alles geliebten Freund in Chicago, der dort in einer Punk-Band spielt. Guter Kontrast.
Alle haben super viel Spaß bei dieser Party und wollen überhaupt nicht gehen. New Jersey-Nett und ich haben irgendwann angesichts der jetzt nur noch knapp zwei Wochen das sehr große Bedürfnis, uns zu physizieren. Tja, ab hintern Vorhang und die Party ist in vollem Gange und wir auch - hinterm Vorhang. Ist: heimlich, ist: gut, ist: wie verboten, mag ich natürlich voll, ist: klar, wusstet ihr auch schon. Also wir sind da so mitten drin im wunderschönsten Fick, da steckt plötzlich Chicago-Blond ihren Kopf hintern Vorhang, um zu gucken, wo wir abgeblieben sind, denn wir hatten uns nicht etwa verabschiedet von den anderen. ‚Hey wir gehen jetzt mal ficken.' Nee, hatten wir nicht

gemacht, wussten wir ja selber nicht so genau was laufen würde, war ja unser erstes Mal, vielleicht so nach dem Motto: Ey, Leute also wir verschwinden da mal hintern Vorhang und kommen uns physisch näher und so, könnte alles passieren und so, mal gucken, ey—- aber ihr nicht —- gucken und so. (Das war jetzt natürlich die deutsche Version, dieser sowieso bloß gedachten Ansage, das muss sich dann wiederum auf englisch gedacht werden) Ja und Chicago guckt nun doch mit BlondKopf hintern Vorhang und sieht erst mal nicht so viel, weil recht dunkel, aber wir sehen sie und halten erst mal erschrocken inne, von wegen Serienstar und so, in flagranti, is' doch ziemlich.... lustig.
Und als sich Serienstar dann erst mal ans Dunkel gewöhnt hat und so, ist sie aber mächtig erschrocken: *"Oohhps, sorry!"* entfährt es ihr schrill. Und sie verschwindet schnell wieder nach draußen und prustet mit den anderen, vielleicht. Nett und ich gackern, giggeln, ficken heiter weiter und kommen, wohl orgasmisch hinterm Vorhang, mit sehr gedämpften Stimm-Organen, weil gewahr, dass die anderen wahrscheinlich darüber tuscheln, was wir hier treiben.
Am nächsten Morgen lerne ich dann auch den WG-Kater kennen. Der ist kastriert und hat eine trockene Affäre mit einem Fellhut. Mehrmals im Laufe des Tages macht er sich UnterleibsBewegen über den braunen Fellhut her und es stört ihn bei seinen ekstatischen Fickbewegungen gar nicht, dass die ganze WG zuschaut und sich kaputt lacht. New Jersey-Nett fragt sich, ob ihm beim Kastrieren wohl nur die halben Eier entfernt wurden, niemand weiß es.
Übrigens: die Fern-Beziehung mit New Jersey hielt dann tatsächlich $^1/_4$ Jahr, und das ist wahrlich lang für mich, wobei die WIRKLICH miteinander verbrachte Zeit nur 4 Monate waren.

Reeperbahn

Hamburg im August 1995, ich trete als Gast in Lilo Wanders-Show im Schmidt-Theater auf.
Dort werde ich von Lilo als Anti-Conceptione angekündigt und spiele meine Transgender-Performance 'Die Schönste Frau der Welt': Die legendäre Transformation der rassigen Rothaarigen in einen fiesen Nadelstreifen-Macker mit Schwanz-Dildo in der Brusttasche. In dieser Männer-Persiflage singe ich ein James Brown Playback: *'It's a man's world, but it wouldn't be nothing without a woman or a girl'* und himmele dabei Lilo an, die ganz Dame auf dem Sofa sitzt. Ein geniales Bild! Bis zum Schlussapplaus habe ich zwei Stunden Zeit, so beschließe ich, in meiner Aufmachung auf die Reeperbahn zu gehen. Ich bemühe mich, äußerst männlich die Straße entlang zu laufen. Die Leute sind verwirrt und lachen über mich, denn ich trage Frauenschminke und dazu einen Schnurrbart, doch der ist angemalt und schief. Die erste Hure, der ich begegne, ist fast einen Kopf größer als ich, wasserstoffblondiert/Bräunungs-Center-gefärbt. Sie spricht mich an: "Ei, was hast'n du da?" und zeigt dabei auf meinen Schwanz. Ich werde zum kleinen Teenage-*Girl-Boy*, breche die Rolle ganz und gar, und zeige ihr meinen Plastik-Schwanz "Gefällt er dir?" frage ich sie völlig verunsichert. Sie antwortet: "Haste 50 Mark – komm mit!" Ich bin ganz verdattert und überlege, ob sie es wirklich ernst meint, kann doch gar nicht sein. Für den Bruchteil eines Sekündchens überlege ich... aber ich hab eh nur 30 Mark auf Tasche, und nein - niemals - außerdem ist sie nun so überhaupt nicht mein Typ. Die Hure insistiert: "Haste 50 Mark, komm mit, was gibt's 'n da zu überlegen?! Nu komm schon!" Ich werde immer unsicherer und denke die ganze Zeit, sie muss doch merken, dass ich eine Frau bin. Auch bin ich mir sehr sicher, dass das nicht okay wäre, wenn das rauskommt, weder für sie, noch für mich oder etwa ihren Zuhälter. Andererseits natürlich: Geschäft ist Geschäft... Jedenfalls habe ich keinen Bock auf DIESE Experimental-Erfahrung, drehe mich weg und murmele etwas wie "Nein, nein". Aufgebracht ruft die Hure mir hinterher: "Sexmuffel!" Darauf muss ich herzhaft lachen und laufe sehr angeheitert die Straße weiter. Natürlich nimmt mich keine der anderen Huren ernst, die veräppeln mich nur gehörig. Das war auch die Reaktion, die ich erwartet hatte.
Anschließend werde ich umsonst in eine Disco reingelassen, weil die Türsteherin sehr beeindruckt von meiner Aufmachung ist. Dort lerne ich einen einsamen Mann aus Freiburg kennen, der tatsächlich sehr intensiv mit mir flirtet. Gut, dass es Männer mit Humor und den Sinn fürs Ungewöhnliche gibt.

Zungrig

Ich stehe vor der Hoteltür und klopfe. Er macht die Tür auf, nur mit einem Handtuch um die Hüften und Rasierschaum im Gesicht. Schöner Empfang, denke ich mir. Ich hatte ihm am Telefon gesagt, ich hätte mich vor einer Woche verliebt, und zwar sehr doll und wollte einen Monogamie-Versuch wagen. "Wie du willst!" war die Antwort.
Dies ist eine meiner Affären, eine von den Ab-und-An's, wenn ER oder ich mal in derselben Stadt und so. Eine von den Spezialitäten die nicht für den Alltag taugen, aber für Ab und An eben sehr köstlich sind.
ER kann SO VERDAMMT GUT KÜSSEN, dass ich es jedes Mal nicht glaube, wenn es wahr wird in meinem Mund, da gibt's doch noch ein anderes ZungenTalent, leck-leck-lecker. Und -er ist ziemlich dreckig sexy und redet gerne sehr geiles Zeug beim Sex "Du mich – ich werd dich – leck dich – ich fick dich – schmeckschmeck-schmecker - noch mehr lecker". Auf seine eigene Machismoische Art hört er sich ein bisschen zu gerne reden, von all seinen genial-geilen Projekten, und raucht und trinkt zu viel, ersteres, das mit dem vielen Reden haben ja viele Männer.
Ich trete ein, er geht zurück ins Bad, um sich fertig zu rasieren.
Erzählt derweil, irgend-was. Kommt anschließend und setzt sich auf einen hoteligen Drehstuhl. Wir reden, wir schauen, mein Sex-Pegel, durchs Verliebtsein sowieso schon auf 182, dreht durch und ich in seine Arme. Und als seine Zunge mich da penetriert, glaub ich es mal wieder GAR nicht, oh doch, oh ja oh ja oh KNUTSCH MICH, ja, ja, ja, oh ja... Alle Vorsätze meine dahin, ER hatte ja sowieso keine, hat er NIE, jedenfalls nicht in Punkto Monogamie...
Wir landen auf dem riesigen Hotelbett und lechzen und lecken und schmatzen – uns – auf großen Matratzen - bis ich ihm einen blase und er mit der Nase - in Möse, Getöse... jaaaa wir kommen, gelungen...   und ist erst 16.00 Uhr,   er muss zum Sound-Check.
Gut gelauntigst wird der absolviert, ich bleibe, ich hänge *round* und will immer gehen, aber bleibe, Applaus oh Graus, beim Konzert, tanze ich, Groupie-esk,, Applaus, ich gucke Männer und will noch mehr, so sehr bin ich in Fahrt und nachts um zwei sind wir dabei, fressen türkisch, zurück ins Hotel, aber schnell
und hier ficken, und ficken
und er dreckig, erzählt mich, Fick mich!, oh lecker, oh red' mich,
oh dreckig, oh komm ich, gleich, ja, ja,
jaaaaaaaaaaaaaaaaaaaaaaaaaa
nachts um 4 wackeln die Hotelwände, von unserem Geschrei.
Morgens beim Hotel-Frühstücksbüffet ist es für seine Band-Kollegen völlig normal, dass ich dabei bin, die kennen unsere Affäre seit Jahren.

Neukölln

Zwei Frauen in
inniger Umarmung
nachts in Neukölln -
diverse einsame Männer
kommen vorbei
und fühlen sich vernachlässigt.
Und dann kommt ER,
ein typischer Neuköllner Proll:
"Na ihr beede habt euch ja janz doll lieb,
dett iss ja süß!
Da musst ick jetz einfach ma meinen
Kommentar ssu abjeben,
musst ick jetz einfach ma machen!"

Ein paar Wochen später,
wieder nachts,
an fast derselben Straßenecke,
die zwei selben Frauen
in Umarmung.
Zwei völlig Betrunkene
torkeln heran.
"Weitermachen!" brüllt er.
Sie – ein paar Schritte weiter:
"Iss det nich niedlich!"
Jede weitere Konversation ist gelallt...
Aber man höre und staune,
Neukölln ist auf unserer Seite!

Mondschein und Mückenstich

Mondschein und Mückenstich
two women in the park
Mondschein und Mückenstich
two women in the dark
moonshine/mosquitobite
es ist soweit, es ist soweit
Mondschein und Mückenstich
I touch you
and you touch mich
Meerschwein und Katzenbiss
keine von uns hat mehr Schiss
moonshine/mosquitobite
you turn me on
we scream, we squeal
we roll around in funny spiel
Mondschein und *tongue on neck*
leck, leck, leck
schmeck, schmeck, schmeck
tastes so good to lick your back
Mondschein und Mückenstich
träume süß, Vergiss mich nich.

Knutschflecken

Ich gehe auf meine erste Frauen-SM-Party – aus Neugier.
Als *Warm-Up* wird *Truth or Dare*/Wahrheit oder Pflicht gespielt. Ich werde nach meinem letzten lustigsten Sex-Erlebnis gefragt.
"War mit einem Mann" sage ich, "Egal, wir wollen es trotzdem hören!"
Ich erzähle:
"Als Fred und ich noch ein Paar waren, besuchten wir Freunde von ihm in Schlitz, einem romantischen Städtchen in Hessen. Die Freunde waren eine herrische Ziege, ca. 2 Wochen vor der Niederkunft und ein schüchterner junger Mann, der älteste Freund von Fred, der nur auftaute, wenn seine Ziege nicht dabei war.
Es war ein sehr heißer Nachmittag im August, Fred, die Ziege und der Schüchterne werkelten in der Küche, es wurde auffällig das Essen vorbereitet. Ich, müde und fruchtbar, legte mich zu einem Mittagsschlaf hin und wachte übermäßig geil nach 10 Minuten wieder auf. Zufällig kam Fred just in diesem Moment nach mir sehen und ich fiel buchstäblich über ihn her, knutschte ihn sehr heftig und rieb meinen Unterleib wie ein geiles Hündchen an seinen Schenkeln. Er war nur halb dabei, da sein Pflichtbewusstsein ihn heftig zurück in Richtung Küche zog. Inzwischen klingelte es an der Tür. Die Nachbarin und die Ziege führten eine lautstarke Unterhaltung, halb Hessisch, halb Hochdeutsch. Ich rollte mit Fred verschlungen reibend am Boden umher. Die Tür zu unserem Zimmer stand halb offen, eine Rolle weiter und man hätte uns von außen sehen können. Das ängstigte Fred noch mehr und machte mich nur noch geiler. In einem unachtsamen Moment entwich er mir und entschwand zurück in die Küche. Ich lag mit feuchtgeschwollener Möse völlig unbefriedigt am Boden – was nun? Den Hormonen sollte Gerechtigkeit wiederfahren, die ließen mich nicht so leicht in Ruhe. Also zog ich mich leicht zerknirscht ins Bad zurück. Dort angekommen fing ich auch sofort an zu masturbieren, das brachte mir nur einen Mini-Orgasmus und keine rechte Befriedigung aus meiner Geilheitsmisere, weil ich einfach gieriger auf fremde als auf meine eigenen Hände war.
Anschließend wanderte ich auf etwas wackligen Beinen in die Küche und rieb immer mal wieder meinen Handballen mit viel Druck über mein Schambein, weil mein Unterleib so laut und hungrig schrie. Unterdessen heuchelte ich nette Konversation mit der Ziege, dem Schüchternen und Fred, nur den Augenblick abwartend, wo ich mit ihm allein reden konnte – schwierig. Er ahnte schon, was im Busche war und ging mir geflissentlich aus dem Weg. Es gab für mich eigentlich nichts zu tun, ich hätte mir ruhig eine längere Session im Bad gönnen können. Die Ziege meckerte unaufhörlich, delegierte Aufgaben, kritisierte anschließend ihre 'mangelhafte' Ausführung und tat es selbst noch einmal. Ein groteskes Bild, in meiner Geilheit überhaupt gar nicht auszuhalten. Sollte ich mich zum

Helfen auch noch in diese Zickerei einmischen? Unmöglich und auch gänzlich ungewollt.
Als endlich alles fertig war, fingen wir an, das Essen nacheinander in den Garten zu tragen, hierbei erwischte ich Fred mal kurz unter vier Augen und gab ihm zu verstehen, dass meine Möse tropfte und ich gerne seine Finger darin hätte und zwar sofort. "Was jetzt hier? im Hausflur?", "Ja klar!" – "Aber unsere Freunde, die Nachbarn..." – zwecklos, dachte ich und sagte:
"Na warte, nachher im Bett falle ich über dich her."

Anschließend saßen wir eine halbe Stunde super hungrig im Garten und warteten auf die Ziege, trauten uns natürlich nicht, ohne sie anzufangen. Sie kam laut meckernd runter, schimpfte, dass ihr keiner beim Abwasch geholfen hätte. Sie hatte allerdings niemandem gesagt, dass sie schon vor dem Essen das Preparationsgeschirr spülen wollte, Fred und ich konnten nicht in ihr Hirn schauen und ihr Schüchterner war anscheinend doch noch nicht ganz richtig 'erzogen'. Es dauerte ewig bis sie sich von ihrem Schock erholte, und wir das Essen ohne weitere Spannung genießen konnten. Manche Leute machen es sich verdammt schwer.
Leider wurde dann noch bis halb zwölf Uhr nachts 'höfliche' Konversation betrieben, bis es mir dann endlich gelang, Fred ins Bett zu lotsen, um ausgiebig Sex mit ihm zu haben. Puh!"

Die Frauen genießen die Geschichte reichlich, speziell mein Verlangen, seine Finger in meiner Möse zu haben, ausgesprochen im Hausflur in Schlitz, einem Kaff in Hessen, draußen im Garten die Nachbarn beim Abendbrot...
Es gibt noch viele andere interessante Geschichten und Handlungen im Laufe des Spiels und am Ende sind wir so gut angeheitert und aufgegeilt, dass wir nahtlos zum SM-Spiel übergehen.
Ich gehe zunächst an die Bar, um zuzuschauen und etwas zu essen, wobei ich einige interessante Gespräche führe. Bis mein Blick auf die schönen Brüste einer jungen Frau fällt, die sich während des Spiels ihres Oberteils entledigt hatte. In solchen *Environments* kann ich endlich so direkt sein, wie ich es viel häufiger sein möchte als ich es mich traue. Freude über Freude, somit folge ich meinem Spontanimpuls:
"Darf ich an deinen Nippeln saugen?" frage ich sie. "Na klar!"
Wir schleichen noch ein wenig abwartend umeinander her und setzen uns dann aufs Sofa. Hier beginnt nach kurzer Eingewöhnungsphase eine der delikatesten, intensivsten und längsten Oral-Sessions, die ich in meinem bisherigen Leben hatte. Wir knutschen was das Zeug hält: Hälse, Lippen, Zähne, Zungen, Schlüsselbeine, Bäuche, Rücken, Achselhöhlen, Bauchnabel, Zehen, Füße, Finger, Hände und Titten und immer wieder Titten

und Nippel und Warzen und lechzen, lecken, lutschen, saugen, knabbern und beißen alles und jedes Körper und Teilchen, das uns zwischen Zähne, Zungen und Lippen kommt. Das Ganze ist so DERMAßEN oralorgasmisch, dass wir, mit kleinen Zuschaupausen, uns etwa 2 Stunden auf dem Sofa rollend, umeinander windend, tierisch vergnügen. Nach dieser Session kann ich, sage und schreibe, etwa 20!!! Knutschflecken in Hals- und anderen Gegenden aufweisen. Übrigens behalten wir die ganze Zeit über unsere kleinen schwarzen Tangahöschen an, die wir zufällig beide tragen, gehen also nie mit Zungen an *Pussies*. Ich bin so dermaßen angeturnt von allen Oralitäten – befinde mich überglücklich im goldenen Himmel der Zungen, Zähne und Lippen.
Später sagt uns eine Frau, die uns immer mal wieder über lange Strecken beobachtet hatte, es sei eine wahre Freude gewesen, wie es bei all den anderen viel typischeren SM-Aktivitäten im Raum, doch immer wieder diesen einen Blickpunkt auf dem Sofa gab, auf dem es über Stunden wohlig grunzte und schmatzte und schleckte und wir zwei kleinen Viecher in herrlichsten Genüssen und Gelüsten umeinander rum und drum uns wanden - ein Bild für Göttinnen.
Nach der Party, die etwa um halb zwei Uhr nachts endet, gehen die meisten Frauen, gut angeregt wie sie sind, noch tanzen – Lesbisch oder Schwul-Lesbisch. Sie fragen mich, ob ich mitkommen würde. Auch ich habe eine unbändige Tanzlust, die ist sogar kaum noch zu zähmen, aber ich will nach dieser reinen Feminität, Männer um mich sehen, und zwar potentielle Sexpartner, nicht nur welche NUR zum Anschauen, weil schwul. Ich habe gar nichts vor, aber die Möglichkeit sollte zumindest bestehen. Außerdem fühlt es sich auch irgendwie 'Verboten' an und das gefällt mir natürlich, nach einer Frauen-SM-Party nach Männern Ausschau zu halten, lechz!
Ich schwinge mich in dieser warmen August-Nacht auf mein Fahrrad und radele los, nicht genau wissend, wo ich hinwill, aber so gut drauf wie ich bin, wird schon etwas Gutes passieren. Siehe da, ich lande in einem totalen Szene-Club, stehe direkt auf der Tanzfläche und tanze erst mal eine Stunde durch, völlig gelöst, inspiriert und natürlich total erotisch. Um mich her sind hauptsächlich ältere Teenager und junge Twens. Nach besagter Stunde wandere ich los, den Club noch mehr zu erkunden und stoße auf einen Innenhof, wo ein anderer D.J. auflegt und die Kids im Freien tanzen.
Plötzlich höre ich meinen Vornamen rufen und das schon direkt an meinem Ohr, drehe mich zur Seite und schaue direkt in die Augen von Malvolio, eines sexy jungen Mannes, für den ich ein Jahr zuvor auf fast pubertäre Weise heftig geschwärmt hatte. Irgendwie war aber nie etwas passiert, außer heftigen Flirts, wie das eben manchmal so ist.
Jetzt steht er strahlend, ganz dicht, in ich-spür-schon-deinen-Atem-Nähe vor mir. Ich, VÖLLIG begeistert: "Haallloo!"
Wir schauen uns TIEF in die Augen und ich frage ihn SEHR direkt, denn das ist ja Thema meines Abends, ob ich ihn küssen dürfe. Malvolio grinst nur und schwupp, saugt sich

mein Mund in seine Richtung. Kaum dass sich unsere Lippen berühren, schieben sich auch unsere Zungen mit ins Spiel und im Nu sind wir intensivst am Knutschen. Halten einen Moment inne, schauen uns an und fragen uns, warum das plötzlich sooo leicht geht. Mal abgesehen von der Party, wo ich gerade herkam (hmjammmlechzleckerschmecker), bin ich fruchtbar und obendrein ist Vollmond, wenn das alles SEIN Testosteron nicht riecht... Aber er/es hat es ja gerochen, also – alles kein Wunder!
Die nächste Stunde verbringen wir im Wechsel mit Knutschen (oh toll in der Öffentlichkeit!), Tanzen, Lachen und was Trinken, er Bier, ich Wasser und immer wieder Lachen,,, Tanzen,,, Knutschen,,, Lachen,,, Tanzen,,, Knutschen,,, Tanzen,,, Lachen,,, Knutschen.
Als Malvolio mal aufs Klo geht, starren mich alle anwesenden Männer mit und ohne Begleitung an, als ob sie auch SOFORT mit mir knutschen wollen. Ich habe eine EXTREM sexuelle Ausstrahlung. Diese Blicke, genial, ich kichere und gackere innerlich nur so vor mich hin und grinse sie alle etwas indifferent an. Diese hormonelle Power, das was einem anderen 'gehört', ist besonders begehrenswert, dieses Territorialempfinden, zu lustig was uns unsere Biologie da immer wieder für Streiche spielt.
Inzwischen sind Malvolio und ich auch schon so angegeilt, dass wir mehr wollen als knutschen. Aber nicht etwa Zu-Dir–Oder–Zu-Mir-Business, das dauert ja zu lange und es ist auch schon ganz schön spät. Nee, nee, nee, jetzt und hier in der Öffentlichkeit, – aber wo?
Wir wandern auf die andere Straßenseite in eine Bar mit lauschigen Ecken, die schließen allerdings gerade, also zurück in den Club und weitergesucht. Lustig-absurde Situation, wie wir da beide inzwischen leicht klinisch unerotisch distanziert morgens um vier rumstolpern, um nach einem öffentlich geeigneten Sex-Ort zu suchen, der wiederum nicht zu öffentlich sein darf, denn dies ist ja kein Sex-in-der-kleinen-Öffentlichkeit-möglich-*Environment* wie die SM-Party. Im langen Gang des Clubs fällt uns eine Einbuchtung auf, die von außen nur schwarz erscheint, aber wenn man in ihr drin steht, laufen draußen ständig Leute den Gang entlang.
Genial – öffentlich – nicht öffentlich.
Wir verschwinden in der Einbuchtung und fangen neben unserem schon beliebten Knutschen an, uns heftig zu be-greifen und tatsächlich, von den vielen Teens, die vorbeilaufen, schaut keiner in unsere Richtung, es fühlt sich fast so an, als ob ein einseitig durchsichtiger Spiegel zwischen uns liegt, aber eben doch nicht, weshalb der Kitzel, in der Öffentlichkeit Sex zu haben und dabei entdeckt werden zu können, sehr groß ist und uns beide ungeheuer stark erregt und weshalb das Ganze auch nicht sehr lange auf sich warten lässt... Trotz aller Lust sehe ich mich dennoch vor, keine Spermaflecken auf mein original 70er Jahre Nadelstreifen-Jackett im Zuhälter/*Pimp*-Style kommen zu lassen, was in DIESEM Fall, allerdings nicht ganz gelingt. Der Schaden ist aber nicht allzu groß und schließlich mit lustvoller Erinnerung gekoppelt, wenn ich später den Fleck betrachte.

Nach erfolgter Lustausübung trennen sich Malvolios und meine Wege recht schnell, es hat dann wohl auch gereicht. Ich überlege, ob ich was trinken soll, da sagt ein auf 'nem Stuhl sitzender Typ, ohne dass ich ihn angesprochen, noch angeguckt hatte, dass er auf meine Tasche aufpassen würde, wenn ich mir was holen wolle. Ich gucke ihn verdutzt an, sowohl wegen seiner telepathischen Fähigkeiten, als auch wegen seiner Freundlichkeit, die ich so in Berliner Clubs nicht gewohnt bin. Er meint es wirklich ernst und wir beginnen spontan eine Unterhaltung, wobei wir uns unsere Namen sagen. "Was du bist es?" sagt Ariel zu mir, "von dir habe ich ja schon sehr viel gehört."
Von diesem ersten Anflug von *Fame* mal abgesehen, wird es eine sehr lustige Unterhaltung. Innerhalb kürzester Zeit berichten wir uns gegenseitig von unseren erotischen Abenteuern dieser Nacht, die auf beiden Seiten mannigfaltig waren. Ariel erzählt mir, dass er sich zum ersten Mal in seinem Leben einen *Call-Boy* bestellt hatte, und dass die beiden so dermaßen aufeinander abgefahren wären, dass der *Call-Boy* sogar gekommen wäre, was er sonst mit Kunden nie täte. Dann kommt eine detaillierte Beschreibung der Sperma-Menge, die SEHR groß war und wie es genau zu ihrer Ausschüttung gekommen wäre: Oral-Verkehr ohne Kondom, und wie Ariel sie genussvoll, entgegen der heutigen HIV-Konvention, bis zum letzten Tropfen runtergeschluckt hatte und wie sehr es ihm gemundet hätte. Dass der *Call-Boy* die Bezahlung ablehnte und ihn gerne wieder sehen wolle, und dass Ariels Freund, der gerade verreist ist, absolut nichts von dieser Affäre erfahren darf, da er sehr eifersüchtig sei.
Ja und so delektieren wir uns gegenseitig mit unseren Erzählungen, trinken etwas zusammen und schauen den Kids beim Tanzen zu.
In der Zwischenzeit ist es sehr spät geworden, etwa 1/2 7 Uhr morgens. Ariel bietet mir an, mich nach Hause zu fahren, ich weise auf mein Fahrrad hin, "Kein Problem, das tun wir hinten rein, ich hab ein großes Auto" und ab geht die Fahrt nach Hause.

Am nächsten Tag recht unausgeschlafen, aber völlig aufgekratzt (vom Männerknutschen) und voller Knutschflecke (vom Frauenschlecken), fahre ich ins Restaurant, wo Fred arbeitet. Er hatte sich von mir getrennt, weil er sich in eine andere Frau verliebt hatte. Ich bin zwar eifersüchtig, wer ist schon völlig frei davon, hatte aber gesagt, dass ich fände, er solle das machen und halt mit uns beiden zusammen sein und ich würde dann auch tun, was mir Spaß macht, siehe letzte Nacht.
Er fand meine Reaktion toll, versuchte es erst, konnte dann aber mit der Dreier-Geschichte nicht gut umgehen und zog sich innerlich total von mir zurück, was mich dann zu 4 durchweinten Tagen brachte, die als Reinigung in letzter Nachts Ereignissen endeten.
Ich komme also im Restaurant an und treffe erst mal einen von Freds Kollegen – langhaarig und sehr sexy – und zack, peng erzähle ich ihm von meinen Abenteuern der

letzten Nacht, die mir ja auch sozusagen auf Hals und Stirn geschrieben stehen. Er erwähnt, dass seine Freundin und er gerne einmal einen Dreier ausprobieren würden und wir reizen uns gegenseitig genial auf, bis dann endlich Fred den Raum betritt und die Situation dadurch VÖLLIG pricklig wird. Fred ist gekommen, um etwas von hinter der Theke zu holen, ich paradiere mit meiner Knutschfleckbemusterung um ihn herum und fange in all meiner Aufdrehung an, ihn physisch total anzumachen, was ihn ein klein wenig verunsichert, aber irgendwie doch sehr anturnt. Recht befriedigt, denn dieses kleine Lusterlebnis reicht mir für heute völlig, entschwinde ich, leise vor mich hingackernd, schwinge mich auf mein Fahrrad und fahre nach Hause.

Brustige Warzen

Fred und ich, als er erst zwei Wochen mein Ex ist, gehen in den Sophiensaelen eine Musik-Performance ansehen. Dargeboten wird eine Performance von zwei Katalanen, mit denen ich vier Jahre vorher schon einmal in einem Projekt zusammen gearbeitet hatte. Das Stück ist eine schöne Mischung aus bizarrer elektronischer Musik, Bewegung, Sprache und Lichtdesign. Kulturell-künstlerisch gut angeturnt, gehen wir in ein Thai-Restaurant, in dem es auch Sushi gibt. Ich esse eine kleine leckere Portion von letzterem, da ich keinen größeren Hunger, aber ein wenig Appetit habe. Fred und ich halten immer wieder Händchen, unterhalten uns gut, fühlen uns wieder sehr nahe und tauschen auch den einen oder anderen Kuss aus. Als wir dann soweit sind zu gehen, frage ich ihn, ob ich nicht mit zu ihm kommen könnte. "Ach nein, lieber nicht" ist die Antwort. Wir verabschieden uns mit weiteren heißen Küssen und ich gehe total aufgekratzt und VÖLLIG angeturnt zur U-Bahn. Ich habe ein sehr sicheres Gefühl in mir, dass ich nicht allein nach Hause fahren will.

Plötzlich steht Java vor mir – die Frau, in die ich vor einem Jahr kurz verliebt war. "Was machst du hier?", "Ach, ich wandere so umher und hatte das dringende Bedürfnis und auch so eine Vorahnung, noch jemand ganz Besonderen zu treffen.", "Ach was, ich auch!"

Welch wunderbare Fügung, und das auf einem hässlichen Berliner U-Bahnhof, der Bahnhof kriegt plötzlich ein Leuchten. Meine ganze Aura ist erotisch so aufgeladen, dass Java mir unmöglich wiederstehen kann. Unsere Hände finden sich sofort, heute ist alles anders. In der U-Bahn kuscheln und tuscheln wir genüsslich. Als meine Station gekommen ist, steigt Java einfach mit aus, obwohl sie noch ewig hätte weiterfahren müssen, und folgt mir in meine Wohnung. Einfach so, ohne Diskussion. Wie ungewöhnlich, damals hatte Java sich immer so geziert, außer ein paar heftigen Flirts war nichts drin.

Die Bi-Frau, die zugegebenermaßen auch noch mehr auf Männer steht, war ihr unheimlich. Wir setzen uns auf mein lila Samt-Sofa und kuscheln weiter. Dann suchen unsere Hände unsere ganzen Körper ab, tasten, greifen, prüfen, streicheln und landen auf unseren Brüsten oh, ah, ohh, ahh, Brustwarzen leuchten in elektrischer Aufladung. Java und ich können uns auf dem Sofa nicht mehr halten, rutschen auf den Boden, wo wir beginnen, unsere sämtlichen Gliedmaßen in erotische Bewegungsspiele, Rangeleien und Spielkämpfe zu involvieren, wobei wir ringsumher den ganzen Boden abmessen. Leicht könnten wir mit diesen wohlig-wilden Aktivitäten auf dem Bett landen, aber das geschieht nicht. Erneut landen unsere Finger auf den brustigen Warzen. Sie werden gegenseitig in höchster elektrischer Lust gezwirbelt und weiter und weiter und nicht loslass – und elektrische Ekstase spritzt durch den Raum. Unsere Münder, Mäuler und Zungen wirbeln, schlecken und lecken, saugen einander, wir quieken und gackern und nehmen endlich unsere Warzen in unsere Mäuler und Münder, zwischen unsere Zähne und Zungen, oh, ahh, Aufschrei der Lust, ohh, ahhh...

Kein Genugkriegen, kein Genug... DIE Ekstasen der brustigen Warzen...

In solchen suckligen – nuckligen – schnuckelnden – nuckelnden – schleckelnden – leckelnden Höchst-Rausch-Zu-Ständigen-Wellen-Meeren... orgasmisch blitzig-witzig hitzigen Real-Traum-Welten, schwehlen wir brustelnd-warzend dahin.

1-2 Stunden oder mehr, *who cares* – bis wir irgendwann sehr müde werden. Ich muss dringend schlafen, Java will nicht dableiben und entschwindet in den grauenden Morgen. Ich schlafe gut und lange.

Kontakt

Auf dem Weg zur Contact-Jam bleibe ich auf dem Hinterhof vor dem Tanzstudio stehen und plausche mit dem Kostümbildner, der mir von dem echsenhaften Tänzer erzählt, der als einziger während des Tanzstücks ein Kleid trägt. Das Stück sollte ich mir wohl angucken, ich liebe Männer in Kleidern. Jemand Blondes kommt an uns vorbei, mit dem absolut beeindruckendsten Gesicht.

Wow, wer ist das? denke ich, "Hallo", sage ich.

Eine Stunde und einen Contact-Tanz später, bei einem Schluck Wasser und einer Verschnaufpause, trifft mich sein Blick von der Seite. Wir tauschen schnelle teuflische Augenblicke aus den Augenwinkeln. Wollen wir tanzen? ach - wir tanzen schon längst!

Whoom sind wir direkt im schönsten Monstertanz, ständig die Form/Gestalt verändernd/mutierend, fauchend, reißend, kratzend, beißend, an Klamotten und Körpern

ziehend, schreiend...grrooaahhhh... gleitend, rutschend, tanzend, rein und raus Contac-
Tierend, hoch und runter und drüber und grrooaahhh... ,
...hier treffen ZWEI Animalien zusammen,
zerren, ziehen, grimmassieren, theatrieren,
schnellerellere Gestikulieren,
Verzückung, Schreiung,
Aggression, Passion...
Ein Blick auf sein Profil und ich weiß,
ich tanze mit dem Teufel höchstpersönlich   Jaaa!
Das Zusammenspiel von Nase, Mund und dem kleinen Unterlippenbart,
Jaaa! teuflisch Jaaa!
Ich möchte SOFORT Sex haben.
In fact we're already having semi-abstract sex / Fakt ist, wir haben schon semi-abstrakten Sex.
Ich möchte SOFORT teuflisch saftig werden.
Hier und sofort in der Contact-Öffentlichkeit.
Warum ist das hier keine Tanz-Orgie?
Ein paar Tage später treffen wir uns, um ein Theaterstück zu sehen.
Zur Begrüßung geben wir uns die Hände, meine linke, seine rechte, mit dem Impuls, nicht mehr loszulassen, aber wir verfangen uns in Konventionen und machen in höflicher Konversation, nicht wirklich viel erzählend.
Dafür ist das Theaterstück umwerfend komisch und sexy, die Akteure betreiben SEHR schön schlüpfrige Konversation.
Wir sitzen eng auf Bänken im ausverkauften Theater, unsere Oberschenkel heiß glühend, dicht aneinander gepresst.

– Was denkt er? Was denkt sie? -

Wir werden BEIDE völlig geil und plötzlich FINDEN sich unsere Hände
im Dunkeln, lassen nicht mehr voneinander in leidenschaftlichem Berührungsrausch. In der Pause, noch auf den Bänken, alles um uns her steht auf, gehen wir noch schnellst zu GanzKörperBerührungen über, ahja... Ich verschwinde kurz aufs Klo und danach gibt's kein Halten mehr. Wir tanzen über den riesigen Kreuzberger Fabrikhinterhof, schauen uns Skulpturen an und finden unsere Zungen im Mund des anderen wieder. Unsere Glückshormon-Produktion ist gewaltig und wir verpassen fast den Fortgang des Stückes.
In der zweiten Hälfte gibt es einen bezeichnenden Satz:
"Wir könnten in zwanzig Minuten im Bett sein."
WIR versuchen gleich nach der Show in mein Bett zu gelangen, nicht ohne den Schauspielern noch zu erzählen, wie beeindruckt wir von ihrem erotischen Spiel waren, und dass wir jetzt SOFORT nach Hause gehen müssten, um zu ficken. Die Schauspieler sind hocherfreut.

WIR ebenso.
In meinem Flur, mit unseren Hosen um die Fußgelenke, unseren Zungen tief im anderen Mund und unseren Händen an den primären Geschlechtsorganen spielend, klingelt das Telefon. Ich spüre genau, wer das ist und habe grade in diesem Hitze-Glück-Zustand das Bedürfnis, dran zu gehen. Fred ist dran – natürlich – insofern stimmt die Verbindung noch. Aber eigentlich sind wir ja gar nicht mehr, aber so richtig finalisierend ist es auch nicht gesagt und ob die andere Frau noch, weiß ich auch nicht und will auch gar nicht. Jedenfalls hat ER jetzt seinen Moment der Eifersucht – und das ist auch gut so - als ich ihm sage, dass ich jetzt grade gar keine Zeit für ihn habe und dabei dauernd gackern muss, weil der Tänzer mir zwischen den Beinen rumfummelt.....................
Endlich landen wir im Bett, der Tänzer und ich:
ziehend, züngelnd, tanzend, rollend, kletternd, anfassend, in Arme fallend................
sexy sexend...
saftig saftend...
Es wird eine lange Nacht, wir spielen mit hoch und runter, rutschen und gleiten aus der Erregung rein und raus, in süße Momente des Nahseins hinein, Reden, Halten, Umarmungen und Küsse wechseln mit plötzlich steigernden Anfällen von Total-Ekstasen, Rausch-Zuständen, Zwischen-Orgasmen..
Seine Zunge landet in meiner Muschi, mein Mund schließt sich um seinen Schwanz:
Oral-Muschi-Kuschi-Pulli-Schwanzi-Lechzi...
Wir masturbieren und lieben es, uns dabei zuzuschauen...
Er nimmt ein Kondom und streift es sich über, mich besteigend...............................
Ich zittere, vollführe orgastische Tänze eines Baby-Aliens während ich seinen Tief-Fick spüre...tief...tief...tieffickfickfickmich!...
Spät in der Nacht habe ich den Teufel im Leib...Ja!..
Als er kommt, schreit und singt er in wildesten Sprachen aus alter Zeit, urzeitlichster Zeiten, Ent-Stauungs-Ent-Stammungs-Zeitlicher, Stammesritualitärer Stammungen, aus vor-teuflischen Zeiten... singt, schreit... ich habe Zillionen von kleinen unaufhörlichen Orgasmen... halte, schaukle, schreie, singe mit ihm, er schreit und er singt und er singt und er schreit..
Das ganze Mietshaus hallt wieder, nachts um 2, meine albanischen Nachbarn könnten die Sprachen verstehen..
Später, noch später, komme ich SOFORT, als ich seinen Arsch mit meinem Schambein ficke, er lässt sich von mir nehmen, genießt, dass ich seinen Schwanz wichse in der Vorstellung es wäre mein eigener, dabei wird er SO geil, dass er noch ein Kondom greift und mich von vorne und hinten nimmt, ich schreie, beiß mich, beiß mich in meinen Hals mich, wenn von hinten fickst du mich... er beißt Hals, er schlägt mit Hand meinen Po, VanillaMäßig während er fickt, er mich...

wenn er oben, er mich, ich sich schlage SEINEN Po, holdrio..................................
Nachts um 4 wackeln die Häuserwände noch mal vor lauter "altem" Orgasmus-Gesang...Klang...
Noch, noch später und Morgen...
Wache ich auf und sehe den höchstattraktivsten Teufel, RUHIG neben mir, in MEINEM Bett schlafen...
Spätestens... dann..
esse ich saftige Apfelstücke von des Teufel-Tänzers Brustwarzen.............................
füttere ich ihn mit Müsli und esse aus seinem Mund..
werde ich sehr oral und lecke und schmatze seinen ganzen Körper ab,
er klingt, jauchzt, singt in höchstem Vergnügen...
Zwei verwandte (Teufel?)Seelen, die sich schon seit Jahrtausenden immer mal wieder über den Weg laufen, haben ihren TeuflischGutenSexTanzMoment, mal sehen in welchem JahrtausendMoment das wieder passiert.

Groupie

Premiere – ein wichtiges Stück, vielleicht das bisher wichtigste in meiner Karriere. Auf jeden Fall das, an welchem ich bisher am längsten gearbeitet hatte. Der Aufführungsort einer der In-Orte in Berlin – Glück gehabt. Der Rahmen ein Festival, noch mal Glück gehabt. Es ist so gut wie ausverkauft, das Publikum freundlich aufmerksam und gut drauf. Ich spiele sehr konzentriert und inspiriert und so läuft alles traumhaft. Nach der Aufführung viele strahlende Gesichter, Komplimente, Hände schütteln, Fragen beeindruckter Journalistinnen. Und dann dieser bekannte Choreograph.
Seine Augen leuchten, er ist schwer begeistert, hat gar nichts erwartet, ist nur zufällig gekommen, weil eine Kollegin ihn eingeladen hatte. Wir kennen uns nur sehr flüchtig. Das übliche Hallo-Sagen unter Kollegen, wenn man sich bei Veranstaltungen sieht. Ich hatte ihn schon immer kennenlernen wollen, er schien ein interessanter Mann zu sein, der spannende Arbeit macht. Nun steht er vor mir, redet intensiv auf mich ein, wie gut mein Stück funktioniert, wie modern es wäre, er hätte ja prinzipiell was dagegen, Stücke über andere Leute zu machen, aber so wie ich es getan hätte, wäre es die einzig richtige Methode. Ich sollte mit dem Stück reisen, er würde versuchen, mir zu helfen.
Ich begegne verschiedenen anderen Leuten, an diesem triumphalen Abend, aber ER ist immer irgendwie da, im Hintergrund, verschwindet einfach nicht. Zwei sehr alte Freund-

innen von mir, mit denen ich Abitur gemacht hatte, sind auch gekommen, worüber ich mich sehr freue und wir wollen zusammen was trinken gehen. Ja und da war ER noch – und ging nicht, ob er auch mitkommen dürfe – na klar. Innerlich werde ich langsam sehr aufgeregt, eine andere Aufregung als die, die mit der Aufführung zu tun hatte, ich beginne, mir meine Hintergedanken zu machen.
Wir wandern durch das kalt-nasse Berlin-Mitte an diesem November Abend. Das Wetter kann sich weder für Schnee, noch für Regen entscheiden. Schließlich landen wir in einem dieser schicken neuen Restaurants, die hier wie Pilze aus dem Boden sprießen. Es gibt Karotten-Ingwer-Suppe – das klingt gut. Drei von uns bestellen sie und sind total begeistert.
Der Choreograph erzählt, dass er eigentlich verabredet wäre, auf einer Party, mit einem Freund, der bei ihm übernachten will, er müsse jetzt mal da hin, weil dieser Freund den Schlüssel noch nicht hätte. Seine ganze Ausstrahlung zeigt allerdings, das er noch nicht weg will. Schließlich bricht er nach langem Zaudern doch auf, ich sage ich würde mal eben mit nach draußen kommen, um ihn zu verabschieden.
Da stehen wir – auf der Neuen Schönhauser Straße – voreinander. Ich stelle mich auf eine Treppenstufe, dadurch bin ich genauso groß wie er, gutes Gefühl. Wir schauen uns an, ich packe ihn am Kragen, ziehe ihn an mich ran und sage: "Weißt du, was ich jetzt tun möchte? Dich abschleppen!" , "Au ja," sagt er, "Bitte, bitte!"
Ich ziehe ihn noch näher an mich heran und unsere Lippen treffen etwas abrupt, aber sehr lüstern aufeinander. Wir beginnen eine äußerst leckere abends-auf-der-Straße-Knutscherei. Das schreit nach mehr, somit verabreden wir uns für in etwa $^1/_2$ Stunden in einem Club in den Hackeschen Höfen. Er entschwindet in die Nacht.
Meine Schminke, die noch von der Aufführung geblieben war, ist inzwischen gehörig verschmiert und meine Freundinnen wissen sofort, was geschehen ist. "Was, den willst du abschleppen? Ich weiß ja nicht." ist ein Kommentar, der anderen gefällt er auch nicht, aber es ist ja meine Entscheidung, und die war schon längst gefallen, ich hatte gerade lecker Zunge geleckt...
Es folgen ausführliche Gespräche über Männer, ein Thema an dem wir uns ewig delektieren können. Beide wollen dann allerdings nicht mehr mit Tanzen gehen und so gehe ich alleine rüber ins Oxymoron. Dort selbst lande ich schnellstmöglich auf der Tanzfläche und tobe mich gehörig aus. Wenn man schon aufgetreten ist, sind sämtliche Bewegungen einfacher, fließender, eben schon eingespielt, da geht das besonders gut mit dem Tanzen. Ich bin eine sehr exzentrische und auffällige Tänzerin (wobei ich mich dabei überhaupt nicht ernst nehme und gerne viele Scherze mit meinem Publikum mache), deshalb gucken sowieso immer alle. An diesem Abend schauen auch etliche Männer – sehr interessiert.
Wahrscheinlich habe ich diesen angeknutschten Ausdruck drauf und ihre Hormone krie-

gen das sehr deutlich mit, immer dasselbe! nur ihr Hirn weiß nicht recht was los ist. Ich weiß doch schon lange, das Hormone wichtiger sind als wir "Zivilisierten" uns das zugeben wollen.
Nach etwa 20 min. wild begafftem Tanzen, steht auch der Choreograph da und schaut zu. Ich stürme auf ihn los, er umarmt mich, hebt mich mit einer Drehung geschickt vom Boden hoch und dreht mich im Kreis. Erfahrener Tänzer mit Ballet-Vergangenheit, ich bin ja mehr von der grotesken Sorte. Direkt im Anschluss an diese elegante Drehung landen unsere Münder aufeinander und wir beginnen die schönste Knutscherei.
Den anderen Männern fallen bald die Augen aus dem Kopf vor Neid und sie finden mich direkt noch begehrlicher, weil ich einem anderen "gehöre", Hahnenkampf-Mentalität, oh Mann, sind WIR manchmal primitiv.
"Lass uns gehen", "Okay", wir verlassen den Laden, nehmen ein Taxi und fahren zu ihm. Prenzlauer Berg – große schöne Wohnung. Ich brauche was zum Abschminken, es gibt aber nichts anderes als die Feuchtigkeitslotion der Mitbewohnerin, damit geht es halbwegs, dauert aber ein Weilchen, bis ich die vom Knutschen erheblich verschmierten Reste meiner Bühnen-Schmink-Schichten aus dem Gesicht habe. Ab unter die Dusche, er zieht sich auch aus und so wenig wir uns kennen, stehen wir plötzlich beide nackt unter der Dusche, ein immer wieder überraschender Adam + Eva-Moment in dieser theatralen Welt. Wir schauen uns neugierig an. Zwei schöne Körper, wagen erste Berührungen. Sein Schwanz geht sofort in die Erregung. Reichlich doppelt-nasse Zungenküsse werden ausgetauscht, einige Waschungen aber nicht zu ausführlich.
Wir trocknen uns gegenseitig ab und wandern nackt in Richtung Bett.
Hier taumeln, rollen und tanzen wir in höchstem körperlichen Genuss durch die Bettlandschaft, dieser Genuss dauert... Irgendwann zwischendrin sagt er zu mir: "Als ich dich da auf der Bühne sah, dachte ich mir, nach DIESEM Stück brauchst du doch hinterher was zum Anfassen in der Nacht" , "Danke" sage ich und grinse ihn an.
Weiter gehen unsere Körpererkundungen, die nicht rein tänzerisch bleiben, sondern spät in der Nacht auch primär sexuell ausarten und in einem wilden Fick kulminieren.
Keiner von uns hat einen Orgasmus, wir hören irgendwann einfach auf, weil es reicht, wir genug haben, wir müde sind, es eine SEHR lange Nacht war. Um 5 oder 6 Uhr morgens schlafen wir völlig erschöpft ein.
Um 9 Uhr klingelt der Wecker, er muss um 11 zur Probe. Wir frühstücken noch gemeinsam und beim Verabschieden im Hausflur sage ich: "Danke, dass du mein Groupie warst." , "Gern geschehen."

Fleisch

Wir treffen uns bei ihm. Ich beschaue mir die neue Wohnung und kriege alles erklärt. Besonders beeindruckt bin ich vom Badezimmer, welches noch größer ist als meines. Wir trinken Tee – auch die Küche ist riesig. Wir reden über Veranstaltungsorte und Festivals und geben uns Tipps, wo man noch versuchen kann, die eigene Arbeit unterzubringen. Diese Art der gegenseitigen Unterstützung fühlt sich gut an.
Anschließend zeigen wir uns Videos von unseren Projekten und diskutieren heftig über Veränderungsmöglichkeiten.
Irgendwann ist alles gesagt und erzählt und ausdiskutiert.
"Was machen wir jetzt?" fragt er und sagt gleich darauf "Was DU willst!"
Ich sitze da, rekele mich, mache ein paar tänzerische Bewegungen mit den Armen.
"Na ja, wir könnten was unternehmen, was anschauen, oder so."
"Was denn, da draußen? Heute ist Dienstag, heute gibt's nix."
"Heute ist Kinotag."
"Ich hab kein Bock auf Kino" sagt er und von wegen was ICH will...
"Hm, ich weiß auch nicht" sage ich.
"Komm, wir gehen ein bisschen ins Bett" sagt er, umgreift mich mit einem Ausholen seines Armes, lässt mich mit einem eleganten Schwung zu sich in die Arme fallen und gemeinsam rollen wir aufs Bett, auf dem er bereits sitzt. Erfahrener Tänzer, das ist's, was mich so an ihm reizt, der weiß sich zu bewegen.
Wir liegen lange Arm in Arm auf dem Bett und genießen unsere Wärme, die Körper, die Umarmung, das Halten.
Dann erste Verschiebungen – *shifts.*
Füße, die einander Widerstand geben –
Knie, die freundlich aneinander stoßen –
und immer wieder Arme, die sich halten, sich fremd und vertraut zu gleich. Das letzte und einzige Mal, dass wir uns so nahe waren, lag genau ein Jahr zurück. Hände, die in Muskelfleisch greifen, zupacken, spüren, tasten, begutachten, auf Knochen treffen, diese rütteln und schütteln und knochentlich 'Hallo' sagen. Meine Nase, die sich in seinen Hals eingräbt - meine Lippen, die über seine 4-Tage-Bart-Stoppeln tasten und sich genüsslich kratzen lassen. Seine Nase, die sich in meine Augenhöhle taucht - seine Zähne, die ganz zart an meiner Wange knabbern – meine Zähne, die seine rechte Unterkieferpartie beißen.
Unsere Umarmung – die gemeinsam übers Bett rollt, gefunden, in seinem Bett, ganz natürlich zwei Körper, zwei Menschen, die sich be-greifen.
Wir lösen die engere Umarmung und beginnen, uns mit unseren Gliedmaßen an- und abzustoßen, grätschen die Beine, spreizen die Arme weg, halten den anderen dabei und

geben gleichzeitig Wiederstand. Zwischendurch sausen unsere Becken wie zwei Magneten aufeinander zu, wir lassen sie in heftigen erotischen Stromstößen aneinander reiben, spüren die Hitze, die von ihnen aufsteigt, lassen wieder los und spreizen uns mit den Gliedmaßen voneinander weg.

Ich richte mich halb auf, greife um ihn herum, ertaste seinen Po, hmm, ein Tänzerarsch wohl geformt, greife ihm von hinten unten zwischen die Beine, rutsche wieder runter, gleite mit meiner Hand an seinem Bein herunter, kriege die pralle Wade zu fassen, greife wollüstig, lüstern zu, rutsche runter zur Achillessehne und Ferse und greife, greife, greife.

Kurz danach finde ich mich auf dem Rücken liegend wieder, er schiebt seine Hände unter meinen Pullover und T-Shirt, darauf erfolgen elektrische Blitze aus meinen Brustwarzen-Antennen, auf denen seine Finger ein Morse-Alphabet abtasten. Mir entfahren diverse Wohl-Laute, anschließend rolle ich über ihn und morse seine Brustwarzen an. Meine Lippen und Zähne setzen Biss-Spuren in die Wüstenlandschaft seines Bauches, seiner Taille und seines Rückens. Geschickt drehe ich ihn unter meinen Händen, um an die jeweiligen Stellen zu gelangen. Meine Hand fährt zärtlich seinen Rücken entlang, mein Gesicht sucht seines, meine Lippen die seinen, unsere Zungen finden sich und tauschen sich aus.

Wir kommen langsam zum Sitzen. Er hinter mir, ich vor ihm, mein Rücken an seinem Bauch. Er knöpft mir von hinten die Hose auf und schiebt seine Hände unter die Winterschichten. Ich zucke, genieße, fühle seine Finger in die feuchte Flusslandschaft gleiten. Seine andere Hand bewegt sich unter meinen Pullover an meine rechte Brust. Sehr erregt zerre ich von rückwärts an seinem Gürtel und Hosenknöpfen und kriege binnen kurzem, mit beiden Händen, seinen steifen Schwanz zu fassen, der unter meinem Zugriff heftige Wehmutstropfen von sich gibt. Er beißt mir von hinten mehrmals heftig in den Hals, oh wie ich es liebe, gebissen zu werden.

Wir beide,
hintereinander völlig bekleidet,
hintereinander mit gegrätschten Beinen auf dem Bett hockend,
uns gegenseitig glitschig und feucht in den Unterhosen reibend,
schön! schööön!

Er greift mich um die Hüften, schmeißt mich auf den Bauch und zieht meine Hosenschichten herunter – ich ziehe meinen Pullover aus, nach Männerart – das geht in der Bauchlage irgendwie einfacher als nach Frauenart. Von oben muss das gut aussehen, wie ich auf dem Bauch liege und mir nach oben und unten gleichzeitig die Kleider weggezogen werden.

Er steht auf, um Kondome zu holen, ich stehe auf, um pissen zu gehen.

Als ich wiederkomme, liegt er schon nackt unter der Decke. Unsere Münder begrüßen sich küssend und nehmen nach so viel Abstand den ersten Kontakt wieder auf. Schnell gleiten meine Hände zu seinem Schwanz, greifen ihn, erregen ihn weiter. Dazu gibt es einige Nackt-Ganz-Körper-Umdrehungen im Bett, bis seine Hände wieder auf meinen Genitalien landen. Ich liege auf dem Rücken und genieße seine fingerlichen Erkundungen meines Kitzlers.
Sein Finger wie er mich penetriert und zwischen Vagina und Kitzler genüsslich auf und ab fährt. Wie er Spucke auf seinen Finger träufelt, mich damit einreibt und ich auch von alleine immer nasser werde – mein Unterleib zuckt. Ich richte mich auf, bespucke auch meine Finger, greife seinen Schwanz mit links und rechts. Meine Fingerspitzen vibrieren, gleiten, pochen um den Rand seiner Eichel herum, er troppffttt!
Sein Finger schiebt sich im gleichen Rhythmus zwischen Kitzler und Vagina hinauf und hinunter und hinein, tief hinein und wieder hinaus und hinauf und vibriert,,, ich werde immer weicher,,, ich tropfe,,,
Er ist hart und er tropft – er bittet mich zu stoppen – so schnell will er noch nicht kommen. Wir legen uns hin, Zwischen-Umarmung, Begrifflichkeiten. Er greift nach einem Kondom, enthüllt es, streift sich ein lachsfarbenes Gummi über seinen erregten Schwanz, benetzt seine Finger, reibt mich damit ein, dreht mich halb auf die Seite und schon spüre ich ihn langsam in mich eindringen.
Schauer über den ganzen Leib –
dieses wohlige Gefühl der Penetration –
dieses wohlige Gefühl seines erregten Gliedes in mir –
meiner ansteigenden Feuchtigkeit –
der Gänsehautschauer ausgelöst durch jeden Stoß seines Unterleibs,
tief in mich hinein –
dieses unbeschreibliche Gefühl, dieses erigierten Penis',
wie er sich an der Vaginalwand entlang schiebt,
dabei die wohligsten,
wohl wahnsinnigsten Sensationen auslösend –
die ganze Wand ist mit kleinen Nervenzellen voll –
ja, ja Vaginal, ja, ja Klitoral, ja, ja Vaginal-Klitoral
ja, ja Vaginalorgasmus, Klitorasmus,
so viele Möglichkeiten,
auch vaginal gibt's so'ne und solche,
G-Punkt-Orgasmen, Vaginal-Wand-Orgasmen, ach was weiß ich was noch alles, fragen Sie doch Annie Sprinkle, die ist bald Dr.Sex!

Er wechselt die Position, von halb seitlich, zu er oben, ich bebe, ich erschaure, spüre ihn aus einer neuen inneren Perspektive und liebe es, wie er mich penetriert, ich gebe mich ihm hin und lasse sämtliche Wände erzittern.

Ich bringe ihn in die Rückenlage und ficke IHN.
Ich lasse mein Becken einen schnellen –
einen langsameren –
einen genüsslich langgezogenen-
raus-und-wieder-rein-ich-spür-dich-total-und-ganz-lange-Rhythmus
anschlagen.
Ich lasse mein Becken über ihm kreisen und spüre aus vielen verschiedenen Perspektiven seinen Schwanz in mir.
Er liegt und liegt –
unter mir, die Augen zu, die Arme nach oben –
die Hände in verschiedenen -
Verringungen, Verwirrungen, Vergreifungen –
spiegeln die Phasen seiner Lust wieder.
In dieser Position kann ich fast zu schnell kommen,
der Orgasmus wäre Vaginal und Klitoral gemischt,
mit einer stärkeren Betonung auf Klitoral,
wegen der speziellen Reizung der Klit durchs Reiten.
Ich umgreife mit meiner rechten Hand von unten den Schaft seines Schwanzes, gebe einen gewissen Druck in Richtung meiner Vagina und verstärke mit meinem Griff die Fickbewegung.
Dies bedeutet für uns beide mehr Intensität.
Oh hm ah...könnte ich jetzt gleich...zu schnell...
Ich greife ihn hinter dem Kopf, ziehe ihn hoch und wieder auf mich drauf.
Erneut in der dominanteren Position geht das Testosteron etwas mit ihm durch – er penetriert mich schneller und heftiger, immer tiefer stoßend.
Ich winde mich unter ihm vor lauter Lust, die inneren Stromstöße sind genial.
Er greift meine Beine und bringt meine Füße hinter seinen Hals und Hinterkopf. Hier habe ich einen guten Halt und spüre gleichzeitig die Wände wackeln. Ich verstärke den Gegendruck von Fuß gegen Hinterkopf und stöhne sehr intensiv. Er verdreht die Augen total und ändert ab und an den Fick-Rhythmus. Dann zieht er mich hoch und dreht mich auf den Bauch. Ich gehe auf alle Viere, strecke ihm meinen Po entgegen, er beißt mich in den Hals, vibriert mit seinen Fingern meinen Kitzler und penetriert mich von hinten. Harte erregte Stöße lassen mich auf den Bauch ausrutschen. Dort verharre ich kaum, sondern gehe mit gestreckten Beinen auf die Zehenspitzen, ihm in höchster Erregung meinen Hintern erheblich entgegenstreckend, und werde hier äußerst animalisch gefickt.

Irgendwie entgleiten wir einander in allerhöchster Erregung und liegen plötzlich auf dem Rücken nebeneinander.
Diese plötzliche innere Leere...
Ich habe orgasmische Zuckungen und Stöße und Pulsen im ganzen Leib.
Ich kralle, ich fauche, ich schreie ein bisschen mit trockener Kehle – verdurste fast – gehe in einem halb zur Kreatur mutierten Zustand auf die Suche nach der Wasserflasche, werde fündig und trinke gierig in langen Zügen das erfrischende Nass.
In diesem Zustand werde ich der Schnüre und Hängekonstruktion gewahr, ergreife die Schnüre und wickle sie mir um die Handgelenke, um den Leib, ziehe sie mir zwischen den Beinen durch und hänge mich etwas daran auf.
Wie die Schnur sich mir zwischen die Beine zieht und meine Schamlippen etwas einschneidet, das ist in meinem Zustand besonders erregend. Er liegt im Bett und schaut mir zu. Ich bräuchte seine Hilfe, um mich wirklich aufhängen zu lassen. Er rührt sich nicht. Ich lege mich wieder zu ihm und erzähle: "Ich möchte in dem Zustand, in dem ich jetzt bin, für etwa 2-3 Stunden darin aufgehängt werden. Es soll andere Leute geben, die spezielle Sachen mit meiner Haut machen. Sie fast gar nicht berühren, elektrisch nur die Flimmerhärchen entlang, sie zärtlich berühren, sie zärtlich streicheln, leicht massieren, mit Bürsten und Pinseln leicht kratzen, mit Federn leicht kitzeln, mit Bürsten stärker kratzen, mit Händen und Fingern beklopfen, leicht und ganz freundlich schlagen – nichts Harsches, nur Vanilla, ich kann mich nicht bewegen, ich trage eine Augenbinde, ich kann lecken und beißen, was mir nahe kommt, ich kann küssen und schreien und stöhnen und genießen, ich hänge.
Die Leute lecken und beißen mich am ganzen Körper, es gibt welche, die nach viel Vorbereitungszeit mir die Brustwarzen erregen, lecken und zart beißen. Eine Person mit Latexhandschuhen, penetriert mich nach zeitlich-vorsichtiger Erregung, so lange bis ich zum Höhepunkt komme."
Ich liege in seinen Armen und erzähle ihm das – er schaut mich an und grinst. Dann steigen wir unter die Dusche, Wasser, Reinigung, Handtücher, Kleidung. Anschließend sitzen wir in der Küche, essen Käsebrote und getrocknete Tomaten, trinken Tee, lachen, scherzen.
Ich packe meinen Kram, ziehe mich vollständig an, er fragt: "Was machst du jetzt? Ich würde jetzt gerne noch was arbeiten."
"Ich wollte jetzt sowieso gehen, eine Spätvorstellung im Kino schaffe ich noch." Eine letzte Umarmung und mein Kommentar, dass ich diesen lockeren Umgang miteinander sehr schätze. Er nickt bejahend.
Ich wandere zur U-Bahn und fange an, diese Geschichte aufzuschreiben. Ich liebe es, in der U-Bahn Pornographisches zu schreiben. Wenn all die Leute drum rum sitzen, blöd glotzen und keine Ahnung haben, dass in mir eine Orgie abgeht...

Abschied

Des Teufels Tänzer ist wieder in der Stadt, feiert Wiedersehen und gleichzeitig Abschied von seinen Geliebten. Er hat ein Billig-Flug-Hotel-Paket abgeschossen, 4 Tage in einem feudal-edligen Groß-Hotel-Teil, jede Nacht kommt eine andere Frau in seinen Genuss, ich krieg den letzten Abend. Jeden Morgen sitzt er mit einer anderen Dame am Frühstückstisch. Wie lustig! denke ich, Wie skandalös! werden die anderen Hotel-Paket-Gäste denken.
Wir treffen uns am frühen Abend, gehen zu unserem Lieblings-Inder essen und knie-füsseln unterm Tisch. Wir reden angeregt über Tänze und Laster, essen und zahlen und fahren U-Bahnelnd anbahnend ins Hotel. Nicht lange gefackelt, nicht lange gewackelt, entkleidet, oh Schreck, Einzelzimmer, kleines Bett, zu helle, zu schlechte, unerotischste Beleuchtung, und doch komme ich, wie unter NeonLicht, so scheint's mir ins Gesicht, unter seiner so überaus talentiert züngelnden Zunge, so gut, und ganz und gar genüsslich zum oral mir beschafften Mösen-Fotzen-Leck-Mich-Höhepunkt, dazu braucht' ich ja kein Doppelbett, aber schlafen, ach, im so kleinen, so schmalen, ach, geht nicht, nee, oh, nee, aber er darf mich morgens ficken, gut und ach, ach ja, er singt wieder, ich lieb es so!!!
Am Frühstücks-Hotel-Buffet-Tisch grinsen wir froh, und die anderen Gäste uns auch.

Im Bett

Wir liegen im Bett sind recht müde
aber doch irgendwie ein bisschen geil
"Lass uns gemeinsam wichsen" sagt er
Gesagt getan – Bei so einer Aktion geht es direkt zur Sache
in die Finger gespuckt und los
Wir einigen uns sehr schnell auf einen gemeinsamen Rhythmus
Es ist irgendwie lustig wie wir da im Dunkeln unter unseren Decken
liegen, an uns selbst rummachen nichts sehen und uns trotzdem
durch den gemeinsamen Rhythmus total anturnen
Der wird auch schnell schneller
und im Handumdrehen kommt ER auch schon
ich - so halb fast aber irgendwie war's mir zu schnell
zu schnöde für einen Quickie
und ich bin so angeturnt dass ich weitermache

Er gluckst froh und dreht sich weg
Ich entlasse gerade einen riesigen Schwall an weiblichem Ejakulat
ins Bett – oh ah au weia oh
Inzwischen schläft ER ein
Mein Finger rotiert und rotiert in meiner Möse
und turnt den G-Punkt heftig und heftiger an
und ah und oh und weiter und offener und mehr
und der G-Punkt fließt und öffnet und
Flüssigkeit kommt   kommt aus mir
und ich rotiere und rotiere und
bin geil und bin geil und geiler
oh und diese Situation turnt mich
dermaßen an
und ER schläft einfach   und das turnt einfach
und noch und nöcher
und nimmersatt und nimmersaft
und will keinen finalen O.
nur fließen und weglaufen
und nicht mehr aufhören
und und und weiter fließen
und ohhh ahhh ahhh

Schließlich habe ich schätzungsweise drei Liter Flüssigkeit
ins Bett entlassen
(meine Freundin Sarah behauptet   es wäre nur
ein halber Liter   andere Frauen wiederum malen Bilder damit und reden von 3-4 Litern
hmm...?)
ER schläft seelenruhig
ICH liege total erschöpft und super glücklich im pitschnassen Bett
das wird Tage zum Trocknen brauchen
und - ich kann irgendwie nicht gut schlafen   mit nassem Po...

Die Party

Mai 1999, Arena, Treptow. Die Siegessäule, Berlins größtes schwul-lesbisches Magazin, feiert ihr 15-jähriges Jubiläum.
Was soll ich anziehen – meinen schwarzen Hugo Boss Anzug, den ich vor ein paar Jahren, anlässlich meines Auftrittes bei einer Hugo-Boss-Gala geschenkt bekam. Mit Hugo ist man immer gut angezogen: klassisch, edel, stilvoll – gute Wahl.
An der Kasse der Arena steht ein Schild: Keine Gästeliste! Zufällig ist der Chefredakteur an der Kasse und überreicht mir direkt eine Ehrenkarte. Er freut sich, ich freue mich, schon bin ich drin. Die Arena ist noch total leer, nur vereinzelte Figuren zu sehen – es hatte geheißen, dass die Party früh anfängt, mit Büffet und Paartanz im Glashaus. Ich mache mich auf die Suche nach dem Glashaus, welches ich noch nicht kenne. Ich komme an zwei Eingängen vorbei, zwei *Darkrooms*, einer für Männer und einer für Frauen – wow, ein *Darkroom* für Frauen, welch nette Überraschung!
Im Vorraum des Glashauses kommt mir eine alte Bekannte entgegen. Vom Sehen kennen wir uns schon seit 1981, da hatte sie einen riesigen Irokesen und sah extrem gut damit aus. Heute ist sie eine sehr attraktive *Femme* und kommt mir hier mit einem super Décolleté entgegen. Ich hatte draußen eine Rose gefunden, die partout nicht in meinem Knopfloch halten wollte. Ich frage sie höflich, ob ich, sie nickt und ich platziere die Rose genüsslich genau in die Spaltung ihrer mir so erfreulich dargebrachten, Brüste – perfekt. Ich weide mich einen kurzen und sehr schönen Moment lang an diesem genialen Anblick. Wir lachen uns strahlend an, und das war's schon. Unterhalten hatten wir uns eh noch nie mehr als ein paar Sätze.
Ich bewege mich weiter – das Glashaus ist brechend voll – nur leider bin ich heute wirklich nicht in Stimmung für den üblichen Café Fatal Schlager-Mischmasch. Ich stehe also etwas unmotiviert in der Gegend rum und frage mich, wie ich die Zeit überbrücken soll, bis es in der Arena endlich House-Music gibt. Eine Stimme in mir will sofort wieder gehen und fühlt sich gar nicht wohl, eine andere Stimme sagt – *relax*, es war so nett, wie sie dich umsonst reingelassen haben, lass los und geh mit dem Fluss, du wirst einen schönen Abend haben. Kurz nach diesen Gedanken treffe ich eine mir auch nur vom Sehen bekannte Transsexuelle. Wir beginnen, uns sehr angeregt zu unterhalten und tun dies mindestens eine Stunde lang. Der Fluss ist da.
Nach dem vielen Reden ist es Zeit, sich etwas zu trinken zu kaufen – schwieriges Unterfangen – die Bar ist absolut übervoll – ich schaffe es mit viel Insistenz dann doch recht schnell, meine Kehle wäre mir ansonsten ziemlich vertrocknet. Nach gelungener Befeuchtung der Kehle mache ich mich daran, zurück in die Arena zu gehen. Ich komme an den zwei *Darkrooms* vorbei. Bei den Männern ist inzwischen ein flottes Kommen und Gehen, bei den Frauen – nichts, absolut gar nichts.

Die Tanzfläche ist mittlerweile recht gut gefüllt, auf meinem Weg durch die Menge treffe ich immer mehr Bekannte. Die Musik ist schön housig, aber irgendwie juckt mich heute das Tanzbein nicht so recht.
Und dann treffe ich Cesario – lange nicht gesehen – wir hatten uns schon gerne und oft unterhalten und quatschen gleich munter drauf los – bloß, wir stehen mitten auf der Tanzfläche, um uns her Tausende tanzender Leiber. Auf die Bühne tritt jetzt der Star des Abends, eine tolle schwarze Sängerin aus den USA und heizt der Stimmung in der Arena heftig ein. Also: unterhalten ist nicht – also: tanzen wir eben – und in null Komma nichts reiben sich unsere Unterleiber aneinander. Ich hatte mich, wie gesagt, schon oft mit Cesario unterhalten, aber wir hatten noch nie geflirtet, getanzt und schon gar nicht die Unterleiber aneinander gerieben. Aber die Musik, die um uns donnert, lässt gar keinen anderen Bewegungsstil zu.
Cesario ist auch bisexuell – und wir tanzen Unterleibig.
Dann steigern wir unser Unterleibsreiben. Solche Aktionen hatte ich schon häufig beim Tanzen betrieben und es hatte keine weiteren Auswirkungen gehabt. Na ja das stimmt so natürlich auch nicht...
Einmal 1992, auf einer Techno-Party, fand der Unterleib-Rieb auf einem Podest vor tausend kreischenden Teens, zusammen mit einem schwulen Mann statt, der tatsächlich davon eine fette Erektion kriegte. Das Ganze wurde fotografiert und war zwei Tage später in der BZ zu sehen. Natürlich nur unsere ekstatisch verdrehten Augen und Leiber, aber nicht die Erektion, die spürte ja nur ich allein.
Aber alles anders hier... vor lauter Freude gibt mir Cesario einen kurzen Arschgriff, worauf ich mit desgleichen antworte, seinen Arsch aber genüsslich in meiner Hand wiege – woraufhin er wiederum meinen wieder in seine Hand nimmt und wir da einen kleinen spielerisch-erotischen Moment auf der Tanzfläche haben, jeder mit einer Arschbacke des anderen in der Hand.
"Komm," sagt er zu mir, "nicht hier, ich weiß was besseres," nimmt mich an der Hand und zieht mich hinter sich her. Ich denke mir noch kurz, dass diese Art der Anmache ja sehr direkt und superschnell ist und dabei zuckt es mir durch den Kopf, dass das unter schwulen Männern durchaus sehr üblich ist und einfach noch schneller funktioniert als bei den meisten Heteros (kommt natürlich auf die jeweilige Situation und die Heteros an...).
Er zieht mich quer über die Tanzfläche geradewegs auf die Tür des Männer-*Darkrooms* zu. Ich kriege einen Moment von Panik: "Da kann ich doch nicht rein gehen", "Klar, so wie du angezogen bist und mit der Glatze, das fällt nicht auf, ich würde im Frauen-*Darkroom* viel mehr auffallen". Schon legt er seinen Arm um mich, presst mich dicht an seine Seite und zieht mich hinein. Mich überkommt ein intensives Gefühl von 'Verboten, hier darf ich nicht sein' zum totalen 'Das ist jetzt aber extra aufregend'. Er zieht mich vorbei an grauen Männergestalten – richtig *dark* ist es hier nicht – von oben her kommt

etwas Licht herein – ich schätze für einen *Darkroom* ist es eigentlich viel zu hell.
Cesario zieht mich in die letzte Ecke, setzt sich auf ein Podest und holt mich dicht an sich heran, so dass ich mit dem Rücken zum Rest dieser Männerwelt platziert bin, und die wiederum nur meine Glatze von hinten sehen können. Innerhalb von wenigen Sekunden knutschen wir tief und heiß und innig, so als ob das schon lange anstand in den 3-4 Jahren, die wir uns kennen. Erst mal in dieser Welt angekommen, geht alles sehr schnell, hier geht es nur um Sex, eine andere Bedeutung hat so ein *Darkroom* ja gar nicht. In Windeseile hat Cesario seine Finger unter meinem *Shirt* und zupft an meinen Brustwarzen, die sofort mit höchster Erregung antworten. Ich tue mit seinen Brustwarzen dasselbe und stelle fest, dass eine davon gepierct ist und einen kleinen Metallstab in ihr stecken hat – "Ja, ja Überbleibsel aus meinen SM-Tagen" flüstert er mir ins Ohr – "inzwischen bin ich sanft wie ein Lamm und total kuschelig."
Na kuscheln tun wir hier jedenfalls nicht, hier geht's heftig zur Sache. Seine Hand schiebt sich in Richtung meiner Möse und ich flüstere in sein Ohr, was ich mit genüsslichen Halsbissen untermale, dass ich meine Tage habe, und dass er dort einen Tamponfaden finden würde. Ich finde das besonders lustig: eine Frau mit ihrer Regelblutung hier im *Darkroom* zwischen lauter schwulen Männern, involviert in heterosexuelle Handlungen mit einem bisexuellen Mann.
Wie absolut und total verboten – das alles macht mich innerlich lachen. Da draußen in der Hetero-Welt sind wir der Normal-Fall und hier in dieser Homo-Welt tun wir Verbotenes. Aber in welchen *Darkroom* hätten wir auch gehen sollen, es gab auf einer schwul-lesbischen Party natürlich keinen für Hetero-Aktivitäten.
Ich öffne seinen Gürtel und Hosenschlitz und falle fingrig über seinen Schwanz her, der sich mir wohlwollend entgegenstellt. Ich nehme ihn in den Mund und bearbeite ihn zirkelnd mit meiner Zunge, während meine Hand um seinen Schaft rotiert. Seine Finger bearbeiten trällernd meinen Kitzler und meinen Möseneingang, und ich scheide so viel Flüssigkeit aus – und das ist eindeutig kein Blut –, dass ich trotz Tampon ganz feucht werde.
Inzwischen macht sich von hinten ein Mann an mich ran, der bei uns mit-tun will. Cesario stupst ihn freundlich beiseite und gibt ihm zu verstehen, dass wir zu zweit bleiben wollen. In meiner Ekstase hatte ich diese Aktion kaum bemerkt. Ich entlasse Cesarios Schwanz aus meinem Mund, bearbeite ihn weiter mit beiden Händen und knutsche ihn im Wechsel mit Halsbissen. Von der ganzen Situation, ihrer verbotenen Unmöglichkeit und unseren Handlungen bin ich so angeturnt, dass ich in schnellster Zeit komme und mein Kitzler heftigst unter seinen Fingern pulsiert – dabei entgleiten mir etliche relativ laute Stöhner, die in meiner Freude so aus mir raus purzeln. Cesario hält mir schnell die Hand auf den Mund und raunzt: "Nicht so laut, sonst werden wir noch rausgeschmissen." Ich gluckse vor Freude in seinen Hals hinein, auch seine Erregung macht sich Raum und er ergießt sich über meine Hände. Wir knutschen intensiv immer weiter

und umarmen uns, wobei ich aufpasse, dass ich das Sperma nicht auf den Hugo Boss kriege. (Warum ich aber auch immer meine wertvollsten Klamotten anziehen muss, wenn ich Sex in der Öffentlichkeit habe. Aber das weiß ich ja nicht vorher...)
Etliche Umarmungen und Zungenküsse später, fragt er mich, ob ich mich neben ihn ins Bett legen will – überrascht und erfreut über diese Einladung, sage ich ja. Er sagt noch, dass er das schon länger niemandem mehr angeboten hätte, und dass all seine letzten Kontakte nur homosexueller Natur, meist in der Sauna gewesen wären.
Nachdem wir unsere diversen Kleideröffnungen verriegelt..., nimmt er mich wieder in den Arm und zieht mich zurück zum Ausgang des *Darkrooms*. Im Vorbeigehen erkenne ich einige schemenhafte männliche Gestalten, kann aber keine definitiven sexuellen Handlungen ausmachen.
Draußen angekommen, brechen Cesario und ich in schallendes Gelächter aus – ich schaue noch mal wehmütig zum Eingang des Frauen-*Darkrooms* und denke, dass ich jetzt leider nicht erfahren werde, was da abgeht – aber was ich erlebt hatte, war letztendlich sehr aufregend – also nichts für ungut.
Wir verlassen die Party und gehen zu Cesarios Auto. Er fährt uns zu seiner neuen Wohnung, die er erst kürzlich bezogen hatte und die noch lange nicht fertig renoviert ist. Überall stehen Kisten herum, aber sein Schlafzimmer ist funktionstüchtig. Sogar einen provisorischen Kleiderschrank aus Pappe, aber mit Kleiderstange gibt es, in welchem seine ganzen Anzüge hängen, die er für seine Jobs in der Business-Welt braucht. Ich hänge den Hugo dazu und lege mich zu ihm ins Bett. "Wow, eine Frau in meinem Bett, das hatte ich schon seit einem halben Jahr nicht mehr, das ist echt aufregend."
Erneut und voller Expertise fallen wir übereinander her, nur diesmal mit wesentlich mehr Hautkontakt. "Dass ich mal an deinen Titten saugen könnte, hätte ich auch nie gedacht, nach all den Jahren, die wir uns kennen." Wieder besorgen wir es uns mit Händen und Mündern, lassen uns etwas mehr Zeit, nehmen kurze Atempausen zwischendurch und haben einen recht lauten gemeinsamen Orgasmus, der in dieser warmen Maiennacht bei geöffneten Fenstern über den Schöneberger Hinterhof hallt.
Am nächsten Morgen erwachen wir recht früh, und ohne dass ich es mich versehe, habe ich wieder seine Zunge zwischen meinen Beinen.
Nachdem ich wohlig erregt etwas besser zu mir komme, greife auch ich mir seinen Schwanz und so ist dies ein freudiges Erwachen an diesem Samstag Morgen. Wir entlassen uns nicht eher, als bis wir erneut gemeinsam kommen und schreiten dann zum Frühstück.

Torture Garden

Schon bevor ich nach London flog, erzählte mir Shari ganz begeistert, dass während ich da sei, wieder eine Torture Garden Party stattfinden würde, die gab es nur alle zwei bis drei Monate, und dass wir da alle zusammen hingehen sollten. Das wäre eine SM-Fetisch-Party und sie wäre hauptsächlich heterosexuell. Ich sagte ihr am Telefon, dass ich derzeit an SM-Kram nicht so recht interessiert sei und mir nicht vorstellen könnte, da hinzugehen. Shari meinte dazu, dass es eine der derzeit schrillsten Parties in London sei, und ich solle mir das doch noch überlegen. Ich fliege an einem Dienstag nach London, war insgesamt über elf Jahre nicht dort gewesen und bin auf eine entzückende Art aufgeregt. Shari wohnt seit einem knappen Jahr in London, war von Berlin, wo sie eine Zeitlang gelebt hatte, zu ihrer großen Liebe Gilda gezogen, einer Spanierin, die mehr oder weniger in London aufgewachsen war.
Zu ihr gezogen ist gut, eigentlich hat Shari ja noch ein WG-Zimmer in einer Lesben-WG in einem dieser typisch englischen Reihenhäuser im Nord-Osten von London, aber nur eigentlich, denn sie wohnt sozusagen nur bei Gilda und ihre WG-Genossinnen sehen sie nur höchst selten. Dafür dürfen dann ihre Gäste in dem Zimmer übernachten. Das kostet sie natürlich viel Geld, weil in London die Mieten sehr hoch sind, und so war der endgültige Umzug zu Gilda schon geplant, aber erst in zwei Monaten.
Jetzt war Mitte Juni, und ich bin unter anderem wegen der *Drag-King*-Woche gekommen, die anlässlich der Veröffentlichung des *Drag-King*-Buches von Del LaGrace Volcano stattfand. Diese Woche sollte Performances, einen Kurzfilmwettbewerb und eine Ausstellung beinhalten. Das Wetter ist angenehm warm in London. Shari holt mich von der U-Bahn-Station ab. Wir fahren beladen mit meinem vielen Gepäck – hauptsächlich Kostüme für die *Drag-King-Show* – per Bus zu ihrem Haus. Als ich mit Shari in der WG ankomme, entdecke ich erst mal einen Mann am Küchentisch - aha Männer haben also kein striktes Hausverbot. Das ist ja schon mal angenehm. Ich verbringe den Abend ganz ruhig mit den WG-GenossInnen im Haus und stelle fest, dass der Mann sogar über Nacht beibt, und eine der Haus-Genossinnen eine Affäre mit ihm hat. Bei einem späteren Gespräch kommt heraus, dass ihr das mit der Männer-Affäre super unangenehm ist. Ich sehe darin kein Problem und verstehe mal wieder solches Schubladen-Denken überhaupt nicht.
Am Mittwoch treffe ich mich mit einer bekannten Londoner *Drag-Queen*, um einen schon vorab geplanten Gig im *Club Heaven* zu besprechen. Anschließend zeigen mir Shari und Gilda Teile des Londoner schwul-lesbischen Straßenlebens. Donnerstag ist die Eröffnung der *Drag-King*-Woche mit Diskussion. Ja, und Freitag ist es dann soweit, SM hin – Fetisch her: zu einer schrillen Party zu gehen, wo es viel zu gucken und zu erleben gibt, ist schon völlig in meinem Sinne.

Wir treffen uns bei Gilda, um uns zurecht zu machen. Unter meinen Kostümen befindet sich auch ein Mieder-Teil, wie ältere Ladies es wohl tragen würden. Cremefarben mit der Vor-Richtung für riesige Titten, die ich nicht habe, was zur Ausstopfung des Teils führt. Ein weiterer Grund, warum ich öfter mal für eine Transe gehalten werde. Ja, das Gefährt hat seinen ganz eigenen Schick, hat noch Strapse integriert für die entsprechenden Strümpfe, aber was für Schuhe? Mit meinen Bühnenstöckeln hätte ich keine Party-Nacht ausgehalten, bin eben doch keine *Drag-Queen*. Die Männerschuhe angezogen, Stilbruch macht sich immer gut, dann noch extra schrilles Make-Up ins Gesicht geschmissen, ein Männerjackett übergeworfen – fertig. Shari zieht einen schwarzen Gummi-Rock an, und Gilda geht klassisch in schwarzem Leder. Dann kommt noch Siegfried mit, ein deutscher Freund von Shari, der auch in London wohnt und Siegfried ist eindeutig am besten angezogen. Er trägt eine olivgrüne Gummischürze schätzungsweise aus dem Fleischerbedarf. Diese ist hinten offen, wie Schürzen das üblicherweise so sind und zeigt seinen entzückenden Po, der gänzlich unbekleidet ist. Auch endet die Schürze vorn kurz unter der Brust und gibt den Blick frei auf zwei wohlgeformte Pektoralmuskeln, was mich dazu veranlasst, in eine von Siegfrieds Brustwarzen zu beißen. Er schreit laut auf: "Shari, ich dachte, deine Freundin wäre lesbisch."
"Schon eher Bi," ist meine Antwort darauf. Zur olivgrünen Schürze trägt er farblich gut ab-gestimmte olivgrüne Gummistiefel und das i-Tüpfelchen zu diesem Ensemble bildet die ebenfalls olivgrüne Gasmaske, die natürlich nur in speziellen Momenten aufgesetzt wird. Komplettiert wird alles dann noch mit ‚Indianerschminke' und einem sowieso schon vorhandenem Irokesen-Haarschnitt.
Auf geht's. Die Torture Garden Party findet passenderweise in einer Kirche statt, die nur etwa zehn Minuten Fußweg von Gildas Wohnung entfernt ist.
Direkt nach dem Einlass treffe ich meine neue *Drag-Queen*-Bekannte, die mit einem Fernsehteam unterwegs ist und sich heute als Fernsehmoderatorin betätigt. Sie ist gerade dabei, in einer fernsehtechnisch hell erleuchteten Nische ein SM-Pärchen zu interviewen, die nach ihren häuslichen Gewohnheiten befragt werden und haarklein über ihre 24 Std./ 7 Tage die Woche SM-Beziehung berichten. Drag-Queen erspäht mich mit einem Auge und bedeutet mir, da zu bleiben. Nachdem sie das Paar abgefertigt hat, bin ich an der Reihe und werde also gleich nach meinem Eintritt in die Londoner Party-/Clubszene fürs britische Fernsehen interviewt. Das fängt ja gut an! Nach dem Interview kreischt der Kameramann begeistert wie talentiert ich doch wäre, sooo expressiv und welche Zunge.
Kameras wirken auf mich wie auf andere Leute Champagner wirkt, so betrete ich also schon völlig aufgekratzt die eigentlichen Party-Räumlichkeiten. Typisch für London sieht man unglaublich viele äußerst bizarr gekleidete Gestalten. Bizarr in die unterschiedlichsten Richtungen. Es laufen die obligatorischen mittelalterlichen, alleinstehenden

Herren mit Kugelbauch, exhibitionistisch nur mit ein paar Ledergurten bekleidet, leicht voyeurisierend in der Gegend rum. Sie fallen aber bei dem Übermaß an anderen Gestalten gar nicht ins Gewicht, sondern sind eher als irgendwie altmodisch, *charming* zu betrachten und bereichern das vielschichtige Bild der Party um ihre ganz eigene Exzentrizität. Dann gibt es alle Arten von klassischen SM- und Fetisch-Outfits, dargeboten an den unterschiedlichsten Körpern und Figuren.
Massenweise nackte Titten kommen mir oft auf Augenhöhe entgegen. Von diesen Appetithäppchen mache ich reichlich Gebrauch, was bei dieser Gelegenheit auch immer wohlwollend entgegengenommen wird. Ja und dann gibt es sehr viele Leute, die in extremen Mode-Fetisch-Kreationen umherstolzieren, Modelle die man so vorher noch nie gesehen hat und wahrscheinlich auch nie wieder sehen wird. Etliche dieser Wesen haben nur ein Problem: sie sind nicht etwa gekommen, um sich zu amüsieren. Sie stehen wie eingebildete Pfauen meistens auf Erhöhungen und Stufen umher, lassen sich begaffen und schauen mit impertinent gelangweilten Blicken auf den Pöbel hinab, als ob sie ständig sagen würden: *"I'm bored, oh I'm so bored, oh am I bored, you don't know how bored I really am..."* /"Oh mir ist so langweilig... du glaubst gar nicht wie langweilig mir ist..."
Ein interessantes Kostüm muss noch keinen interessanten Menschen machen...
Ich treffe Shari und Gilda fröhlich tanzend auf der Tanzfläche wieder, geselle mich zu ihnen und veranstalte spontan ein paar Monstertänze, da ich von allem und jedem an diesem Abend völlig angeturnt bin. Ich habe im Nu viele begeisterte Zuschauer, die mir ihre Begeisterung auch verbal im Laufe des weiteren Abends zukommen lassen, wenn wir uns irgendwo auf den vielen Gängen dieses großen Gebäudes wieder begegnen.
Nach dem Tanzen gehen wir nach unten, um uns den *Dungeon* und die Aktivitäten dort anzuschauen. Hier sind diverse Apparaturen für diverse Foltertechniken aufgebaut. Bisher schleichen aber nur etliche Figuren um die Gerätschaften herum, in Erwartung der weiteren Geschehnisse, und aufgrund dessen passiert noch nicht so recht viel.
Ich entdecke hinter einigen anderen Menschen halb versteckt sitzend ein dunkles Wesen, welches mich irgendwie magisch anzieht, unerklärlich eigentlich, denn ich kann es nur sehr schlecht sehen. Dieses Wesen bemerkt auch mich, und so mache ich ein paar Schritte auf es zu und erkenne, dass es ein schwarzer Mann ist, der ebenfalls eine Glatze trägt. Wir grinsen uns an, ziehen ein paar Grimassen und ich setze mich spontan neben ihn. Wir fangen auch gleich an zu quatschen. Erst mal geht es um unseren gemeinsamen Haarstil, oder eher das Nichtvorhandensein einer Frisur. Er macht mir Komplimente und sagt, die Glatze stünde mir ausgezeichnet. Der Rest ist dann noch so allgemeines Geplänkel. Dann ziehe ich mich gemeinsam mit Shari und Gilda erst mal wieder nach oben zurück, da ich etwas Schiss vor meiner eigenen Courage kriege, und dieser urplötzlichen Anziehungskraft, die dieser Mann auf mich ausübt, nicht gleich

trauen will. Wir tanzen etwas und wandern dann in einen der anderen Räume, um uns die Show anzusehen, aber es geschieht noch nichts, alles steht nur rum und wartet darauf, dass etwas geschieht. Ein irgendwie absurdes Bild ist das. All diese grotesk und extrem gestylten Personen stehen rum und warten darauf, dass jemand anderes was tut, um sie zu amüsieren, anstatt mal selbst was zu tun mit ihrer Verkleidung, aber bei dem Fakt waren wir ja vorhin schon mal.
Lustig auch, dass ich, die ich nur `n dämliches altes Mieder-Korsett-Gefährt trage, dann beim Tanzen so über-mäßig angegafft werde. Naja, mein Tanzstil ist eben wesentlich extremer, als alles was diese Herrschaften so zu bieten haben. Extremen Sexualpraktiken würden sich die meisten von ihnen sicher auch nicht widmen, dabei würde ja ihr Outfit im Wege stehen. Ich tanze, wir warten, aber die Show will und will einfach nicht anfangen. Da entschließe ich mich, noch mal eine Runde durch den anderen großen Raum zu machen. Als ich an der Bar entlang gehe, kommt mir mein schwarzer Bekannter entgegen. Wir schauen uns intensiv in die Augen, wechseln die wahnsinnig vielsagenden Worte: *"Can I kiss you?" – "Sure"* / "Darf ich dich küssen?" – "Klar" und knutschen sofort drauf los. Das, was ich vorhin schon gewollt hatte, geht jetzt plötzlich, der kurze Abstand den wir uns gegönnt hatten, hat Wunder gewirkt. Ich bemerke beim ersten Züngeln, dass seine Zunge gepierct ist. Für mich selbst bin ich ja überhaupt kein Fan von Piercings, ich habe gerade mal ein Loch im linken Ohrläppchen, welches ich schon seit Jahren nicht benutzt habe. Aber bei Leuten, denen es steht, finde ich Piercings recht attraktiv. Die Zunge nun ist allerdings ein sehr delikates Körperteil, ich als Zungen- und Oral-Fetischistin bin da äußerst kritisch. Aber mein neuer Bekannter der übrigens Cyrus heißt, was ich zwischen reichlich Zungen- und Speichelattacken hindurch erfahre, ist ein dermaßen talentierter Zungenakrobat, dass der kleine Stecker in der Zunge eine witzige Beigabe zur ausgefeilten Zungen-, Mund-, Oral-Technik darstellt. Mr. Zunge trägt ein schwarzes PVC-Outfit, Hose und Weste. Unter der Weste trägt er nichts, weshalb ich auch gleich feststellen kann, dass seine beiden Brustwarzen ebenfalls gepierct sind. Ich lege meine Hände auf seine Brüste und erwärme sie und mich. Unterdessen werden wir fast umgestoßen, da wir nämlich mitten im Durchgangsverkehr stehen. Außerdem sind wir durstig, wandern zur Theke und bestellen Bier für ihn, Wasser für mich. Schwer begeistert von unseren Zungen-Talenten wie wir sind, können wir es nicht lassen, diese unsere beiden Gliedmaßen sich miteinander beschäftigen zu lassen. Er hebt mich hoch, setzt mich auf die Theke und wir knutschen. Wir knutschen alles, wo wir in dieser Lage und Haltung herankommen können, knutschen und knutschen. Schade, dass es keinen Wettbewerb gibt, wir würden ihn auf jeden Fall um Zungeslängen und Haaresbreiten vor allen anderen gewinnen. Zwischendurch nehmen wir schweren Herzens immer mal wieder Abstand, schauen uns tief in die Augen und seufzen und stöhnen vor lauter Begeisterung nur so vor uns hin: *"You, oh you!"* Diese Liebeser-

klärungen werden dann natürlich sofort immer wieder mit einem ausgedehnten Zungengelage besiegelt.
Dann fällt mir die Show wieder ein, wir wandern in den Nebenraum und sehen gerade noch das arrogante Ende des Auftritts von *Divine David*, einem in England recht bekannten, schrillen Star, hier allerdings ist er leider recht missgelaunt und hinterlässt keinen guten Eindruck, dafür fingern und züngeln Mr. Zunge und ich immer wieder aneinander rum, so dass ich im allgemeinen keine Probleme habe, meine gehobene Stimmung zu behalten.
Nach dem Gig treffen wir auch Shari und Gilda wieder, die ganz begeistert sind, dass ich mich mit Cyrus so gut amüsiere. Wir wandern zu viert in den *Dungeon* runter. Cyrus und ich setzen uns gemeinsam auf einen Stuhl, während Shari und Gilda wieder nach oben verschwinden, um Siegfried zu suchen. Auf dem Stuhl sitzend und kuschelnd widmen Mr. Zunge und ich uns jetzt mehr der verbalen Konversation und stellen binnen kürzester Zeit fest, dass wir uns auch sehr gut unterhalten können. Wir philosophieren, uns in den Armen haltend, ewig lang über Weltanschauungen und so vieles mehr. Die Harmonie, die wir dabei empfinden ist dermaßen überwältigend, dass ich das Gefühl habe, ich könnte diesen Mann sofort heiraten und auf der Stelle mit ihm durchbrennen. Ehrlich gesagt, haben wir beide dieses Gefühl und machen uns auch etliche Liebeserklärungen, die für den Moment auch völlig wahr und richtig sind. Die äußere Situation, in der wir uns befinden, steht allerdings irgendwie im krassen Gegensatz zu dem, was wir reden. Das macht das Ganze jedoch besonders romantisch. Inzwischen sind die Aktivitäten im *Dungeon* nämlich auf ihrem Höhepunkt, und alles und jedes aus dem SM-Spektrum ist hier zu sehen. Zwischen all diesen gewollten Grausamkeiten sitzen wir auf einem Stuhl, halten uns in den Armen und machen uns Liebeserklärungen... wenn das nicht Poesie ist! Das mit der Poesie schnallen auch andere Leute, und wir kriegen von diversen Menschen Komplimente, wie gut wir doch zusammenpassen würden und sie betonen, dass sie das nicht nur wegen des gemeinsamen Haarschnitts sagen, aber das wäre natürlich ein wichtiger Faktor. Wir grinsen wie zwei Honigkuchenpferde und sind super glücklich.
Nach was sich anfühlt wie ein halbes Leben bzw. Stunden ist Cyrus wieder durstig und wir wandern zurück nach oben zur Bar, um Getränke zu uns zu nehmen. Anschließend rauf auf die Tanzfläche und diesmal zelebrieren wir eine völlig expressive Monster-Sex-Tanzsession. Ich bin total begeistert, dass man in so einem Club natürlich wesentlich weiter gehen kann als in einem normalen Laden, d.h. ich presse Mr. Zunge heftigst gegen die Wand, springe ihn immer wieder an, kreische dabei, fletsche meine Zähne und dann bespringe ich ihn im Sinne von Bespringen und beficke ihn mit meinen Schenkeln so intensiv ich nur kann. Er genießt es sichtlich, mein Lustopfer in aller Öffentlichkeit zu sein und räkelt sich genüsslich gegen die Wand. Ich befingere seinen Geni-

talbereich aufs heftigste, aber noch mit der Lage PVC dazwischen und es regt sich einiges unter meiner Bearbeitung. (Natürlich habe ich in "normalen" Läden auch schon die dollsten Sachen veranstaltet, wenn ich gut angeturnt war, das hat dann ja wieder seinen ganz eigenen Reiz, aber davon steht in anderen Geschichten.)
Nach dem "Tanzflächen-Fick" stehen wir eine Zeitlang an der Seite an einer Reling direkt unter den *"I'm bored–people"*. Das turnt uns so an, dass wir wiederum zu einer Monster-Knutsch-Session ansetzen. Allerdings hat das so gut wie gar keine Auswirkung auf diese durch und durch bornierten Wesen. Zwischendurch muss ich immer wieder total intensiv kichern und gackern, und Mr. Zunge kann es nicht fassen, dass ich nur Wasser trinke und auch sonst keinerlei Drogen von außen zu mir nehme. Ich bin sicher, dass in meinem innersten der totale Chemie-Cocktail im Gange ist, körpereigene Drogen eben. Nach einer Weile ist uns danach, unsere körperlichen Berührungen zu intensivieren. Wir schauen uns nach einem geeigneten Fleck um und sehen, dass etwas weiter oben diverse Bänke sind, auf denen etliche Paare sitzen und liegen. Wir begeben uns auch auf eine dieser Bänke und fangen an, uns intensivst miteinander zu beschäftigen. Hier wird es eine Mischung aus Knutschen und Befingern der primären Geschlechtsorgane. Das Tolle ist, dass die Paare um uns her, zumindest teilweise, ähnlichen Aktivitäten frönen. Ich hocke rittlings auf Mr. Zunge drauf und habe somit den besseren Überblick. Auf einer Bank schräg gegenüber entdecke ich eine Frau in fast derselben Position, und während unsere Männer uns befummeln, pflegen wir einen intensiven Blickaustausch und zeigen uns gegenseitig lustvoll wie sehr wir das Befummeln und die ganze Situation genießen. Prickelnd, Prickelnd! Ja und dann zeigen wir uns, wie genüsslich wir wiederum unsere Männer befummeln können - wollüstige, genießerische Blicke tauschen die BeSitzerinnen... Dieses Szenario geht eine ganze Weile so weiter, und Mr. Zunge und ich bereiten uns viel Lust und Freude. Das Ganze fühlt sich gleichzeitig so irreal an, dass ich den Eindruck habe, ich würde mich im Caligula-Film befinden.
Kurze Zeit darauf finden Mr. Zunge und ich uns auf einem kleinen freistehenden Podest, auf dem wir dann erheblich größere Bewegungsfreiheit haben. Er sitzt auf dem Podest und ich veranstalte einen wilden Tanz um ihn herum, drunter und drüber und längs und quer und aufrecht. Ich strippe dabei ein wenig und lasse mich zwischendurch immer mal wieder in Cyrus' Arme fallen, um mir Kuscheleinheiten, Knutschereien und heftige sexuelle Befummelungen abzuholen bzw. sie selbst zu verteilen. Es ist inzwischen schon recht spät, und viele Gäste haben die Party bereits verlassen. Shari und Gilda hatten wir schon vor Stunden völlig verloren und zwischen all meinen Rauschzuständen verschwende ich immer mal wieder einen Gedanken daran, wie ich wohl nach Hause kommen sollte. Ich hatte die Schlüssel zu meiner Behausung bei Gilda gelassen, genauso wie meine sämtlichen Straßenklamotten, und Shari und Gilda schliefen jetzt sicher tief und fest, hmm... Es macht mir in meinem himmlischen Zustand wenig Spaß, über so

profane Probleme nachzudenken, also verwerfe ich die Gedanken immer wieder, um mich lieber erneuten Erotik-Attacken auf Mr. Zunge zu widmen. Der wundert sich zunehmend wie ich es schaffe, über Stunden so fit und ausdauernd mich solch intensiven Aktivitäten hinzugeben. Woraufhin ich ihn nur immer wieder begeistert knuddele und herze und mein Glück in dieser Nacht kaum fassen kann.

Es ist mal wieder Zeit für einen Spaziergang durch die Räumlichkeiten. Hand-in-Hand wandern wir umher, betrachten, was von der Party noch übrig geblieben ist und landen schließlich mal wieder im *Dungeon*. Hier treffen wir dann auch Siegfried, den ich den ganzen Abend lang nicht mehr gesehen hatte. Auch er ist ganz entzückt von Cyrus und wir betrachten gemeinsam eine Frau, die vor einem kleinen Publikum steht und onaniert. Leider hat diese Szene nicht allzu viel Lustvolles, man kann sich dem Eindruck abgeschmackter Einsamkeit nicht erwehren und das liegt einzig und allein am Gesichtsausdruck der Frau, die völlig gequält dreinschaut. Wenn sie mit lustvollem Exhibitionismus ihr Publikum anschauen würde, wäre das Ganze ja toll, aber so wenden wir recht bald den Blick von ihr ab. Die meisten Figuren, die jetzt noch im *Dungeon* übrig sind, machen alle keinen sehr lustvollen Eindruck, aber es ist ja inzwischen auch schon etwa halb sieben Uhr morgens, kein Wunder also. Siegfried richtet mir Grüße von Shari und Gilda aus, und dass ich einfach klingeln und sie wecken solle, das wäre okay. Ich frage ihn, ob es wohl auch okay wäre, wenn ich Cyrus mitnehmen würde. Er betrachtet ihn genüsslich und meint, das wäre sicher okay. Also machen Mr. Zunge und ich uns auf den Weg nach draußen.

Hier erwartet uns ein strahlender Juni Morgen. Sonnenschein ist nach einer Club verbrachten Nacht immer ein Schock. Nachdem wir diesen halbwegs überwunden haben, stapfen wir tapfer in Richtung Gilda den *Brixton Hill* hinan und das ist ein Fußweg von etwa 15 Min. in unserem Zwischen-Welten-leicht-Groggi-Zustand. Ich klingele, nach etwas Anlaufzeit steht Gilda verschlafen in der Tür, um uns herein zu lassen. *"You brought Cyrus, no problem, I'm sex-positive!"* / "Du hast Cyrus mitgebracht, kein Problem, ich bin Sex-Positiv!" sagt sie, bevor ich irgendetwas sagen kann. Super!

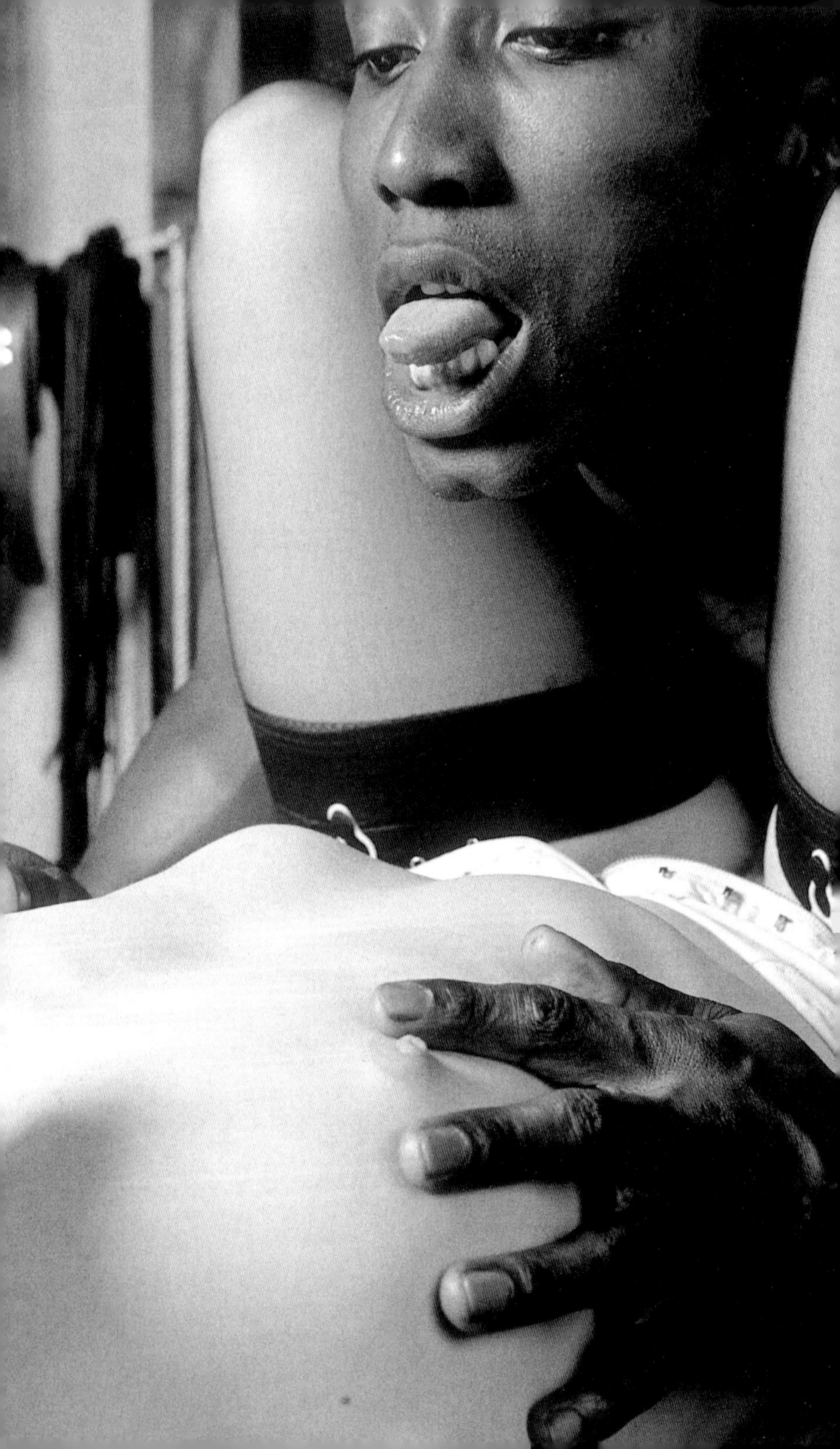

Wilhe
Denke
17.9.1883

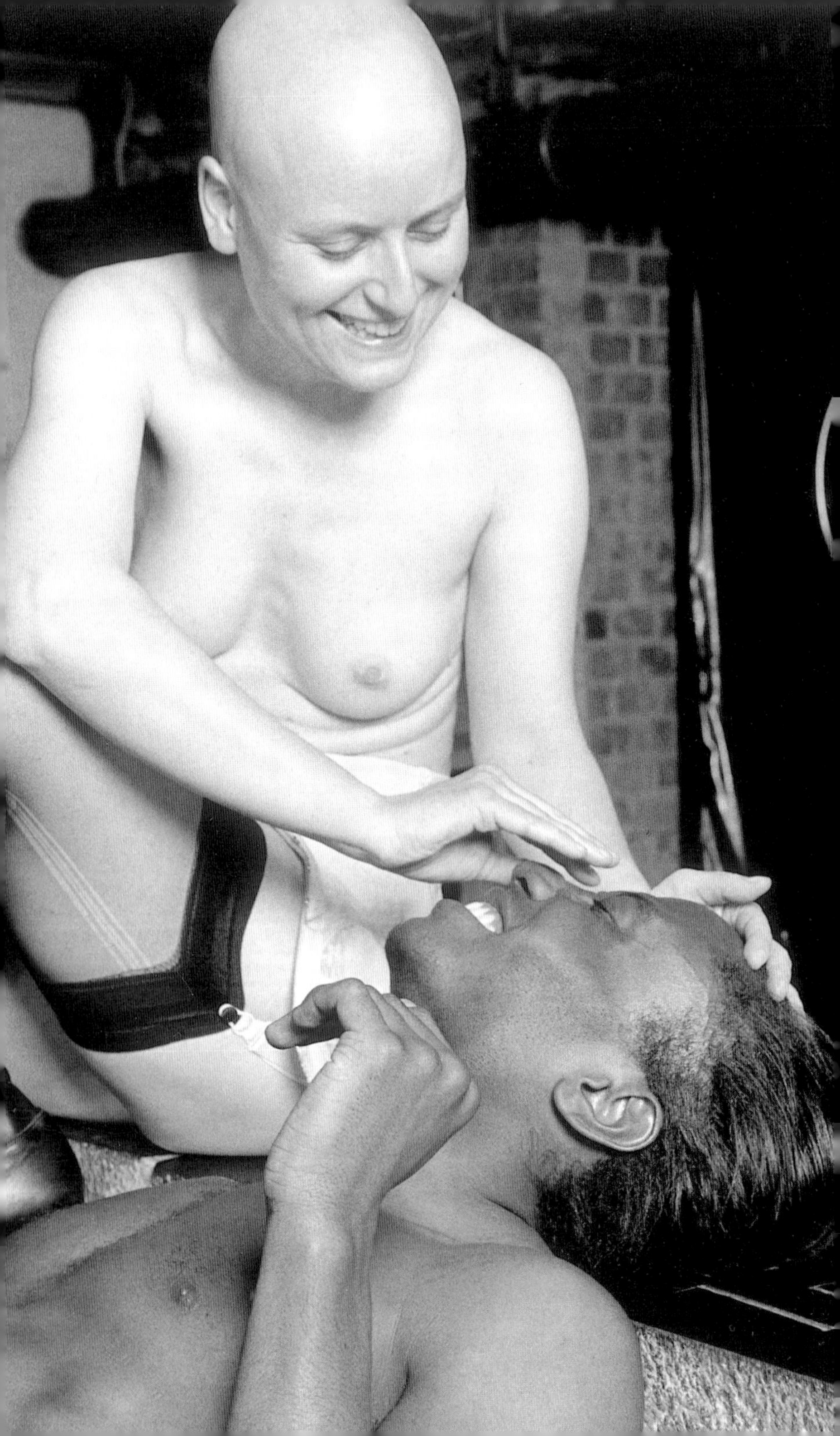

Ein erwachsener Abend

Dante, Tennessee, Lavinia, Kayla und ich gehen aus. Wir gehen in den Schmalzwald und setzen uns auf die Tigersofas. Dante und ich haben ziemlich gute Laune, denn wir sind scharf aufeinander und machen immer mal wieder heftige flirtikale Anspielungen darauf. Kayla hingegen ist todunglücklich an diesem Abend, da ihr letzter Freund sie grad sitzen gelassen hat. Sie sitzt mit Schmollmund auf dem Tigersofa. Sie sitzt mit Schmollmund und knappem dunkelrotem Oberteil, sie sitzt mit Schmollmund und genialem Dekolleté auf dem Tigersofa und trinkt Rotwein. Tennessee sitzt neben ihr und trinkt Bier, Tennessee ist auch unglücklich, denn er ist in Kayla verliebt. Seit Jahren betrachtet Kayla Tennessee als ihren engen Freund, erzählt ihm jede ihrer unglücklichen Männergeschichten, Tennessee hört brav zu und schmachtet nach ihr. Lavinia hört an diesem Abend überhaupt viel zu und kriegt noch mehr zu sehen. Dante und ich kichern auf dem anderen Sofa, Dante trinkt auch Rotwein, ich trinke Wasser, Apfelschorle, Apfelsaft, Wasser.

Ich setze mich neben die unglückliche Kayla in der Absicht, sehr gut und zart zu ihr zu sein, denn ich spüre, dass sie das gut gebrauchen kann. Ich fange ganz zart an, ihr Haar zu streicheln, dann ihr Gesicht, dann ihren Hals, ich nehme mir viel Zeit, bleibe gut im Fluss und in Verbindung zu ihr. Gleichzeitig versuche ich, sehr zartfühlend und liebevoll ihre Grenzen zu erweitern. Sie ist völlig monogam und hat noch niemals etwas mit einer Frau gehabt. Was ich hier tue, bläst ihr ein wenig das Hirn auf, ganz vorsichtig ihren Geist erweiternd, Türen öffnend, Brücken bauend. Sie weiß sehr genau Bescheid über meinen derzeitigen Lebensstil in Punkto Sexualität, ich war ihr gegenüber immer sehr offen, was das angeht. Dante sitzt inzwischen links neben mir und fängt ganz zärtlich an, mich zu streicheln.

Kayla gibt einen letzten schüchtern geäußerten Protest von sich, dass ich doch lieber aufhören sollte. Meine Hände sind inzwischen auf halbem Wege in Richtung ihrer Brüste... ohhh diese Brüste! Mit zarten Worten streichelnd erkläre ich ihr, dass sie doch genießt, was ich hier tue, und dass sie sich entspannen sollte und mich nur machen lassen. Und - sie tut es tatsächlich und sinkt vollkommen in meine Arme. Ich beiße ihr ganz vorsichtig in den Hals und füttere sie anschließend mit deliziösem Dim-Sum - sinnlicher Esskram, der von dem Kanadischen Koch-Performance-Künstler-Koch, anlässlich des dreißigsten Jahrestages der Mondlandung, in einem U.F.O.-Wok zubereitet worden war. Dante macht ungefähr dasselbe mit mir von der anderen Seite und wir sind alle drei in fröhlicher Harmonie. Tennessee schaut etwas neidisch und Lavinia schaut und hört zu. In meinem Ober-Glücklich-Siebter-Himmel-Zustand sage ich Kayla, WIE schön sie ist und erfreue mich sehr an dem bezaubernden Anblick in meinen Armen. Im Laufe des Abends, des Rotweins und der Biere, sind Kayla, Dante und Tennessee, ziemlich betrunken. Zum Abschied sagt sie zu mir: "Es war sehr schön mit dir!" und gibt mir

einen relativ langen, sehr lippigen Kuss. Dann entschwinden Kayla, Tennessee und Lavinia in ihre jeweiligen Betten. Dante und ich bleiben allein zurück, allein im verrückten Schmalzwald. Eine der schrägsten Bars in Berlin Mitte, die nur Freitag und Samstag geöffnet hat.
Dante und ich sitzen auf EINEM Sofa, ich liege wie ein Baby in seinem Arm und wir knutschen, ich sitze rittlings auf ihm drauf und wir knutschen und züngeln und zungeln und munden und müngeln und schmatzen und ach... Weil er will ja und ich will ja und wir wollen beide und wir sind soooo was von scharf und dann gehen wir beide pissen, müssen dazu über den Hof laufen und meine Puss ist so heiß und so kochend und die Pisse brodelt nur so aus mir raus und beim Händewaschen sage ich zu Dante: "Ich bin ja so dermaßen geil auf dich, ich halt's kaum aus, so gut ist das." Er nickt und grinst: "Mir geht's genauso."
Aber is' nich' mit Ausagieren unserer Geilheit – mehr als auf'm Sofa, er wohnt mit seinem Freund zusammen und will dann demnächst nach Hause, denn Freund schläft schon lange. Und einfach nicht auftauchen mag er nicht, trotz offener Beziehung und mich einfach dazu legen geht auch nicht, denn Freund ist völlig schwul, tja.
Wir tanzen noch etwas gackelig aufgeheitert und aufgegeilt zur Hammond-Orgel-Musik-Schrägiade und quatschen etwas mit dem Kanadischen Chef. Der grinst und sagt: *"You were having quite an adult entertainment evening over there on the sofas."* / "Ihr hattet einen schönen Erwachsenen-Unterhaltungsabend hinten auf den Sofas."
Wir grinsen zurück, sagen Tschüß und verabreden uns für nächste Woche.

Perlenkette

Er macht die Tür auf, steht da in einem langen Rock, einem von diesen tollen Männerröcken, die grad so in sind.
Oh, wie ich auf Männer im Rock stehe!
Er ist barfuss. Obenrum trägt er ein schwarzes Spitzenoberteil, welches nach hinten weggebunden und vorne total offen ist, d.h. es sind nur seine Schultern und Oberarme, sowie der Rücken bedeckt.
Seine wohl definierte, schön stark behaarte Brust strahlt mir entgegen, sie ziert – eine lange weiße Perlenkette. Trotz dieser feminin wirkenden Attribute ist er total Mann, *but with this sexy androgynous edge/touch* // aber mit diesem sexy androgynen touch.
Der Duft exotischer Räucherstäbchen weht mir entgegen, in dieser lauwarmen Sommernacht – unserer ersten intimen Verabredung.

Er grinst und sagt mir, wie gut ich aussehe – ich stehe vor ihm im langen Blumenkleid, mit goldlackierten Finger- und Fußnägeln, dazu passendem goldenen Lippenstift. Schwarze Sandalen und Handtäschchen, zufällig trage auch ich eine lange weiße Perlenkette.
Beide heben wir gleichzeitig die Ketten an und lachen herzlich über diesen Zufall. Ich mache einen Schritt über die Türschwelle, er nimmt mich in seine Arme und wir begrüßen uns richtig.
Um den Lippenstift noch für kurze Zeit zu retten, dann ist er eh fällig, wird es nur ein oberflächlicherer – ich-saug-mich-in-deine-tiefen-weichen-Lippen-und-ich-bin-so-unendlich-glücklich-dort-Kuss.
Diese Sorte Kuss war ganz urplötzlich letzte Woche auf einer Party entstanden, völlig unerwartet meinerseits. Wir kannten uns schon zig Jahre und es gab gewisse Anziehungspunkte, aber ich hatte nie so recht daran gedacht, sie auszuagieren, speziell aufgrund der Tatsache, dass er eine langjährige Beziehung mit einem Mann hat und ich gar nicht daran dachte, dass er sich sexuell überhaupt für Frauen interessieren könnte.
"Ab und zu schon, speziell dann, wenn sie so androgyn sind wie du."
Dass er mir das nie erzählt hatte...

Ich betrete das duftende, nur mit Kerzen beleuchtete Wohnzimmer –
der Sommerwind weht durch die geöffneten Fenster,
die Kerzen flackern höchst aufgeregt.
Wir trinken Zitronenlimonade aus edlen langstieligen Gläsern,
schauen uns tief in die Augen und
mein Herz flackert höchst aufgeregt im Sommerwind.
Diese Situation ist höchst prickelnd,
die Limonade prickelt zitronig in meinem Mund.
Ich kenne ihn schon sooo lange, ich fand ihn immer toll, wir waren immer die besten Freunde, mal enger, mal weniger eng. Ich mag seinen Freund sehr gerne – der ist übrigens gerade übers Wochenende zu einem anderen Lover gefahren, die beiden haben eine offene Beziehung. Wie vorher erwähnt, erschien er mir unerreichbar auf sexueller Ebene, ich wäre nie auf die Idee gekommen, NIE!
Das macht die ganze Situation NOCH aufregender.
Wow, hier sitzen wir nun – unsere Beine unterm Tisch berühren sich kurz – unsere Finger auf dem Tisch streifen sich flüchtig. Während der Unterhaltung, die ziemlich belanglos erscheint, aufgrund der Tatsache, dass wir beide nur dem Moment entgegenfiebern, uns wirklich nahe zu kommen – aber jede Herauszögerung erhöht die Spannung und diese Spannung ist gleichzeitig ein großer Genuss.
BIS wir dann unsere Finger greifen, unsere Hände ineinander spielen lassen, mit den Fingern die Unterarme entlang wandern, die Hände in die Unterarme greifen, ziehen, unse-

re Köpfe gleiten aufeinander zu und die Münder können gar nicht anders, als sich tieeef ineinander zu versenken, *to hell with the lipstick* // zum Teufel mit dem Lippenstift.
Das hält aber noch nicht lange an, wir lassen noch mal ab voneinander, die-wir-fallen-nicht-sofort-übereinander-her-Spannung ist sehr aufregend für uns. Ich rutsche, gleite, fließe vom Stuhl befinde mich zwischen lauter holzigen Beinen, Tisch- und Stuhl / (Beine), und fange an, mich um seine MenschenMannesBeine, die sich auch in Richtung untere Ebene = Fußboden bewegen, herum zu schlängeln.
Unsere Gliedmaßen berühren sich tanzend. Wir Schlangen um-einander und Körperhaare kitzeln an-einander. Volt-Watthafte Elektrizitätische Ströme fließen mit-einander bei zarten Berührungen von Zeh gegen Nase, Ellbogen gegen Unterschenkel, die ein-fach so ge-schehen. Wir rollen einfach - zwischen Stuhl- und Tischbeinen, unsere Körper gleiteln, fließeln, verhakeln sich immer mehr, reibeln sich aneinandern, greifeln sich und nehmeln wieder Abstand. Unsere Mundeln/äh Münder saugen sich immer wieder tief inein-ander um Lebenssäfte und Energien auszutauschen. Die Brandung unserer flutenden Leidenschaft spült uns an die Wohnzimmerwand – in die Ecke eingezwängt, zwischen Möbelstücke losgelassen, in ekstatischen Zuckungen – zwei Körper, die sehr sensibel füreinander, ohne Worte, improvisatorisch, offen für den Augenblick, im Moment anwesend, in höchstem Verständnis für einander, miteinander fließen, über-wältigt! von DIESEM Verständnis, dieser HOHEN Sensibilität.
Seine Perlenkette muss dran glauben, sie fällt in einem
– hoch - erotisch-dramatischen Moment – tief –
mit einem – dramatisch-erotischen Geräusch.
Ich knöpfe ihm den Rock auf, er steigt empor, zieht mich mit hoch und mir das Kleid aus, alles in einer Bewegung.
MEINE Perlenkette glaubt gemeinsam mit meinem Kleid an das
Jetzt-Zeitliche.
Drunter trage ich einen BH und einen Tanga. Ich trage fast nie BH's, DER ist extra für ihn, wenn er mit einer Frau Sex hat, dachte ich mir, dann soll er auch Girl-Fun haben. Er steht hinter mir. ER hatte keine Unterhose angehabt, der Rock liegt wie drapiert um seine Füße, sein erigierter Schwanz drückt sich vorsichtig zwischen meine Pobacken.
Meine rechte Hand schiebt seinen kahlrasierten Hinterkopf entlang, seinen Kopf an meinen kahlrasierten Schädel heranziehend. Seine Hände gleiten über meine Rippen zu meinen verpackten Brüsten, wiegen und schaukeln sie ein wenig. Zwischen seine Zeige- und Mittelfinger eingequetscht erheben sich meine Brustwarzen in Erregung und senden stechend-geile Stromschläge in meinen Unterleib – mein Arsch presst sich heftig gegen seinen Schwanz, was wiederum ihm groß-artige Schauer bereitet.
Seine Hände gleiten auf meinen Rücken und öffnen meinen BH. Ich fließe aus ihm heraus, gleite zu Boden – er – den Körperkontakt haltend, presst mich an die kühle Wand.

Unsere Geni-tal-ien pressen in etwas verrenkt-erregter Haltung – voller Blut – pulsend – aufeinander.
Einige erregt-entzückende Verrenkungen später greift er meinen Tanga zwischen zwei Fingern – zieht –. Pantherartig elegant über den Boden schleichend entkomme ich dem Tanga, welcher lange Schleimfäden aus meiner erregten Möse zieht.

Ich lege mich nackt *spread-eagle*/rücklings auf den kalten Holzfußboden. Die Kälte ist erfrischend

in der Hitze der Nacht,
in der Hitze der Situation.

Mit schöner Bewegung entledigt er sich des Spitzenoberteils und legt sich vorsichtig auf meinen Körper.
Ganz-Nackt-Ganz-Körper-Kontakt/ *full-body-contact-all* nackt
ganz-körper-kontakt-ganz-nackt *naked*

Unsere Haut schreit:
Endlich!
Wir rollen tanzend und gleichzeitig küssend über den Boden, keine Wände können uns stören. Unsere Zungen glitscheln und gleiten in unseren Mündern um und dumm, unsere Lippen wollen für diesen intensiven Moment nicht mehr auseinander/ohne einander. Wir rollen immer weiter durch den Flur und landen schließlich auf dem Futon. Bei einem erhöhten Bett wäre dies so nicht möglich gewesen. Endlich ein weicher Untergrund, unsere Bewegungstechniken und Be-Griffe werden leidenschaftlich-intensiver, aggressiver, animalischer,,, es folgen Bisse in Hals und Schlüsselbein, Oberarm -> Unterkieferknochen, letzteres eine meiner absoluten Lieblingstellen. (Soul-Sister *knows*, sie hatte dort mal einen roten Knutsch-Biss).
Unsere rasierten Köpfe schaben sich gegenseitig, schaben sich zart-weiche Haut entlang und bringen sie zu aufgekratzten Endorphinexzessen.
Wir toben, tanzen und körpern auf dem Futon umher, eine wilde Mischung aus leicht aggressivem Muskel-Greif-Spiel /

Muskulären Begrifflichkeiten und

höchst-zart-gefühlvollen-Körper-Haut-Erogene-Zonen-Austauschlichkeiten

Austauschlichen-Austäuschen

Meine Hände umkreisen seine Eier, wiegen, schaukeln sie, ziehen zart an ihrer Haut und schieben die Hoden darin hin und her. Ich greife den Schaft seines Schwanzes und wandere langsam mit positivem Druck hinauf – lasse kurz ab, bespucke meine Finger und befingere dann vorsichtig, gefühlvoll seine Eichel – gleite mit meinen Fingern leicht vibrierend ihre Ränder entlang und bringe ihn damit zu Verzückungsstöhnern.

Mein Mund wandert an seiner Brustbehaarung zupfend, zu seiner Brustwarze, umkreist den Hof, während meine Finger weiter seine Eichel umkreisen.
Mein Daumen schiebt sich in seinen Mund. Seine Zähne knabbern an meinem Fingerfleisch. Meine Zunge gleitet zum Zentrum seiner Brustwarze, stupst den Nippel an und bringt ihn in Aufrichtung, er stöhnt und beißt stärker in mein Daumenfleisch, seine Eichel wird unter meinen gleitenden Finger-Vibrationen prall. Mein Daumen gleitet seine Zähne entlang und wird kräftig gesaugt, meine Zunge beträllert seine Brustwarze und stupst sie vorsichtig gegen meine Zähne, um sie dann abrupt loszulassen und auf direktem Wege meine Lippen über seinen Schwanz zu stülpen und meine talentierte lange Zunge über seine Eichel tanzen zu lassen. Er tut etwa desgleichen mit meinem Daumen. Mich durchzuckt eine kurze homoerotische Fantasie, als wäre mein Daumen ein Schwanz, das turnt mich total an und mein Daumen entwickelt sofort/*instantly* wesentlich mehr erogene Zonen, als er eh schon hat.
Saugend und schmatzend beschäftigen wir uns auf diese Art – bis einige zwischengeschobene Körperverrenkungen später, sich seine Nase in meiner Klit wiederfindet und seine Zunge in meiner Möse tanzt. Inzwischen ist sein Daumen in meinem Mund. Seine Zunge wandert zu meiner Klit und der andere Daumen tief in mich hinein, ich produziere *instantly*/sofort kleine Wasserfälle und fließe lustig lustbringend im Futonmeer.
Dieserlei Beschäftigungen mehr und ausführlicher und meiner Plateauorgasmen ca. 7-8 Stück später, bis wir beide soo vöödllig GEIL sind...
"Vögeln?" fragt er mich, ich nicke genießerisch. "Ich habe nur die extra-starken Kondome, oder hast du auch welche mit?" "Ja habe ich, aber nimm ruhig ein extra-starkes, ICH spüre den Unterschied sowieso nicht, und sicherer ist sicherer." Er nimmt ein London *extra strong* und streift es lustvoll und elegant über seinen Bestimmungsort. Selbst nach dieser 'längeren/intensiven' Unterhaltung, keinerlei Erektionsproblem, wie unterschiedlich doch die Männer sind – gut so, gut so – ich mag auch die mit den Erektionsproblemen, wer weiß, ob ich nicht auch welche hätte, wenn ich einen Bio-Schwanz mein eigen nennen würde.
Ich liege rücklings ein Bein über Kreuz und er dringt gemächlich in mich ein.
Wow, wir ficken!
Wie er mich mit seinem geilen Organ penetriert oh, ja, die Realität ist schön!
Diverse Stellungen später, wir ficken richtig lange, bin ich übrigens so dermaßen übergeil, dass ich gar nicht zu einem finaligen Orgasmus kommen kann und will, denn ich schwebe so genial von zigstem Plateau zu überzigstem Plateau dahin und fließe und ejakuliere, was der Futon aushält.
Ab einem bestimmten Punkt geht sein Testosteron allerdings mit ihm durch und sein ganzes Sein und Wollen geht in sein Becken, seine Hoden und natürlich, im speziellen, in seinen Schwanz.

Ich weiß ich werde nicht mit ihm finalieren, genieße es aber sehr, ihn mit aller Hingabe zu unterstützen, in größter Vorfreude das Herannahen der gewaltigen Ur-Power-Explosion spürend, welches dann immer wieder ein großartiges Natur-Ereignis, ja Natur-Schauspiel ist.
Seine Bewegungen werden sehr schnell und stoßend, ich greife nach seinen Eiern und gebe ihnen eine Vibrationsmassage. Sein Schwanz wird härter, deutlich größer, sein Rhythmus treibender, ich spüre mit meinen Vaginalwänden die zum Platzen gefüllten Adern seines Schwanzes, trotz *extra-strong*. Kurz darauf fühle ich die Lust-Spasmen
in meinen Händen = Hoden,
in meiner Vagina = Schwanz.
Er schreit – singt – kreischt, Natur-Schauspiel, sag ich doch.
Ich schaukle und vibriere ihn, singe seinen Song mit, schaukle ihn weiter, bis seine Spasmen nachlassen. Wir liegen Arm in Arm – geborgen.
In einem passenden Erste-Hilfe Moment bewegt er sich, um seinen allmählich erschlaffenden Schwanz rechtzeitig, noch samt Kondom, aus mir rauszuziehen. Wir setzen uns – gemütlich, quatschen – gemütlich und schlürfen – gemütlich - Limonade. Wir bohren gemeinsam in der Nase und entholen ihnen, unseren Nasen, all die Krüstchen, die sich dort während der schönst anstrengenden Lust angesammelt haben. Ach geht's uns gut.
Ne nasebohrende Weile später, rutschen wir wieder in die Horizontale, in dieser Haltung fällt mir auf, dass ich jetzt auch gerne ein Orgasmus-Finale hätte. Ich tauche demonstrativ, von ihm schmunzelnd beobachtet, meinen rechten Mittelfinger in meinen Mund und ihn dann Spucke-behaftet in meine Möse ein. Ich weite sie rotierend und stimuliere mit dem Handballen gleichzeitig meine Klit. Er schaut, genießt und geilt sich, bis – Simsalabim – sein Schwanz von ganz 'allein' wieder in die Höhe strebt. Natürlich belässt er's nicht dabei, sondern unterstützt tatkräftig – eieiei.
So masturbieren wir zusammen, Arm in Arm, uns zuschauend.
Diesmal geht es ziemlich schnell mit mir durch, meine Fingerbewegungen in meiner Möse werden rasant, bis ich komme, mich im Orgasmus in eine andere Dimension - Dimension-Monster – katapultiere und als Kreatur mit ihm im Bett bin. Ein einziger Lust-Spasmus-Monster-Kreatur-Orgasmus/Zustand in dem ich in meiner gerade blitzartig erfolgten Evolution stecken geblieben bin und ganz lange drin bleibe. Ein Teil von mir ist allerdings als Zeuge erhalten geblieben und kann mich im Notfall jeder Zeit zurückholen. Dieser Teil beobachtet und kann teilweise sogar primitiv und zuckend drüber reden, wenn letzteres aber übertrieben wird, komme ich von ganz allein zurück. Dieser Monster-Lust-Spasmus – Orgasmus äußert sich:
in orgiastischer Beißwut; in 'unmenschlichen' Lautäußerungen vielerleister Art; in EXTREM lustvollen GanzKörperSpasmen, welche von heißestem Pochen aus der Schamgegend ausströmen; übermenschlicher Kraft und vielerlei Tier-*animal*-Instinkten-*instincts*-Kreatur-

creature-Empfindungen-*feelings-ever-shape-shifting*-ständig-Form-(ver)wandelnd...
Dieser Zustand passiert mir ab und an beim Orgasmus, ich glaube meist nur dann, wenn ich sehr aktiv bin, kann mich aber auch täuschen, es gibt keine Regel, die nicht widerlegt werden kann. Wenn ich den Orgasmus geschehen lasse, mich völlig hingebe und öffne, bin ich eher sehr still und fließe auf einem Ozean dahin, aber jeder Orgasmus ist sowieso anders, wie herrlich, wie fantastisch, wie köstlich, wie wunderbar!
Zurück zum Spasmus-Orgasmus-Lust-Monster. Meine Lieblingsreaktion der anderen Person ist, dass sie/er mit mir mutiert, hinein in die selbe Zwischenwelt. *Soul*-Schwester, meine erste Frauen-Erfahrung, konnte das mühelos und das war ein wichtiger Grund für unsere sehr starke Verbindung, die bis heute, sich immer wieder neu transformierend, andauert. Die meisten Männer waren bisher immer total *baffled*, teilweise schockiert, *"Anything wrong with you darling, did I do something to induce this?, what can I do to get you outa there?"*, "Ist alles okay, Liebes, hab ich irgendwas falsch gemacht? Kann ich dir helfen?", oder ganz extrem "Du willst ja nur eine Tracht Prügel, da hast du dir aber mit mir den Falschen ausgesucht, geh und mach SM-Sessions." Was ich ja dann auch ausprobierte, das mit den SM-Sessions, wichtige Erfahrung, paar tolle Sachen passiert, aber meine Monster-Kreaturen hatten zu viel Schiss, sich dabei zu zeigen, außer beim Oral-auf'm-Sofa-Pläsier, aber das steht ja woanders.
Zurück zum Futon-Geschehen: Dieser Mann hier ist anders, er ist sichtlich begeistert von meiner Mutation. Er unterstützt meine Kreatürlichkeit wo er nur kann, gibt ihr Raum und empfindet mich trotz Monster, als höchst sensibel für mein Gegenüber. In unserem anschließenden Gespräch sagt er, dass er auch lernen möchte, in diesen Zustand zu geraten. Leckere Zukunftsaussichten...

Juni

Eine Juni-Nacht in Süd-Frankreich.
Der Vollmond scheint in mein Zimmer direkt auf mein Bett.
Ich ziehe mein T-Shirt aus und lege meine rechte Brustwarze in sein Licht.
Die Balkontür steht offen,
draußen surren die Zikaden,
von weit her hört man Trommeln und Gesänge,
doch direkt vorm Haus fahren vereinzelt Autos
und laut knatternde Mopeds vorbei.
Der Wind weht durch die offene Balkontür hinein,
streichelt meine Brustwarze und stellt sie auf.

Meine Hände und Finger gleiten meinen frisch
gebadeten Körper entlang
und ergötzen sich an dessen Mond-Licht-Anblick / Anblick im Mondlicht.
Ich tanze meine Hände über:
Hüften, Pobacken, Innenschenkel, Hüftknochen und Füße.
Ich winde, schlängle und gleite
auf dem Bett umher
und erhasche immer wieder
den Anblick meiner aufrechten Brustwarze im Mondlicht.
Oh wie geil,
macht mich diese Aussicht.
Meine Hände reizen
meine Warzen...
Meine Hände kneten
meine Brüste...
mal zart, mal zärter..
mal hart, mal härter..
Ich befeuchte meinen rechten Mittelfinger
mit Spucke..
Momente später entdecke ich
zwei Tropfen Spucke
auf meinem Bauch, die
im Mondlicht glitzern und
mich noch mehr
erotisieren.
Mein Finger reitet
meine Muschi
und meine Muschi
reitet meinen Finger.
Ich steigere
ich rotiere
mein Becken.
Ich ziehe
mit den Bauchmuskeln
die Lust in mich.
Sauge sie hinein,
lasse sie mir
hoch

fahren.
Ich lasse
mich nicht gehen,
sondern
sauge sie
hoch..
Dadurch
als ich komme
komme oh
ach
oh komme
und
hoch ziehe
wird
der after-gasmus
stärker
pulsierend stärker
als
der gasmus
selbst
und ebbt
nicht ab,
aber bleibt
im Körper
und macht mich
lach ach
lach ach
lachend.
Lustkrämpfe
durchweben
rütteln und schütteln
mich
meine Hände krallen
meine Augen verdrehen
sich
wie im schönsten
Butoh-Tanz
ich bin

ganz
Lust-Tanz
Krampf
Spasm...
und
es bleibt
ewig
lachend in mir
zuckt
und pulst...
meine Muschi bleibt lang lang im kleinen pelzig wuschigen
huschligen beben vibrier stadium...
mein bauch
bleibt wohlig heiß und spasmisch
die Trommeln werden ekstatischer
Lustschreie hallen durchs Tal
der Haushund in Meerschweingröße
namens Kleiner Floh
ächzt und stöhnt durchs Haus
ich muss pinkeln
und bin Vollmondmundig
fruchtbar..................................

Vampire

Seit Tagen laufe ich gehörnt/horny durch die Gegend. Es ist Zeit IHN anzurufen, IHN den ich anrufen kann – ganz direkt und fragen: "Hast du Lust auf Kino und Sex?" - Später am Telefon: "Ich wollte dich fragen ob wir am Dienstag zusammen 'Vampire' angucken – sage ich. Sagt er: "Ich wollte dich genau das Gleiche fragen, aber für heute Abend!" "Ich muss morgen früh aufstehen" sage ich. Sagt er: "Du weißt – ich stehe gerne früh auf." – Abgemacht!
Wir fahren zum Potsdamer Platz: Baustellen – ständige Umwege – vorletzte Woche konnte man hier doch noch durchfahren – selbst die Bauarbeiter wissen bei Anfrage kaum Bescheid - bis endlich – Parkhaus, Abteilung G, Farbe Pink, merken! Letztes Mal haben wir ewig nach dem Auto gesucht. Cinemaxx geil! großes Kino im amerikanischen Stil – diesmal bezahle ICH die Tickets und ER kauft das Popcorn. "Komm wir gehen

ganz nach hinten" sagt er, ich wundere mich – weil normalerweise will er immer möglichst weit nach vorne, um völlig in den Film abzutauchen, und ich immer ganz nach hinten weil ich so super gute Augen habe.
Wir knuspern genüsslich das Popcorn. Auf der Leinwand John Carpenters *'Vampires'* – ein edeltrashiger Film mit stereotypischen: Männer-Macho-Potenten-SexSprüche-klopfenden-Vampirschlächtern und Halbe-Pobacke-zeigenden-Großausschnitten-später-ObenOhne-Langhaarigen-PussyCat-Huren-Charakteren; Sowie natürlich geistige-Geistliche-Kreuzschwenkend-gebenedeiend; und zuguterletzt – natürlich – die Haupt (!)-Akteure und Namensgeber: die Vampire: weißhäutig-rotadrig-augenumrändert+eckzähnig-blutdürstig-befremdlichbeweglich-übermenschlich-kräftig.
Als das Popcorn alle ist, macht er seinen Hosenschlitz auf, holt seinen Schwanz raus, packt meine Hand drauf und sagt: "So macht man das in einem guten Vampirfilm, wusstest du das nicht?" Ach deshalb wollte er hinten sitzen... hinter uns sitzt noch ein Paar.
Ich beobachte die Sitzreihen vor uns, man kann nicht einsehen was die Leute mit ihren Händen machen.
Auch ich mache meine Hose auf – seine Hand schiebt sich in Richtung meiner Möse.
Er sagt – dass es noch geiler ist, wenn es richtig voll ist. In diesem Fall sind wir allerdings die einzigen in der vorletzten Reihe.
Die Vampirschlächter liefern eine ziemlich makaber-gruselige VampirSchlachtSzene ab – WIR fummeln genüsslich an unseren Geschlechtsteilen herum. Ich erinnere mich, dass ich vor einigen Jahren in einem Buch über Horror gelesen habe, das früher bei Hinrichtungen, die Zimmer die einen besonders guten Ausblick auf die Hinrichtung boten, teuer an reiche Edelleute vermietet wurden, die darin Schäferstündchen mit ihren Konkubinen abhielten, während sie wollüstig und voyeuristisch dem Hinrichtungsspektakel zusahen.
Ja – Sex und Horror, eine mir wohlbekannte Verbindung auf die ich – in Maßen – auch hier und da stehe. Aber meine sonstigen Monster-Kino-Freunde sind keine meiner begehrten Lustobjekte, daher hat sich diese gelegentliche Delikatesse im Kino bisher noch nicht ergeben. Nun sitzt aber ein von mir sehr begehrtes Exemplar direkt neben mir, mit seinen Fingern gekonnt, geschickt und erfahren wie sie sind, tief in meiner Möse drin.
Erstmal geht's drum das Ganze in den Fluss bzw. in die Aufrichtung zu bringen und dann gibt's bestimmte Szenen die sind besonders antörnend, die Handgeschwindigkeit erhöht sich, welches auch den Blutfluss in die Genitalien erhöht, mit ihren geschlechtsspezifisch typischen Reaktionen darauf. Das Interessante daran ist, den Kopf halbwegs ruhig zu halten, sodass die hinter uns zwar vielleicht instinktiv ahnen was da passiert (geil!), es aber doch nicht so offensichtlich mitkriegen.
Der von James Woods besonders macho-kerlig dargestellte Vampir-Schlächter-Boss, der eindeutig hetero sein soll, aber innerhalb der Handlung mit sexuellen Zweideutigkeiten

in Richtung seiner männlichen Artgenossen nur so um sich spritzt und sich somit zumindest verbal, homo-erotisch verhält. Die Vampir-Schlächter hatten einen Vampir enthauptet/*decapitated*, der Boss hält den verkohlten Schädel hoch und sagt zum katholischen Priester: *"Nothing against a little head!"* / "Nichts gegen ein bisschen Kopf" – Das macht natürlich nur auf Englisch diesen zweideutigen Sinn, auf Deutsch würde einen geblasen bekommen ja nicht 'Kopf geben' heißen wie auf Englisch, und blasen ist auch falsch, weil blasen tut ja niemand (Ausnahmen bestätigen die Regel) wie ein schwuler Freund von mir so richtig anmerkte. Jedenfalls schaut der Priester ob dieser Bemerkung nur verdutzt. In einer späteren Szene fragt der Boss den Priester: *"When you saw us decapitate those vampires, did you get a little wood in your pants?"* / "Als du uns die Vampire enthaupten sahst, hast du da etwas Holz in der Hose bekommen?" Wieder ist der Priester verdutzt. Aber am Ende des Films, nachdem die beiden durch etliche Schlachtungen und Komplikationen erfolgreich hindurchgegangen waren und ihre Männerfreundschaft vertieft hatten (Schwul!) antwortet der Priester ganz begeistert: *"Yes, I got a little wood – mahagony."* / "Ja ich kriegte etwas Holz – Mahagoni."
In meiner Hand ist inzwischen auch gutes Mahagoni. Ich bewege schön rhythmisch rauf und runter während seine Finger tief in meiner Möse kreisen und vibrieren, und ich allmählich anfange den Sitz einzunässen.
Eine blonde Prostituierte, vorgegangen aufs Zimmer des Schlächter-Bosses - *"to get laid"* – den Beischlaf erwartend, auf dem Bette sitzend – bis sie oben an der Decke den Vampir-Master ihrer harrend entdeckt – Angst ihrerseits – Zähne fletschen, grunzen, Blut lechzen seinerseits – UNSERE Handbewegungen werden schneller. ER springt auf SIE herab – SIE kreischt – ICH kreische innerlich – seine Nosferatugleiche Hand lang-spitz-fingernäglich stößt in ihren Unterleib (das kommt einer Vergewaltigung gleich, ist höchst un-*p.c.* aber in diesem lustvollen Moment ein guter *Turn-on*). Sie kreischt voller Angst auf und ist gleichzeitig sexuell erregt – SEIN Finger stößt tiefer in mich hinein, Hitzewallungen schwingen sich von meinem Unterleib aus durch den ganzen Körper – der Vampir beißt IHR in den Hals und trinkt durstig, wild, lüstern ihr Blut – ICH rotiere meine Hand heftigst um den in ihr befindlichen Schwanz, der dies fühlbar genießt...strotzend, pulsend, hoch aufrecht.
Es gibt dann noch reichlich mehr geile Szenen, z.B. wie die Vampire aus der Erde platzen und ihr, versandet, dunkel-düster in Gruppenaufstellung entsteigen, mit rötlich verfärbtem Hintergrundshimmel, gruselig dreinschauend. Das ist wahre Vampir-Monster-Horror-Romantik...Schmelz!
Meine Favoriten sind auch der Hure Mutationsanwandlungen. Sie ist im Begriff sich allmählich selbst in einen Vampir zu verwandeln, bricht in heftige Zuckungen aus und kriegt geistige Verbindungen zum Vampir-Master – MEINE Monster erwachen sichtlich erfreut und bringen mich total zum Zucken.

Zum Schluss gibt es die große Initiationsszene mit riesigem schwarzen Kreuz, einem Priester-Boss der sich zum Vampirismus bekehrt und der obligatorischen Abschluß-Abschlachtszene, bei der dann leider auch der Vampir-Master von der Sonne verbrannt wird und anschließend explodiert.
Diese leckeren Szenen fallen leider Hand- und Armkrämpfen zum Opfer – im Kino kann man ohne dabei aufzufallen, nicht so gut Stellungswechsel betreiben.
Der Film ist aus – wir glücklich – er sagt zu mir: "Fürs nächste Mal weißt du, dass man bei Vampirfilmen keine Unterhose anzieht." Jene klebt klatschnass zwischen meinen Pobacken, der Sitz ist ganz feucht, wenn sich da jemand zur Spätvorstellung draufsetzt wird er/sie gehörig erschrecken.
Ich gehe aufs Klo um mich meiner Unterhose zu entledigen, meine Hose ist aus Kunststoff, die wird schnell trocknen.
Ich verlasse mit nassem Hosenfleck das Kino – wir gehen an diesem höchst romantischen Sommerabend mit Sichelmond, noch im Tiergarten spazieren, um dann anschließend bei ihm kondombewehrt höchst geil zu ficken und laut, stark grunzend/singend zu kommen – die Leute in der Kneipe unten auf der Straße haben das garantiert gehört, aber das ist EXTRA geil!

Hering und Pellkartoffeln

Ich bin zum Essen eingeladen mit anschließendem Dreier.
Ab und an treffe ich auch mal Leute, mit denen man so richtig wunderbar absichtlich eine Verabredung für Sex ausmachen kann.
Die LeserInnen dieses Buches denken natürlich, das wäre bei mir andauernd so, weit gefehlt, es gibt viel zu oft Dinge, die das verhindern. Zum Beispiel: Stress, Überarbeitung, Trennungen, Umzüge, zu weite Distanzen, unwissend-bleiben-sollende Ehefrauen und Ehemänner (wie unethisch, aber nicht mein Problem, da nicht meine Beziehung), sich aus irgendwelchen Gründen aus den Augen verlieren, Zank, Streit und Eifersucht, schlechte Laune, auch mal auftretende Schüchternheit, sich die falschen 'Gespielen' aussuchen, Chaos allerseits, plötzlich auftretende Krankheiten...
Die Liste könnte endlos sein – *enough for now.*
Tristan und Antonia wohnen seit einem Jahr zusammen. Sie haben seit drei Jahren eine offene Beziehung. Beide sind bisexuell. Die Abmachung ist: mit dem eigenen Geschlecht ja, mit dem anderen nur, wenn der/die PartnerIn dabei ist, sprich Dreier, Vierer, Orgien... Theorie ist natürlich nicht Praxis, also schlagen sie sich mit unterschiedlichem Erfolg herum und brechen beide hin und wieder ihre eigenen Regeln – menschlich.
Antonia und ich kennen uns seit ein paar Monaten, wissen aber erst seit ein paar Wochen von unseren ähnlichen Vorlieben. Von Tristan weiß ich durch zwei meiner ab-und-an-total-unregelmäßig Liebschaften schon seit Monaten, traf ihn aber vor vier Tagen zum ersten Mal bei einem spontanen Tète á Tète vierer bisexueller Gesinnungsgenossen zweierlei Geschlechts (dies gilt nur für die rein biologische Betrachtungsweise, ansonsten gibt es ja viel mehr Geschlechter), unter den Augen einer SEHR erstaunten Öffentlichkeit in einem Theater-Café. Einer wollte anschließend heim zur Beziehung, wir übrigen drei waren so angeturnt von den Möglichkeiten, dass wir uns direkt verabredeten.
Hier stehe ich also vor der Tür ihrer Kreuzberger Wohnung. Antonia empfängt mich mit einem freundlichen Grinsen und einer angenehm wohligen Umarmung. Sie nimmt meine Jacke entgegen und führt mich ins geräumige Wohnzimmer. Sie bietet mir was zu trinken an, ich entscheide mich für Apfelsaft, sie greift zu Weißwein. Holt anschließend die fertigen Pellkartoffeln, dazu frische Tomaten und eingelegte Heringe aus der Küche. Inzwischen kommt Tristan von der Arbeit nach Hause, gibt ihr einen WillkommensKuss, begrüßt mich nett und alles hat so einen leicht steifen noch nicht ganz relaxten *Touch.* So irgendwie voll normal dem Anschein nach. Ähnliche Besuchsrunden würden anschließend Skat spielen, andere SM-Sessions machen, ich glaube da ist mehr Skurriles in Wohnzimmern angesagt als man so denken würde...
Ich erzähle den beiden beim Essen, welches ansonsten auch sehr brav vonstatten geht, von meinem Lieblingsbuch *'The Ethical Slut', (Dossie Easton/Catherine A.Liszt – gree-*

nery press www.bigrock.com/~greenery) geniale Tipps zum polyamourösen Leben, für all diejenigen, die nicht monogam leben wollen, mit all seinen Vor- und Nachteilen. Tristan ist so interessiert, dass er es gleich nach dem Essen übers Internet bestellt. Die Zeit schreitet voran, ich bin mir im Klaren, dass er früh aufstehen muss, im Moment viel Berufsstress hat. Wie fangen wir unsere Dreier-Geschichte an, wie haben wir aus dem Stegreif Sex, wenn wir gerade Hering und Pellkartoffeln gegessen haben, so brav und artig am Tisch sitzend? Der Abend mit Tète á Tète von neulich, wo alles so floss scheint weit weg, die Beleuchtung des Wohnzimmers zu hell, wir ein bisschen schüchtern...
Nach der Internet-Aktion gähnt Tristan einmal herzhaft und wir alle überwinden unsere Dutzenden fauler Schweinehunde, die uns zu Faulheiten, Nörgeleien und Uns-Nicht-Gut-Tun-Aktionen überreden wollen und machen endlich den ersten Schritt, indem wir – was sonst – unsere Köpfe zusammen stecken und unsere Arme um alle drei Taillen schlingen. In diesem Trio schmilzt die Steifheit dahin, das Licht ist zwar immer noch hell und bleibt es auch den ganzen Abend, aber wir grinsen jetzt locker in vertrautester, weil engster Runde. Wir werden schneller vertrauter und krabbeln und kitzeln aneinander, gackern, kichern und lachen dabei und unsere Schüchternheiten und Nervositäten, weil eben doch kein wöchentlicher Normalfall, sondern das erste Mal in dieser Runde, machen Platz für höchst erfrischende Geilheiten.
Kurze Unterbrechung für Klogänge. Anschließend wirft Antonia höchst unromantisch, aber klinisch direkt, einige eventualitäre Zugaben ins Spiel und aufs Futonsofa, welches inzwischen unter der hellen Wohnzimmersonne zu einer großen Liegefläche umgestaltet wurde.
Ein großer schwarzer Dildo, Gummis und Gleitcreme landen auf der Spielwiese und werden sofort wieder von dort verbannt, sprich auf den Fußboden verfrachtet. Wir spielen auf dem neuen Spielfeld aneinander herum und zotteln uns die Kleider von unseren Leibern. Eigentlich sind wir wirklich zart und herzlich miteinander, genau darauf achtend niemanden auszulassen oder zu bevorteilen.

Ja, und so geht das... und das geht so... und so geht das eben...

Es kommt der Punkt, wo Tristan Antonia von hinten besteigt. Es ist klar, dass er das nur bei ihr darf, nicht bei mir, das gehört zu ihren Regeln, das brauchen sie mir nicht zu erklären, das spüre ich sofort. Ich spüre auch meine innere Akzeptanz ihrer Beziehung, die ich völlig ehre, also fühle ich mich glücklich ge-Schätzt, diesem sehr intimen Moment der Penetration ohne Kondom beiwohnen zu dürfen. Der andere Aspekt ist, es macht sowohl sie als auch mich EINFACH geil.
Diese Wollust, die in ihm aufsteigen muss, dass ich dabei bin, wie er seine Frau reitet, diese Wollust, die mir einheizt, dabei zu sein, zuzuschauen und gleichzeitig, während

er sie reitet, ebenfalls für ihre gesteigerte Lust zu sorgen, indem ich intensiv ihren Kitzler stimuliere. Sie, die vor lauter Lustbereitung durch zwei ihr äußerst wohlgesonnene Leute stöhnt, die Augen aufreißt, wieder schließt, den Kopf nach hinten wirft, geil bedient wird und sich geiler bedienen lässt. Welch ein Bild, welch eine Erfahrung.
Der Ritt währt ein Weilchen, dann möchte Tristan eine Pause einlegen, möchte Tristan uns zuschauen, dazu setzt er sich auf einen Sessel. Antonia und ich besorgen es uns gegenseitig mit Händen und Fingern. Er schaut zu – ekstatisch, erotisch, geilotomisch... Ihre Fotze ist inzwischen so riesig und nass, dass ich sie mit vier Fingern ficke, sie saugt und nuckelt an meinen Brüsten während meine halbe Hand repetierend in ihrem Unterleib verschwindet und zwei ihrer Finger mich penetrieren, scharf, oberscharf, oberschärfer und er guckt... und er spielt... ein bisschen an Schwanzi rum, geilofei...
ja, ja, *yesss, yessssss... best, the best*, noch besser...
und wir besorgen's, und wir machen's, und wir geilen uns so rrichtigg
und er guckt, guckt, guckt, geil!

Leider kommt dann der Moment, da überfällt Tristan die Müdigkeit, so ganz und gar absehbar und hinterlistig und sehbar, da auf seinem Sessel sitzend, er lässt Schwanzi sausen, wünscht uns noch viel Spaß und eine gute Nacht und entschwindet in sein persönliches Schlafgemach.
Schade eigentlich, denn ohne ihn voyeurend, ist bei uns auch die Lust raus, wir kuscheln und quieken noch etwas weiter und gehen dann auch in die Heia, in ihr Schlafgemach und verbringen dort eine wohl-warme, friedlich-kuschlige Mädchennacht zusammen.
Am nächsten Morgen wird es ein wohlst-gelaunt Dreisames Frühstück, und auch später in der U-Bahn hüpft mein Herz durch den Tag.

Nackt unter Tunten

Garderobe für 44 Tunten und 4 Bio-Frauen. Riesige Show, wochenlange Proben, Vorbereitungen. Wigstöckel. Ich soll unter anderem einen Ausschnitt aus meinem Stück über Anita Berber zeigen, welches ganz am Anfang dran ist. Die Schminke dafür ist am aufwendigsten im Vergleich zu meinen anderen Stücken des Abends. Nachdem ich mich fertig in das zwanziger Jahre Gesicht geworfen habe, endlos oft von unterschiedlichsten Fotografen und Filmteams beim Schminken gefilmt wurde, setze ich mir meine Anita Berber-*Lookalike*-Echthaarperücke auf, ziehe meine Kleider aus und werde zu einer aufgedrehten, allein hormonell komplett berauschten, von Anita ein wenig beeinflussten

Bridge. Um meinen recht empfindlichen roten Zwanziger Jahre Kostüm-Nachbau-Anita-Fummel noch nicht vollzuschwitzen springe ich völlig nackt, nackt nur mit Perücke, knallroten halterlosen Spitzenstrümpfen und zwanziger Jahre Nachbau-Schuhen bekleidet, zwischen den Tunten durch die Garderobe. Männer beim Strumpfhosen zurechtrücken, Männer beim Stöckel anziehen, geschminkte Männer, 1.90 m große Männer, die in Schuhen 2.10 m messen, Männer in Mini-Röcken, alles und noch mehr... Mein Hormonhaushalt kommt nur vom Zuschauen auf hundertachtzig. Heute keifen sie auch nicht superböse wie sonst, nein, sie sind ausnahmsweise mal recht schwesterlich. Aber wie blöd sie glotzen, was diese kleine Bio-Frau da macht, wie kann sie nur, wie wagt sie nur, wie natürlich sie dabei ist, völlig normal, nackt unter Tunten.
Gleichzeitig habe ich das genugtuende Gefühl, ich bin mir sicher, die Tunten tun mir nichts, wenn ich hier so nackig mich bewege unter ihnen und Spaß mir macht die Sach, so natürlich exhibitionistisch, leicht und aufregend auch – und sexy – und normal-verrückt, klar mach ich doch einfach und denk mir nichts dabei, und ich sie zupf und rück und lupf und delektiere mich an nacktem Männerarsch und Männerbein, in Strumpfhos fein.
Ich bin dermaßen High von meinem Körperdrogencocktail, dass ich aufpassen muss, mir nicht schon vor der Show eine gewaltige Überdosis zu verpassen und dadurch die Kontrolle zu verlieren, das wäre schade.
Plötzlich stehen die Muskeln von vorhin wieder vor mir. Die Muskeln gehören Carsten, hmjam. Ich erzähle ihm, dass meine Brustwarzen normalerweise immer nach innen gezogen sind, dadurch wären sie für Sex nett empfindlich, aber für die Bühne sähe das leider nicht so gut aus. "Das können wir doch ändern", sagt er und schreitet zur warzenzupfenden Erregung über, einfach so aus dem Stand mit seinem schon vorhandenen Ständer, bei dem sein Freund Alfredo und vielleicht auch die anderen mal helfen und er sich selbst natürlich auch. Carstens Berufung derzeit ist Sex, sein Beruf auch, deshalb klappt das mit dem Ständer routiniert, erregt muss er trotzdem sein, konzentriert auch und abgebunden wird auch mal... aua, ich will's gar nicht SO genau wissen... Er zupft mir und mich und meine Warzen, ich schenkele ihn ein wenig, da helfe ich dem Ständer auch, so helfen wir uns beide und so geht's ab auf die Bühne, die anderen führen reichlich exogene Drogen zu, ich schwöre auf den endogenen Cocktail und habe am nächsten Tag AUCH einen anständigen Kater. Klar, Raubbau ist Raubbau...
Die Show läuft gutlich, Kostümwechsel oft panisch, aber klappt doch.
Als Carsten und Alfredo dran sind, dränge ich mich ins Publikum, hocke mich vor die erste Reihe, knielnd mit dem Chefredakteur eines bekannten Männermagazins. Ich bin ein bisschen extra erregt, denn ich weiß, was unter ihrer Verpackungskunst, nach ihrer martialischen-teutonischen-Rammstein-ich-hab-mein-SM-lein-Fein-Mein-Dein-Kein-Kein-wir-lieben-unsere-Stereotypen-Performance in ECHT erstehen wird, und wird es auch

klappen? wird er ihnen auch wirklich in echt gestanden stehen? denn sind ja schon Minuuutttennnn vergangen beim Rammstein-Gesang... wird er noch ihnen? ist ja schon bisschen aufregend so beim Mitfühlen als unahnige Frau so. Dem Chefredakteur fährt's durch alle Glieder bei der endgültigen Entpackung und ich erzähle ihm auch noch, dass die doch schon seit Stunden da in der Garderobe stehen doch, doch, was, was? seit Stunden stehen sie ihnen schon? Der Chefredakteur ist für den Rest seines Lebens enttäuscht von den Fähigkeiten SEINES Schwanzes... und und und? stehen sie ihnen aber denn jetzt - doch - noch??? U N D ??? —- gestanden BRAVO!!! Gesteht, gestanden, alle Achtung, ich bin beeindruckt und alle anderen Publikümer auch und viele schockiert natürlich, klar logo doch, TuntenPublikum ein Kitsch mei ei und was machen die da mit steifen und echten noch und Schwänzen. Kaum zehn Minuten in die Show hinein, hattens meine echtige Möse löse zu sehen kriegt, aber nur kurz und nix-cht gar erregt, das waren nur die Warzen, aber penetrant ange-deutend nur nur nicht echt getan, mit einem großen DILDO—- einem roten – Teuflisches Ding, doll ei wei....
Tima die Göttliche fragt mich später heimlich: "Welchen würdest du bevorzugen, Carsten oder Alfredo?" Ich antworte, dass ich beide auf gigantische Art recht appetitlich finde.

Nach der Show springe ich in meinem rosa Rosen-Mini-Kleid aus London, nur mit den roten haltergelösten Spitzstrümpfen durch vertuntete Lande des Clubs und wenn ich denn gut drauf und das kann ich heute abend gar nicht mehr ändern, so dollig drollig ist das, dann lüfte ich den minigen Rock und zeige nicht etwa schamhaft, sondern freundlich und nett bis aufgekratzt lächelnd, meine völlig unbekleidete Scham, nicht etwa kahlrasiert wie mein Kopf, sondern in demigen Fall mit einem Irokesen-Schnitt, ohne Unterhos, da is was los im Moos.
Dieser Ausblick kommt so unverblümt und 'natürlich' auf die Leute 'dar nieder', dass sie lachen, verdutzt und was noch alles, meine erotischen Anmachen dabei sind witzig frech und natürlich – nicht drängelnd. So geschieht es denn tatsächlich im Laufe des Abends, dass ich mit einer stockschwulen sehr attraktiven, blutjungen Aushilfs-Licht-Tunte flirte und in den Hals beiße, mit einer anderen leidlich attraktiven, ebenfalls blutjungen Lang-Kleid-Tunte dunkelroten-Lippenstift-schwer-verschmierend rumknutsche und angemacht vom kolossalen Erfolg dieser schwulen Bisse und Knutschungen zum Motto des Abends mache: SCHWULITÄTEN AUFZUREISSEN!
Und diese entzückenden Paare, pärchentanzend auf der Fläche, denen ich nach ein bisschen Tanzen lüpfend darbiete, was ich dort verborgen, aber nicht versteckt, verhüllt habe, wie erschreckt, wie äußerst konservativ und geschickt ins Amüsiertsein sich rüber retten vor Schamigkeit, sie doch tun und meine Dreier Angebote und Attacken völlig brüskiert, wie kann sie nur, was wagt sie sich, was will sie denn? Wir sind im Schlaf-

zimmer lieber zu zwei-ein, wir zwei allein ein, ein Lesbenpärchen ablehnt, zwei Monat später gehen sie gelangweilt auseinander, ich hört es doch!!
Und amüsiert flirttanzend erst – dann entschwindend – ein schwules Pärchen mir entgeht... wie kann sie nur, wie frech sie ist, wir sind doch SCHWUL! hey SCHWUL!!!!, hey das gibt's doch nich, das ist doch 'ne echte, 'ne biologische, die hat uns doch da grad ihr Schamigkeiten, nicht schamig gar, gezeigt gar, jar, aha, was wagt sie denn, uns zu stören in unserer schwulen Ruhe hier...wie KANN sie nur, wie FRECH sie ist... Was ist das denn für ne Droge?? eih billig eihh, im eigenen Körper drin, glaubt's wohl kaum, na icke bin auch nich immer so druff, könnt ick ja jarnich würden och die körpereigenen nich immer mitmachen...

Später am Abend, auf umwegigen Wegen, durch eine zick-lustige BioFrau FrechFriseuse durch FrauenFreundschaft, Kumpanei mit Schwester, die auch auf Mann kann, der schwul an sich, "Aber wenn du geil genug, kriegste se alle rum", meint nicht löse jene Frisöse..., kennengelernt: einen weißbekleideten, ebenso schwulen Motorradfan "Ich bin schwul, schlafe aber ab und zu mit Frauen", nach Anblick meiner Scham-Überraschung und HaarArmfellstreicheln, so herzerfrischend griffelt und knutscht und auf SEINER geschwänzten Scham rumjuckelt, dass es mir davon unbekleidet des Unterleibs, wie ich bin, schon beinahe kommt... lleecckkeerr!!
Und wir schafften es in einem Jahr immer noch nicht zu einer gefickten Verabredung. Das hätte ich nicht gedacht bei der Aussicht... rammeldadazammm
Noch, noch später, so vielleicht nachts um drei oder vier hält mir Alfredo einen fast stündigen Vortrag über die diversen Methoden der Schwanzsteifhaltung, gut, dass es Viagra gibt, hat aber auch Nebenwirkungen, und was es da noch alles für Methoden gibt, genau was ich jetzt gerade wissen muss...
Um sechs Uhr suche ich vergeblich nach meinem verloren gegangenen T-Shirt, werde dabei diverser anderer Verloritäten 'habhaft' und erlöse die eine und andere betrunkene 'Dame' vom Suchen. Andere Betrunkene Androgyne oder Bio-Frauen sind auf Sofas umgekippt und schnarchen leise vor sich hin, während nur noch etwa 3-4 schlecht geschminkte Schwestern aufrecht die Garderobe bevölkern, dabei über Liebe und Sex tratschen und ich ihnen von meiner verbotenen Sexität im Männer-Darkroom erzähle, was Gelächter auslöst und den Kommentar der liebenswerten Tratsch-Tunte Gaby Tupper: "Ihr ward wahrscheinlich die einzigen, die dort Sex hatten, so 'hell' war es dort".

Der Sonntagsausflug

Wir sind am S-Bahnhof Friedrichstraße verabredet, um einen Sonntagsausflug zu machen. Drei üblicherweise ziemlich gestresste Menschen. Guter Plan!
Es ist Anfang September und immer noch ungewöhnlich warm.
Ich habe ein paar Brote, Kekse und diverses Obst in meinem Rucksack und natürlich die obligatorischen Flaschen mit Wasser.
Zack und Easter hatten vorgeschlagen, uns um halb elf zu treffen und ich komme dummerweise pünktlich. DIE beiden kommen nämlich NIE pünktlich.
Also stehe ich auf dem S-Bahnhof dumm herum. Leider ist es nicht der obere Bahnhof, da hätte ich was zu gucken: das Wasser unter der Brücke, Baustellen etc. Nein, es ist der untere Bahnhof, der, wo früher, als die Mauer noch stand, der Dings-Shop, wie hieß er noch – Intershop oder so, war. Dort holten sich immer alle Alkohol-, Süßigkeiten-, Kaffee – und Zigaretten-Süchtigen ihre Rationen. Damals kursierten wilde Gerüchte wer, wo, wann und wie vom Zoll erwischt worden war, so mancher stand zitternd in der U-Bahn mit der Flasche Polnischem Wodka unterm Mantel. Diese Zeiten sind vorbei, und es ist nur noch ein schnöder Berliner U-Bahn Kiosk, der am heutigen Sonntag überflüssigerweise auch noch geschlossen hat. Diesem Kiosk haftet keinerlei Zoll-Gefahr, kein Grenzstress – wo sind meine Papiere – oder AbschiedsTränenKaffeeGeschenkeDuft mehr an. Einfach geschlossen das Ding. Ich studiere die Orange-Grün-Weiß-Einfärbung dieses lieblichen Bahnhofs, tanze etwas gelangweilt mit dem Abfalleimer und sehe wehmütig der inzwischen zweiten S-Bahn in Richtung Birkenwerder hinterher, und die fahren Sonntags nur alle zwanzig Minuten.
Ob ihrer finanziellen Lage und eines gewissen Trotzes gegen die Kommunikationsgesellschaft besitzen meine Freunde kein Handy. Mein Handy wiederum funktioniert auf dem unteren Bahnhof nicht, den ich mich nicht zu verlassen traue, um sie nicht zu verpassen.
Also warten, warten, bis endlich – geschlagene 45 Minuten zu spät – Zack und Easter die Treppe runter hechten.
Zwei Minuten vor ihrer Ankunft, war die inzwischen dritte S-Bahn Richtung Birkenwerder abgefahren und wir haben jetzt 18 Minuten Zeit, uns zu begrüßen.
Endlich in Birkenwerder angekommen, den schönen Spazierweg gefunden und erst mal über putzig zu beobachtende Nutrias gestolpert, die da im kleinen Bach leben. Nutrias? Die sehen fast aus wie große Kanadische Otter und leben normalerweise in Südamerika, erfahren wir von einem netten Menschen, dessen Kinder verbotenerweise die Nutrias mit altem Brot füttern. Er erzählt uns auch, dass es zu DDR-Zeiten um die Ecke von Birkenwerder eine Nutria-Pelzfarm gab, die nach Mauerfall aufgelöst wurde und ein paar Rest-Tiere wären einfach ausgesetzt worden. Die haben keinerlei natürliche Fein-

de in unseren Breitengraden, also... aber so richtig schlimm vermehrt, scheinen sie sich nicht zu haben, er redet von vielleicht zehn Stück, das ist nicht viel in zehn Jahren.
Nach dieser netten Viecherei spazieren wir erst mal richtig los, durch Grün und Wald und am Bach entlang, super!
Nach einem anständigen Spaziergang inklusive Girlie-Wald-Pipi-Doppel, welches voller Entzücken, von Zack beobachtet worden war, kommen wir an der Havel an, schauen umher und finden ein nettes Plätzchen im Gras für ein Picknick am Ufer.
Wir breiten das mitgebrachte Laken aus und delektieren uns an Obst, Stullen und Keksen. Zack wandert neugierig um die nächste Eckenbiegung herum. Easter und ich sitzen zu zweien im Halbschatten und fangen spontan an, unsere Unterarme zu streicheln, ganz sanft, ganz leicht, lassen unsere Finger über unsere Oberschenkel gleiten und killern. Der Wind weht ihre langen Haare, ich kraule ihren Kopf, meine Fingerkuppen krabbeln ihren Hals, sie summt ein Lied, ich stimme mit ein... Unsere Handflächen landen auf unseren Brustrundungen, die wir fröhlich wiegen, schaukeln und dazu Liedchen trällern, Boote mit Wochenend-Berlinern und Brandenburgern fahren vorbei und winken uns zu, wir lachen, winken können wir nicht, denn wir haben keine Hand frei. Es ist eine wohlige Sonntag-Nachmittag-an-der-Havel-Erotik-Stimmung, die wir beide sehr genießen. Zack kommt zurück und erfreut sich des harmonisch-erotischen Anblicks, setzt sich neben uns und schaut zu.
Die erotische Havel fließt...dahin...
Wir werden durstig nach was anderem als Wasser und dackeln rüber in die Havelbaude, einem Sonntags-Ausflugslokal mit unfreundlicher Bedienung, um Orangensaft zu trinken. Beim Austritt aufs Klo fallen mir die unzähligen Band-Plakate auf, entweder unbekannte Heavy-Metal-Bands oder einstmalige Berühmtheiten, von vor 20-30 Jahren, die jetzt dazu verdammt sind, in den Havelbauden der Welt zu spielen.
Wieder überm Orangensaft, schauen wir uns tief in die Augen und stellen unsere Geilheit aufeinander fest. Was tun, an diesem SonntagnachmittagsAusflugsziel... wir bezahlen die mürrische Bedienung und stapfen in Richtung Wald, auf der Suche nach einem lauschigen Plätzchen unter Bäumen, zwischen Zweigen, möglichst ohne Sonntagsspaziergänger und nicht so leicht einsehbar. Schawierig!
Unsere Geilheit wird so übermächtig, dass wir uns einfach entscheiden, komme, was da wolle... wir räumen einige Zweige aus dem Wege und breiten das Laken aus. Dann platzieren wir uns im Dreieck auf dem Laken, schließen die Augen und fingern und händeln und streicheln unterarmig und schultrig. An jedem Arm spüre ich einen anderen Menschen, links IHN, rechts SIE. Ab und zu blinzele ich mal in dieses wonnige, wohlige Streicheln hinein und freue mich des erblitzten Anblicks zweier anderer genießender Wesen. Wir kraulen und zupfen und rucken und rupfen und kommen näher und lassen drei Zungen aufeinander treffen, wir gackern und lachen und kichern und freuen und

vielleicht kommen von fern ja ein paar Sonntägler vorbei, die es da in den Zweigen unter den Bäumen – da - da – knacken und gacken hören...
Wir ziehen unsere Tops aus und streichen und streicheln und hauten und lieben, genießen und haben und laben und zupfen und zerren und zieheln und frösteln vor Lust, an der Brust. Es ist genial, delikat, entzückend, köstlich, von zwei verschiedenen Händen an jeder Brust gezupft zu bekommen, bin ganz benommen, nee - mehr wach, ach ach, ja ach lach. Wir wollen unterleibeln, nach vielem reibeln an den Leibeln und ziehen zwei, dem/der anderen die Hosen aus...
Und Genital, ach genial und was für ein Schwanz und welche Mösen, wir rollen und kugeln und tanzen und leibeln und tanzeln und reibeln über Ästen und Zweigeln, die unterm Laken mal haken. Wir lecken und schmecken und aushecken und turnen und schmatzen und länger und enger...
Wir rubbeln und knubbeln und knaspeln und basteln, in unseren besten Teilen drin und rum und dran und weich und feucht und löse – die eine – und zwei – Möse
und steif und voll Glanz der Schwanz mmmjjjammmzzz!
Immer mal eine Person kommt in den Genuss, von den anderen zwei be-Hand-elt zu werden...mmmjjjjuuuummmzzzz!
Zack saugt und schlürft Easters Nippel, ich fingerficke sie, fett und saftig, wir halten und schaukeln sie und ficken und schmatzen, bis sie genialischst vibrierend stöhnend unter unseren Münder-Zungen-Fingern kommt und wir sie nach und weiter schaukeln und schaukeln.
Ich oh-na-nie-re mich selbst, mir ich mich, ja, ja, ja, die anderen wiegen mich und halten und schaukeln und gucken und, und genial, welche Gewitterschauerwolkenbrüche in meinem Leib durch den Wald donnern...die Tannen hoch über mir ja, ja...
Easter und ich wollen auch Zack zuschauen, wir stacheln ihn an.
Er wichst seinen superschönen großen Schwanz, der noch Schwänzer,
noch größer, noch härter, noch geladener, noch, noch, noch, noch,...
sich entlädt und wir uns die Bäuche mit seinem Sperma bekleckern lassen und uns hinterher kugeln und lachen und gackern und die Bäuche glitschig reiben und kleben und ja, ja, ja.
Wir liegen still und ruhig und halten uns im Wald, liegen kreuz und quer übereinander und schauen in die Höh' zu den Baumwipfeln ssscccchhhööönnn!
Jetzt kommen sie endlich die sonntäglichen Sonntagler und quasseln wie Strippen laut den Waldweg entlang. Jetzt wo wir ruhig liegen,
dürfen sie – wir ducken und deckeln uns noch mehr und grinsen.

Wonne in der Wanne

Wir sind in einem Hotel in einem auswärtigen Lande, es ist sehr spät abends und wir fühlen uns verschwitzt und dreckig nach getaner Arbeit. Badewanne ist angesagt. Er ist zuerst drin und schäumt und schrubbt sich. Ich schaue. "Steig doch mit rein", was ich dann auch tue. Nur die Badewanne ist kleiner als normal, d.h. wir sitzen beide mit angehockten Beinen drin und können uns nicht sehr viel rühren. Wir schrubben und schäumen gemeinsam und abwechselnd und aneinander rum. Ich tanze mit meinen Fußsohlen seine Männerbrusthaare entlang und seife und bewege mit den Sohlen, super Fußgymnastik... Meine Füße rutschen ab und finden seinen Schwanz. Meine Füße kitzeln und tanzen und schwanzen mit der aufkommenden Erektion in weichem Wasser in der engen Wanne und meine Hüftgelenke sind schon etwas angestrengt, aber meine Fußsohlen haben gerade die schönsten Orgasmen. Er ist etwas nach hinten gerutscht, sein Kopf gegen die Wand, die Augen geschlossen, stöhnt er voller Begeisterung und grinst und grinst mehr und quiekt und jajajaja,,, er beugt sich wieder vor und glitscht mir mit Seife über den Körper und wäscht meinen Po und schrubbt und schäumt mein ganzes Gesäß. Ich natürlich – musste mit den Füßen lassen den Schwanz, dafür hocke ich auf den Füßen im Bade, so dass er meinen Arsch ergreifen kann und habe seinen Schwanz in meinen Fingern und seine nun gleiten von meinem Arsch hinüber in meine Möse und oh jajajajajaja, wir fummeln uns gut, gut, sehrrrr gut, hinein und hinum und drumherum und es glitscht und pitscht und unsere Zungen im Gesicht und nass und nässer und lechz und schluchz und - irgendwann wird es etwas kalt. Wir steigen heraus aus dem nassen geilen Bade, heraus aus der Enge und trocknen uns etwas und er streift sich ein Kondom über und rauf aufs Bett und gefickt – und – oh ja!
Am nächsten Morgen habe ich Halsschmerzen.

Heiligabend

Eine Gruppe von Menschen trifft sich zum Winterurlaub in einem großen Haus. Wir entfliehen dem Weihnachtstrubel und wollen uns besinnliche Tage auf dem Land gönnen. Besinnlichkeit gibt es reichlich, noch reichlicher gibt es *Soap-Operas*. Anwesend sind bisher: der Kanadier und die Japanerin – ein Hetero-Pärchen, der Däne, zwei Italienerinnen, die Amerikanerin, der Norweger und ich. Es werden noch mehr Gäste erwartet, die sind aber am Heiligabend noch anderweitig beschäftigt.
Am zweiten Tag auf der Nachhausefahrt nach dem Einkaufen flirte ich auf dem Rücksitz heftig mit der Amerikanerin. Vorne sitzen der Hausmeister und der Däne. Die Amerika-

nerin und ich singen gemeinsam improvisierte Lieder, halten Händchen, krabbeln mit unseren Fingern, ich beiße in ihre Haare und werde sofort und auf der Stelle völlig geil auf sie. Abends denken sich verschiedene Leute diverse Spiele aus – einmal tappen wir an den Händen gefasst, mit geschlossenen Augen durchs ganze Haus, nur der/die erste hat die Augen offen und führt die anderen. Die Amerikanerin benimmt sich den ganzen Abend völlig kindisch und hysterisch, diverse Joints, die sie nach eigener Aussage zur Beruhigung raucht, helfen da auch kaum.
Kurz nach 23 Uhr beendet sie einfach den Spiele-Abend, wir sitzen und quatschen, plötzlich springt sie überagil auf den Dänen, der sich die letzte Stunde zwischen die zwei Italienerinnen gekuschelt hat, und verlangt lautstark eine Massage. Innerhalb von fünf Minuten sind sie aus dem Zimmer verschwunden und uns ist allen klar, was das mit der Massage wohl auf sich hat. Ich setze mich auf den Platz zwischen die Italienerinnen und ärgere mich innerlich ein wenig, dass ich nicht "massieren" darf, obwohl sie sich ja ehrlich gesagt etwas zu kindisch für meinen Geschmack verhalten hatte, aber auf dem Lande kann man nicht so wählerisch sein. Als Ausgleich kuschelt sich eine der Italienerinnen an mich. Sie verschwindet an meiner Seite unter einem Wust von langen schwarzen Haaren, die sie völlig bedecken. Die andere Italienerin macht derweil eine kleine Bauchtanz Show, Kanada und Japan sind schon ins Bett gegangen und der Norweger liegt genüsslich auf dem anderen Sofa und schaut dem Bäucheln zu.
Am nächsten Tag kriege ich ständig die weiblichsten aller Blicke von der schwarzhaarigen Italienerin verpasst. Sie ist eine der unglaublichsten Femmes die ich je gesehen habe, mit schönen Rundungen hinten und vorne. Sie läuft am liebsten bauchfrei mit kurzen Leibchen umher, in einem in den Anfangstagen schlecht geheizten Haus, in dem alle anderen mit dicken Wollsachen bekleidet sind, ohne Konturen erkennen zu lassen. Sie stellt sich oft völlig aufreizend in Pose, zieht dabei mit ihren Händen die langen, schwarzen Haare effektvoll, langsam und genießerisch nach links und rechts auseinander, so dass diese wie in einer Art Halbkreis um sie herfallen. Dabei schaut sie wie eine kleine Kuschelkatze, den Blick effekthaschend von unten nach oben gerichtet, streckt ihren Busen vor, ihren Po raus und fängt dann auch mit Bauchtanzdemonstrationen an. Ihre Beckenknochen zittern, das Becken schwingt locker, die Pobacken kreisen. Ihr Blick, ihre Mimik sagen immer wieder: Ich bin zuckersüß, ich bin sexy, komm schleck mich! Den Männern und mir klappt da jedes Mal die Kinnlade runter und wir geraten in eine Art erotische Erstarrungs-Trance, und es bedarf gewaltiger geistiger Anstrengung, sich da heil wieder raus zu lavieren.
Heute ist Heiligabend, ich koche ein großes Essen: gebackene Kartoffeln, rote Beete und Karotten in Olivenöl gedünstet, Wirsingkohl gedünstet, Zwiebeln und Champignons geköchelt, dazu Kasha alias gerösteter Buchweizen – gekocht. Alle sind begeistert und es gibt einen großen Festschmaus. Die schwarze Italienerin schaut mich an und sagt,

von ihrer Freundin übersetzt, denn sie spricht nur zehn Worte englisch und kein deutsch, dass sie mir das Essen auf den Leib verteilen möchte, um es mir dann abzuschlecken. Hm - lecker, lecker, denke ich. Nach dem Essen gibt es Stollen und Obst, sowie eine Flasche Champagner. Der einzige Alkohol von dem ich auch mal was trinke, wenn ich ihn angeboten kriege. Weil Champagner schmeckt mir durchaus, was bei anderen alkoholischen Getränken nicht der Fall ist. Wenn ich nur fünf kleine Schlucke Champagner trinke, tut er mir auch nichts weiter.
Nach dem Essen geht der Norweger zu Joints und russischem Wodka über. Die schwarze Italienerin fängt an, mit ihm zu trinken. Ich schaue mir das amüsiert an und konsumiere nur Wasser. Die anderen verlassen den Raum, um nebenan zu musizieren, nur der Norweger, die beiden Italienerinnen und ich bleiben in der Küche. Ich lande auf dem Stuhl neben der Schwarzen, umarme sie und fange routiniert an, ihre Arme zu streicheln, und ihre Hände zu küssen. *"Cara mia"* (Zitat aus der *Addams-Family* und tatsächlich hat sie gewisse Ähnlichkeit mit *Morticia*, aber nur rein äußerlich). Ich knabbere an ihrem Hals, liebkose ihren Rücken von oben bis unten und lande dann bei ihrem BH. Nach etwas Fummelei löst sich endlich der Haken und ich schiebe meine Hände vorsichtig von unten ihre Brüste hinauf, kitzele die Ränder erst mal, schiebe mich weiter und habe allmählich die delikaten Formen in beiden Händen. Ich erwische die Nippel zwischen Daumen und Zeigefinger und bringe sie in Erregung. Während der ganzen Zeit erlebe ich einen unendlichen, sich nicht erschöpfen wollenden Erguss von italienischem Geplapper mit englischen Einsprengseln, der unweigerlich auf mich niedergeht. Die Guteste spricht wie gesagt zehn Worte Englisch, kein Deutsch, kein Französisch, so gut wie nur Italienisch und ihre rothaarige Freundin muss normalerweise ins Englische übersetzen, welches diese allerdings auch nur bruchstückhaft beherrscht. Nur ist eben diese Freundin direkt neben uns inzwischen intensiv mit dem Norweger beschäftigt.
In der Zwischenzeit wandert mein Mund zu den Nippeln, meine Zunge schleckt diese rundherum und dann fange ich ganz genüsslich an, daran zu saugen. Währenddessen höre ich Dinge wie *"I am Italiano, I am moralisti, I am married, you are woman – I am woman, I love uomo"*. Meine Antwort ist nur immer wieder *"Si, Si, Si, Si..."* zwischen genüsslichem Schmatzen und weiterem Rumknabbern. Verbal wehrt sie sich vehement, aber ihr Körper genießt offensichtlich sehr, was ich tue, sie liegt da und wehrt sich kein bisschen. Ich lecke ihren Bauch von oben bis unten und knabbere zwischendurch immer wieder an ihrem Busen herum, während sie sich genießerisch dahinstreckt und inzwischen halb über dem Norweger liegt.
Zwischendurch kommt der Däne in die Küche, schaut höchst erstaunt und sagt: "Aha, mit ein bisschen Wodka ist es dann doch möglich." Er hatte den ganzen Nachmittag mit schönen Worten in perfektem Italienisch versucht, sie zu verführen und es war ihm nicht gelungen. Ich grinse ihn an und knabbere zufrieden weiter.

Da die schwarze Italienerin eh schon halb über dem Norweger liegt, fange ich auch an, ihn zu befummeln, während er heftigst mit der rothaarigen Italienerin knutscht. Die ganze Aktion kriegt eine solche Intensität, dass ich vorschlage, wir sollten doch unser orgiastisches Treiben lieber ins hintere Schlafzimmer verlegen, das wäre ja noch nicht belegt und hätte das größte Bett im ganzen Haus. Der Norweger erhebt sich sofort begeistert und wir flirt-tanzen zu viert in Richtung Schlafzimmer. Plötzlich schnallt die Rote, dass sie nicht allein mit dem Norweger sein wird, das behagt ihr gar nicht und sie weigert sich. Die Schwarze schreit lautstark nach Wodka, den ihr der Norweger wiederholt einflösst und zwischendurch mit Joints dekoriert. Wir landen zu dritt wieder auf der Küchenbank. Der Norweger liegt unten, auf ihm drauf die Schwarze, die ich wiederum von oben befummele. Die Rote steht leicht entsetzt dreinblickend im Türrahmen und verlässt uns. Der Norweger und ich bearbeiten gemeinsam die Schwarze, die ihr *"I am Italiano, I am moralisti"* nur noch gelallt hervorbringt und dabei im Wechsel von einer Frauen- und einer Männerzunge im Mund unterbrochen wird. Inzwischen ist sie allerdings schon so angeturnt und *stoned*, dass sie mir schon zweimal unters T-Shirt gelangt hat, um völlig fasziniert an meinen Busen zu fassen. Ich bin mir sicher, dass sie noch nie vorher von einer Frau sexuell berührt wurde bzw. selbst eine berührt hat.
In unser Schlecken und Schmatzen platzt erneut der Däne rein mit der Nachricht, dass der Freund der Schwarzen aus Italien, am Telefon sei. Diese taumelt zwischen dem Norweger und mir hervor, wankt, stößt gegen Tisch und Stühle, zupft ihr völlig hochgerutschtes Leibchen zurecht und entschwindet. Ich wundere mich, ob sie wohl ein vernünftiges Wort hervorbringen kann und mache mich derweil über den Norweger her. Ich kraule seinen Nacken und seine exzellent behaarte Männerbrust, knabbere an seinem Ohr und summe in selbiges hinein. Er zerschmilzt unter meinen Händen – kippt auf die Bank und stammelt nur noch: "Ich glaub, ich hab zu viel getrunken". Er setzt sich mühsam wieder auf, wankt die Treppen rauf, fällt auf sein Bett und schläft sofort ein. Ich mache das Licht aus und schließe die Tür.

Aus dem Nebenraum höre ich das hysterische Weinen der schwarzen Italienerin, die Rote flößt ihr Tee ein, der Däne versucht, sie zu beruhigen. Ich lege mich allein ins Bett und kann wegen des anhaltenden Weinens und Kreischens nicht schlafen. Eine Weile später höre ich sehr merkwürdige Geräusche: ohh...ahh...oh...ahah...ahhhh...

Ich frage mich ernsthaft, ob der Däne sie jetzt wohl fickt, stehe auf, um Pissen zu gehen und treffe ihn anschließend rauchend auf dem Flur. "Warum habt ihr sie soviel trinken lassen, sie verträgt doch nichts?" "Ich hab doch von Alkohol keine Ahnung – da musst du mit dem Norweger drüber reden." "Na jetzt hat sie alles ausgekotzt." Daher die komischen Geräusche! "Aber sie hat einen totalen Blues und kann überhaupt nicht schlafen, weil sie zu blau ist."

Diese Aktion bestätigt mir doch nur mal wieder, dass ich sicher keine Drogen zu mir

nehmen werde. Wir hätten so einen schönen erotischen Abend haben können, aber statt dessen ist er nun völlig versaut, weil der eine aus den Latschen gekippt ist und die andere kotzend und hysterisch heulend im Bett liegt.
Mit dieser Erkenntnis gehe ich dann wieder alleine ins Bett. Nicht zu vernachlässigen ist natürlich auch der Umstand, dass der Termin Heiligabend vielleicht doch etwas ungünstig für eine Spontanorgie ist.

Badewanne

Winterurlaub. Unter mir wohnt ein bi-nationales Paar.
Jede Nacht und/oder jeden Morgen höre ich ihre Brunftschreie, und wenn DIE nicht so laut sind, knarrt das Bett ungeheuer laut.
Es passiert mindestens zweimal, dass ich aus "unerfindlichen" Gründen nachts, sagen wir um 2.45 Uhr aufwache, das ganze Haus ist still, ich drehe mich um, um weiter zu schlafen, da gellt plötzlich ein lauter Orgasmusschrei von unten herauf. Es ist eigentlich völlig unnötig, dass ich so mit deren Zeitablauf "mitfühle". Ich schaue auf den rot durch die Nacht leuchtenden Digitalwecker, "notiere" – Orgasmus: Schweden – Italien, 2.47 Uhr, und schlafe dann wieder ein. Je nach Uhrzeit der Geschlechtelei laufe ich auch oft laut grummelnd aus meinem Zimmer, entweder nach nebenan zu meinem Kumpel Tango oder nach unten in die Küche. Die anderen Wintergäste sitzen gerade beim Frühstück. "Ich komme mal eben zu euch, die ficken da oben schon wieder, und da ich nichts zum körpern habe, möchte ich mir das grade nicht anhören." – großes Gelächter und tiefstes Mitgefühl. Wenn der Italiener später leicht verquollen und hämisch grinsend am Frühstückstisch erscheint, "schockiere" ich ihn mit genauen Zeitangaben seiner nächtlichen Lüstelei.
Eines Nachmittags ist niemand im Haus, außer Tango und mir. Ich höre es im Badezimmer plätschern und plötzlich überkommt mich eine ungeheure Welle der Nachmittags-Geilheit. "Darf ich mit dir baden?" frage ich laut. "Warum nicht!" ist die Antwort.
Ah wie schön – denke ich mir, öffne die Badezimmertür und sehe Tango nackt in der Badewanne liegen. Ich entledige mich meiner Kleidung und steige dazu. Lustig zusammen zu baden, wenn sonst gar nichts weiter physisches passiert ist, super-super schön! Wir seifen uns gegenseitig die Füße ein und waschen diese äußerst ausführlich. Sie funktionieren als Synonym für unsere Geschlechtsteile. Ein paar Waschmomente später, wo wir wirklich bei unseren Geschlechtsteilen angekommen sein sollten, waschen wir immer noch unsere Füße, ja und dann mal die Waden und vielleicht auch mal die Oberschenkel, aber da hört es dann auch schon auf. Es kann angenommen werden, dass wir

dem Bad mit sauberen Beinen entsteigen, der Rest wurde nicht gewaschen. Es kommt der Moment, da will ich Tango umarmen, nachdem ich mit meinen schwer gereinigten Füßen seine Brust gekrault hatte. Ich vollführe eine etwas tapsige Badewannenbewegung, klar – in der Enge ist Eleganz schwierig, und lande der Länge nach, Körper auf Körper direkt auf ihm, was sozusagen zwangsweise zu einer Umarmung führt – schön ist das – oh wie schön ist das. Ab und an nehme ich mit meinem Gesicht etwas Abstand und lasse meine nassen Gesichtskörperhaare über seine nassen Barthaare streichen. Er trägt einen kurz geschnittenen Vollbart von der Sorte, die wie ein $1^1/_2$ Wochen Bart aussieht und gerade noch sexy ist. Dann lege ich mein Gesicht immer wieder an seinen Hals und genieße die Situation in voller Länge. Bis plötzlich von Tango die Bemerkung kommt: "Ich hoffe, du bist nicht allzu enttäuscht, wenn es nur bei dem Bad bleibt?!" Darauf folgt die Erklärung, dass er immer noch an seiner – wohlgemerkt – Ex-Freundin hängt und die Trennung noch nicht überwunden hat. Dazu fällt mir ein, dass ich meine letzte Trennung, die inzwischen schon ein Jahr zurückliegt, nach 3 Tagen Heulen, dann mit einem saftigen Fick abgeschlossen hatte. Damals hatte ich mir in einer Disco einen knackigen Sechsundzwanzigjährigen, der mir meine Altersangabe mal wieder nicht glaubte, für einen in dem Fall wirklich superben *One-Night-Stand* aufgerissen. DER Orgasmus hatte etwas wahrhaft befreiendes. Nach dieser Aktion war ich zwar immer noch traurig, aber schon sehr stark gereinigt. Ich erzähle Tango nichts von meinen eigenen Erkenntnissen, sondern zeige vollstes Verständnis.
Wir entsteigen der Badewanne mit – wie schon erwähnt – gut gereinigten Beinen. Als ich meine Möse abtrockne, fällt mir auf, dass die sich innerlich extrem stark befeuchtet hat, und das hat gar nichts mit Badewasser, aber viel mit Erregung zu tun. Das alles nur durch Beinewaschen und eine Umarmung. Mein Geist hat sich ja gar nicht mehr in die Erregung hineingesteigert, nachdem ich schon verbal abgeblitzt war, meine Möse allerdings hat da ihre ganz eigene Meinung.
Tango jedenfalls, hat zu keiner Zeit eine Erektion, gut dass meine nicht zu sehen ist, das würde ich jetzt nicht wollen. Frau sein hat doch viele Vorteile. Vielleicht können Männer ja auch Erektionen haben, die man nicht sieht, es gibt ja auch Techniken, wie sie Orgasmen haben können, ohne zu ejakulieren... interessante Themen. Neulich, in einer Tiersendung, sah ich, dass einige Tierarten Penisknochen besitzen, weshalb sie die Weibchen leichter penetrieren können. Im Vergleich dazu wurde gesagt, muss das Menschenweibchen das Menschenmännchen wesentlich stärker erregen = Vorspiel, weil das Menschenmännchen seine Erektion ja nur durch Blut allein aufrecht erhalten muss. Auch wurde gesagt, dass kaum Tierweibchen Orgasmen haben. Gar keins? Oder nur die Bonobo-Weibchen? Ich weiß es nicht. Bin ich froh, dass ich eine Frau bin, mit all meinen animalischen und androgynen Aspekten.
Zurück zum Bade. Während ich mich noch still und heimlich über meine feuchte Muschi

freue, ist er inzwischen dabei, seinen Schwanz auf der Unterseite mit einem Anti-Pilzmittel einzuschmieren. Hmm, "sehr erotisch"! Pfui Teufel, aber vielleicht sollten wir jetzt auf der Stelle ficken, dann würde ich vielleicht auf schöne Art auch meine Pilze los. Aber das passiert natürlich nicht, weder das Ficken, noch das Pilze loswerden. Schade eigentlich!

Hamburg

Nachmittags:::
Ankunft::: Dusche, Super-Reinigung... erst mal den ganzen Stress von.
Berlin::: runter schrubben... *all goes down the drain,* es fließt alles.
Den Abfluss::: runter.
Rasur::: Achseln, Beine, Brustwarzen, Oberschenkel-Innenseiten, *except.*
Den::: Schamhaar-Iro...vor der Dusche den Kopf.
Dusche::: angesetzt...stöhnen...in anonymen Hotels ist besonders geil.
Toller::: Abend mit Freundin in H.H....stundenlang quatschen und immer.
Mal::: den Hund streicheln.
Nachts::: Gedanke an die Intim-Freundin in N.H. mmmmm... *horny.*
Begreife::: mich. Von der Dusche am Nachmittag, noch geil.
Aale::: mich auf dem riesigen Hoteldoppelbett.
Genieße::: meine Po-Rundung.
Streichle::: mich *all over, slightly shivering.*
Treibe::: meinen rechten Mittelfinger in die geile Feuchte.
Feuchte::: mich sogleich noch mehr.
Muss::: dringend pissen.
Tapse::: im Dunkeln, den Herrenschlafanzug hinter mir lassend, ins Klo.
Hasse::: Licht in der Nacht.
Ertaste::: lieber.
Pisse::: Pisse mir auf den Finger, der mich.
Höllisch::: aufgeilt.
Nicht::: lassen könnend.
Sofort::: wieder penetriert.
Reite::: den Klositz.
Greife::: nach dem Waschbecken.
Lege::: die Füße nach hinten.
Auf::: Klorand ab.

Beine::: weit gespreizt.
Reite::: ich wild lüstern den.
Klositz::: und meinen Rotations-Mittelfinger.
Und::: dieser.
Ritt::: ist.
Geiiilig::: zu eilig.
Kommts::: mir.
Meine:::
Pissige:::
Hand:::
Drückt:::
Ihn::: rein.
Hält::: ihn.
Vibrierend:::
Drinnen:::
Den:::
Org:::
Lässt:::
Den Unterleib erschallen.
Hallen:::
Das Blut aufwallen:::
Nach oben schießen:::
Ausgleiten:::
Bis ins klitzekleinste.
Körperhaar.
Ich::: voller.
Org-Spannung:::
Mit:::
Rechter:::
Hand:::
Die Scham:::
Drin-hoch:::
Aufhaltend:::
Hocke:::
Auf dem Klositz im dunklen Badezimmer.
Eines HH-Hotels.
Und wiederhalle.
Und jauchze:::

Taumle::: auf.
Zum::: Waschbecken.
Benetze::: die Hände.
Wasche::: ab die Pisse.
Benetze::: die Scham.
Die weiter zuckig...orgt.
Ah ah:::
Ich::: gekrümmt.
Benetzt:::
Wasser:::
Läuft mir die Oberschenkel.
Hinab:::
Innerlich:::
Jauchzend:::
Greife:::
Nach dem Handtuch.
Und halte.
Die Scham (ich schäme mich nicht).
Wieder weiter.
Hoch.
Presse.
Hinauf.
Spüre:::
Den Org:::
Vibrieren:::
Wie wie vibrieren:::
In mir hoch:::
Gedrückt:::
Und gepresst, gehalten.
Das Lachen:::
Kommt:::
In Kiefer.
Und Mundwinkel.
Und Zähne.
Ich werfe:::
Den Kopf:::
Nach hinten.
Streichle/greife.

Brüste und Po.
Und bewege.
Mich:::
Zurück.
In Richtung.
Hotelbett.
ah ja ———————————————————————————

Gynäkologisch

Ich treffe mich mit drei schwulen Bekannten Sonntag Vormittag zur After-Hour im KitKatClub. Der KitKat hat Erotic-Fantasy-Dresscode. Die Garderobe ist umsonst, die erotischen Nachtschwärmer müssen sich ja für die feindliche Umwelt bedecken.
Toll ist, gleichzeitig mit mir kommen etwa fünf Männer an, die legen an der Garderobe alle ihre Oberteile ab und wandern mit freiem Oberkörper in den Club. Super, hab ich gleich was zu gucken.
Einer meiner Freunde ist Arzt, er erscheint in einem nagelneuen schwarzen Latexoutfit und Stöckelschuhen. Ich glaube kaum, dass er so in seiner Praxis erscheint, schade eigentlich, steht ihm nämlich sehr gut. Ich stehe halt total auf Männer in Pumps und Röcken, da haken so ein paar Schaltstellen in meinem Hirn einfach aus und schalten um auf Erotik, kann ich gar nichts gegen machen. Einen Rock hat der Arzt zwar nicht an, aber seine Beine sind gänzlich unbekleidet und in ihrer behaarten Schönheit schauen sie aus dem Latexteilchen heraus, lecker! Auch die reine Vorstellung, er würde in dem Outfit seine Patienten behandeln, dufte, dabei stehe ich gar nicht auf SM-Doktorspielchen. Nein, nein – das ist was anderes bei mir, mehr so dieses Androgyne-Zwischenwesen-Ding, weil Männer, die als Frauen durchkommen wollen, finde ich auch langweilig. Nein, dieses Crossgender-Spiel, von jedem etwas... genial!
Die zwei anderen Männer waren bei ihrer Kleidungsauswahl etwas einfallsloser und billiger. Sie stehen einfach in schwarzen Unterhosen da, es sind zwar schöne schwarze Unterhosen, aber sie sind nicht SO schön, dass man etwa ihre Pos sehen könnte. Die sind keusch bedeckt. Einer der beiden hat zu allem Übel auch noch ein Netzhemd an, aber nicht etwa ein schwarzes sexy durchsichtiges, sonder ein hellgraues undurchsichtiges, das schlicht und ergreifend nur wie ein Unterhemd aussieht.
Der Arzt erzählt mir, dass er alle zehn Minuten den Schweiß aus seinen Stöckelschuhen auskippen muss und lacht herzhaft dazu.
Er lobt mein Outfit aus Strumpfhosen, rot/schwarz mit viel Durchblick, nur die Brustwarzen mit roten Sternen bedeckt und ein Tanga, der die Scham verkleidet. Völlig billig, aber sehr effektvoll. Außerdem bin ich noch ziemlich stark und poppig geschminkt.
Das Unterhemd und ich, tanzen wild zu technoider Musik. Er hat zwar kein Talent für moderne Club-Bewegungen, wie die meisten wesentlich jüngeren Tänzer um uns her, strahlt aber so viel Freude und Expressivität aus, dass das gar nichts macht.

Tanzen gut und schön, aber irgendwie will ich heute etwas mehr Körpereinsatz – weil fruchtbar – und der erhöhte Testosteronspiegel im Blut macht mich etwas fickerig. Bloß, das ist bei DIESEM schwulen Mann zwecklos, ich mache zwar ein paar Annäherungsversuche, die Reaktion darauf ist aber alles andere als ermutigend, er bleibt einfach nur völlig spielerisch, tänzerisch, so als ob Sex auf dieser Welt gar nicht existierte und er viel mehr Kleidungsstücke als Unterhemd und Unterhose anhätte. Bei meinen tänzerischen Anmachversuchen verstauche ich mir beinahe beide Daumen, ein deutlicheres Zeichen für – Lass die Finger von ihm! – kann es ja wohl kaum geben.
Er geht sich was zu trinken holen, ich tanze allein weiter in einer Mischung aus: Tekkno-Club-Tanz, Post-Modern-Dance und GoGo-Dance.
Der D.J. heißt Sperm, wie passend, und kriegt gerade in diesem Moment einen intensiven Techno-Anfall von der etwas härteren Sorte. Die Monster in mir erwachen und ICH kriege einen Monster-Tanz-Anfall mit viel Grimassen und Zungen-Beiwerk. Der Typ, der neben mir tanzt, fühlt sich wunderbarerweise davon angesprochen und fängt an, mich anzufauchen. Wir fauchen tanzend drauflos, zeigen uns gegenseitig unsere Krallen, er steckt sein Gesicht zähnefletschend mehrmals in meins, bis sich unsere Gebisse beißend ineinander verhaken. So weit so gut, leider hat er meine Unterlippe getroffen und die blutet jetzt leicht. Ich lecke mit meiner Zunge meine Wunde, greife ihn bei den Hüften und wir fangen an, beckenkreisend miteinander zu tanzen. Es dauert gar nicht so lange, da hebt er mich schon hoch, trägt mich in eine Ecke des Clubs, wo ein gynäkologischer Stuhl steht und setzt mich drauf. Er setzt sich selbst mit drauf, und wir fangen mit einer wilden Knutscherei an. Er ist recht talentiert und hat von der Natur eine ähnlich lange Zunge mitbekommen wie ich, nur wird es auf die Dauer etwas anstrengend, weil er die Angewohnheit hat, immer wieder sehr intensiv zu saugen, eine Technik die ich auch mag, aber nicht in solch hoher Dosis. Nach mehreren Minuten Zungenaustauschs stellen sich schon leichte Ermüdungserscheinungen und die ersten Vorboten von Wangenkrämpfen ein. Nichtsdestotrotz ist er ziemlich schnell mit seiner Hand in meiner Strumpfhose obenrum, liebkost echt erregend meine Titten und ihre Warzen und wandert dann in Richtung Strumpfhose unten: Ziel Möse. Derweil sauge ich an seinen Brustwarzen und kriege die ersten Befehle aus seiner mundförmigen Kommando-Zentrale: "Ja, ja, so ist's gut, ja... und jetzt beißen! Besser!!" Ich ziehe meine Strumpfhose inklusive Tanga vom Arsch, um ihm besseren Eintritt zu gewähren und mache mich an seinem Hosenschlitz zu schaffen.
Die drei Leute, die neben uns auf dem Doppelbett liegen und keinen Sex haben, schauen leicht amüsiert zu, wie wir all diese Manöver zu zweit auf einem gynäkologischen Stuhl bewerkstelligen.
Weiter geht's. Ich kriege seinen Schwanz zu fassen, befeuchte meine Finger und fange an, ihn zu stimulieren. Währenddessen fingerfickt er mich schon recht intensiv und ich

kriege ziemlich schnell wellenartige Orgasmen, begünstigt durch die Tatsache, dass ich mal wieder fruchtbar bin, und dass diese Penetration in der Öffentlichkeit stattfindet, was mich, ich muss es mal wieder feststellen, ungemein anturnt. Interessant ist, dass wir heute offensichtlich die einzigen sind, die im Club Sex haben, obwohl die Einrichtung und Auslegung des Ladens das ermöglicht und durchaus erwünscht. Trotzdem wir die einzigen sind, kommt mir das, was wir hier tun, völlig normal vor.
Mein Partner in sexuellen Dingen scheint allerdings nicht ganz so angeturnt von der Situation zu sein, es gelingt mir trotz redlichem Bemühens nicht, seinen Schwanz ganz zu erhärten, er steht ihm nur ein klitzeklein wenig. Dann bewegt er sich aus meiner Reichweite, stellt sich vor den gynäkologischen Stuhl und fickt intensivst drauflos. Ich stöhne was das Zeug hält und muss mich stark am Stuhl festhalten, um nicht runtergestoßen zu werden.
Er zieht meine Strumpfhose weiter runter in Richtung Knie und macht sich mit Mund und Zunge an meiner Klit und Möse zu schaffen. Ich hänge auf einer Seite halb vom Stuhl runter, während die Lustblitze mich nur so durchzucken. Als er anfängt, mich in die Klit zu beißen, unterbreche ich sein Tun, das ist mir jetzt doch etwas zu intensiv, ich hatte ohnehin schon 5-6 Wellen-Orgasmen, einen finalen kriege ich im Moment eh nicht hin. Mein Körper will die Lust auf einer Ebene halten und sie nicht in finale Höhen treiben. Ich hocke mich auf den Stuhl drauf, er sich auf das untere Ende, entblößt seinen Schwanz und befiehlt mir, ihm einen zu blasen.
Ich kontere, dass er ja ziemlich fordernd wäre, woraufhin er sagt, dass ich das doch sicher auch wollen würde, da er ja gerade so genial meine Muschi geleckt hätte. Paff, habe ich seinen Schwanz im Mund.
Die Stellung ist für mich nicht gerade bequem, ich muss meinen Hals viel zu sehr nach unten beugen, um ran zu kommen. Nichtsdestotrotz gebe ich mir redlich Mühe. Aber so viel ich auch sauge und rotiere, die Erektion wird nur ein wenig intensiviert, und er scheint viel mehr Spaß am Befehle geben zu haben. "Ja, genau so und jetzt noch ein bisschen stärker und jetzt saugen!" Als das Ganze schon etliche lange Minuten, wirklich LANGE Minuten andauert und immer noch nicht viel Auswirkung zeigt, stellen sich nun wirklich Krämpfe in meiner Wangenmuskulatur ein. Denn Erfolgserlebnis erhöht natürlich den Einsatz und Ansporn. Ich lasse in meiner Intensität etwas nach, "Hör jetzt bloß nicht auf!", kommt da wieder der prompte Befehl. "Mach's ohne die Hand und jetzt ziehen, ziehen, ja gut so, hey nicht aufhören!" "Hey, ich kriege Wangenkrämpfe, bin grad bisschen aus der Übung, außerdem sind deine Anforderungen etwas zu hart für mich", ist meine Antwort darauf. Ich starte noch ein, zwei kleinere Versuche, aber die Krämpfe zwingen mich entgültig in die Knie.
Wir legen uns nebeneinander auf den Stuhl und die nächste Stunde wird eine Mischung aus intensivem Kuscheln, sich in den Armen liegen, streicheln und immer wieder minu-

tenlangen Knutschereien, bis mir das Kinn und die Wangen ganz wund werden. Zwischendurch erzählt er mir immer wieder, wie geil und wie toll er es mit mir findet und wie wohl er sich mit mir fühlt. Wie gut meine Möse schmecken würde, ob denn sein Schwanz auch gut schmecken würde, wie geil meine Möse wäre, und dass er sie mir gerne rasieren würde, da er das sehr gut könnte. Ich bedanke mich für das Angebot, lehne es aber ab, da ich das für mich nicht schön finde, weil mich das zu sehr an elfjährige Mädchen erinnert.
Er fragt mich noch, ob ich nicht einen talentierten Mösenlecker gebrauchen könnte, er würde ab Juni nur noch vier Tage die Woche arbeiten und da könnte er dann drei Tage lang Möse lecken.
Und plötzlich: "Willst du auch `ne E, ich hab schon zwei genommen." Kramt in seiner Tasche rum und hält mir die E vor den Mund. "Nein danke, ich nehme keine (exogenen) Drogen!"
Woraufhin er mir stolz erzählt, dass er seit 15 Jahren Drogen nimmt und in den letzten Jahren, jedes Wochenende 48 Stunden Dauer-Party macht, kräftig unterstützt von E's und Speed und trotzdem unter der Woche arbeiten geht. Das wäre alles gar kein Problem für ihn. Er stehe auf Spaß und Intensität, und Abbrechen wäre für ihn das Schlimmste, er wolle immer und immer weiter machen. Dann schaut er auf die Uhr: "Wow, ist ja noch früh, wir haben ja noch den ganzen Tag Zeit. Ich komme mit zu dir und dann werden wir uns stundenlang lecken, geil!"
Ich denke mir, dass die Drogen doch Auswirkungen auf ihn haben und sage, dass ich mich jetzt demnächst zurückziehen werde, um allein nach Hause zu gehen. Er ist völlig schockiert, wie könnte ich bloß, es wäre doch so toll mit uns. Worauf ich kontere, dass ich es auch nett fände, aber keine Überdosis wolle und merkte, dass ich demnächst allein sein wolle. Sein bedrogtes Hirn versteht mein Konzept nicht.
Wir kuscheln erst mal noch etwas weiter, bis kurz darauf der Arzt und das Unterhemd vor uns stehen und sich grinsend von mir verabschieden. Anschließend wird mein Partner des gynäkologischen Abenteuers von seinen Freunden gerufen, was ihn recht zügig hochschnellen lässt, er müsse jetzt mal da rüber gehen.
Das kommt mir gerade recht. Ich zupfe die Überbleibsel meiner Strumpfhosen-Kreation, die doch etwas in Mitleidenschaft gezogen wurde, zurecht und begebe mich aufs Klo. Als ich mich gerade in eine Kabine einschließen will, kommt er mir hinterher geturnt, schmatzt Luftküsse in die Atmosphäre und kommt dann zu allem Überfluss noch auf mich zu, um diese etwas sicherer zu platzieren. Schwubdiwub bugsiert er mich in die Kabine, sich gleich dazu und schließt ab. Zieht sich in Windeseile die Hose runter, präsentiert mir seinen nicht erigierten Schwanz und sagt: "Bitte!" Meine Antwort darauf fällt deutlich aus: "Ich will jetzt nicht mehr, raus mit dir, ich will jetzt pinkeln!" Ich verschließe hinter ihm die Kabine und höre ihn rufen: "Wann sehen wir uns wieder, näch-

sten Samstag im KitKat? Is' ja Quatsch, wenn wir jetzt Telefonnummern austauschen." Ich hocke mich genüsslich übers Klobecken und höre in der Kabine neben mir laute Geräusche, eindeutig sexueller Natur, aha, die Leute haben hier schon Sex, aber nicht so GANZ öffentlich. Während mein Urinstrahl ins Becken trifft, schreit eine Frauenstimme durchs Klo: "Hat jemand mal ein paar Gummis?" "Nee, sorry!" ertönt es aus irgendeiner anderen Kabine. Ich wasche mir inzwischen die Hände und gehe dann ziemlich amüsiert nach Hause, um mich allein ins Bett zu legen und einfach nur zu schlafen.

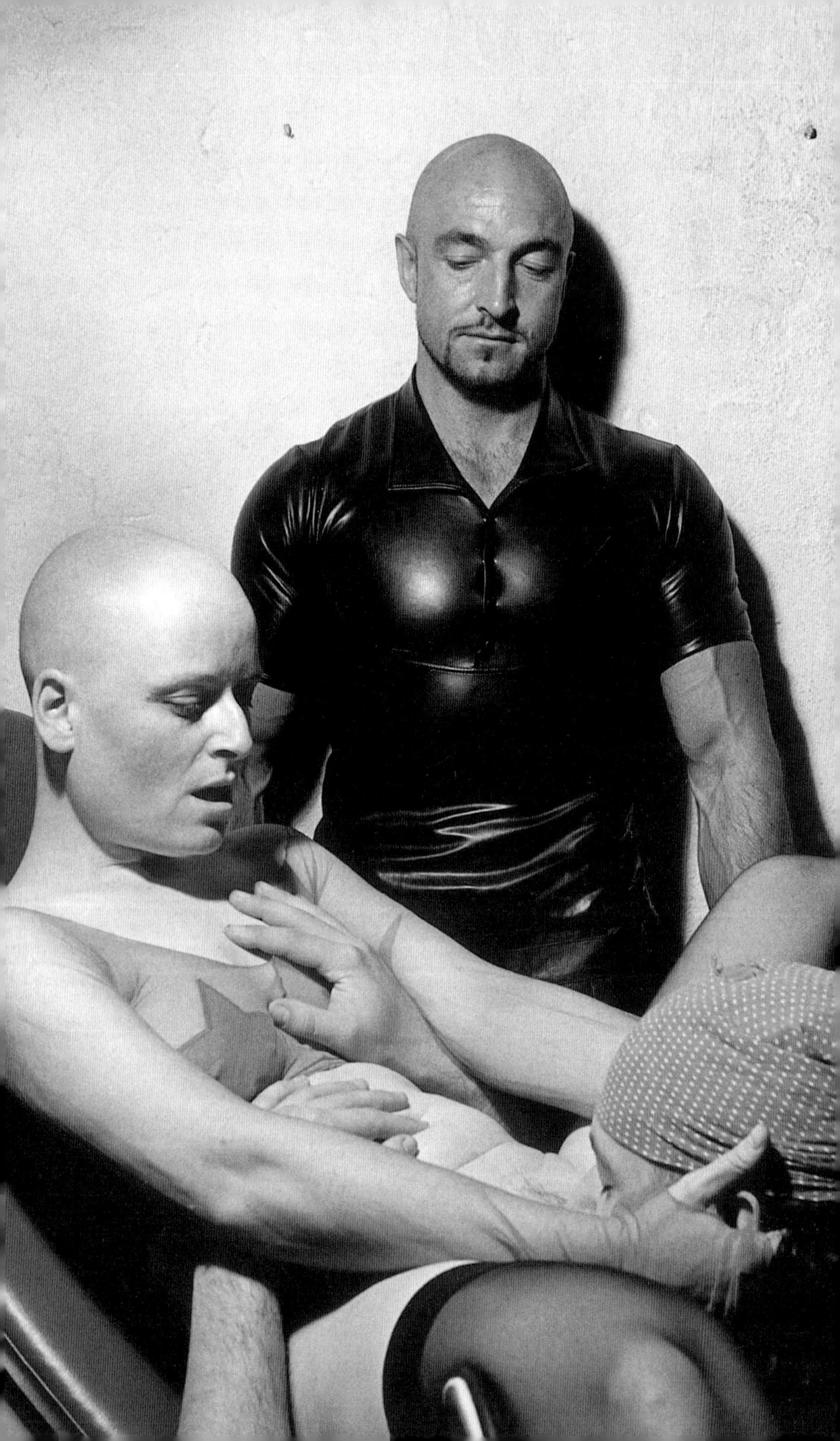

Pension

Wir liegen im Bett und sind todmüde.
Seine Hand streckt sich raus, ich greife zu.
Wir halten uns an den Händen. Jetzt wegdriften…?
Nach längerem Händehalten greife ich nach seinem Kopf und kraule ihn, immer noch in gewisser Distanz.
Sein Kopf kommt näher und kuschelt sich ein.
Es gibt kein Halten mehr, wir fallen buchstäblich übereinander her, mit einer Intensität, die für unsere Müdigkeit völlig erstaunlich ist. Wir strahlen eine extreme Sehnsucht nacheinander aus.
So als ob – wir uns schon zehn Jahre kennen würden, anderweitig gebunden wären und uns die ganze Zeit heimlich nacheinander verzehrt hätten – so als ob.
Dieses – als ob – gleitet in meine Fantasie hinein und turnt mich noch mehr an. Steigert mein Verlangen, was kaum mehr möglich schien.
Ich will ihn dermaßen stark, hier und jetzt.
Es ist schön zu erfahren, dass es immer wieder Steigerungsmöglichkeiten gibt.
Wir ziehen und zerren aneinander, stecken unsere Finger an unsere Lustpunkte. Unsere Lippen suchen, knabbern am Ohr, erst er meins, dann ich seins. Seine Zunge schleckt mein Ohr, meine Zunge leckt seinen Hals.
Ich beiße einmal mittelkräftig zu, ein Schauer durchfährt ihn.
Mein Mund landet auf seinem, unsere Zungen starten durch und vollbringen einen wildlüsternen Speichel-Tanz.
Er ist unrasiert und schabt mir sofort das Kinn auf.
Das passiert mir immer bei den Stachligen. Einen Tag später ist mein Kinn leicht entzündet, drei Tage später pellt sich die Haut ab.
Entweder küsse ich zu viel – (leider) falsch,
oder meine Haut ist zu empfindlich – richtig – (wenn ich zu Zeiten viel küsse, gewöhnt sich meine Haut allerdings doch dran, jedenfalls wenn ich einen stachligen Mann küsse, bei weichkinnigen Frauen ist das was anderes…).
Aber wie egal ist mir eine drohende Kinnentzündung in diesem Moment, in dem ich meine Zunge wild mit seiner taumeln lasse, Kaskaden von Speicheltropfen sprühend.
Ich greife an seine linke Brustwarze. Kleine Lust-Stöhner entweichen seinem Mund. Er legt den Kopf genießerisch in den Nacken und je mehr ich an der Brustwarze zwirbele, desto lauter wird er.
Schließlich geht er mir an meine Warzen. Ich stehe sofort unter starken Stromstößen und wir liefern uns ein Stöhnduett.
Anschließend rollen wir im Bett herum, es ist ein Hotelbett und knarrt ganz furchterre-

gend. Im Zimmer nebenan hustet inzwischen eine alte Dame. Es ist ca. 2.15 Uhr morgens und wir hatten uns vor einer halben Stunde leise ins schlafende Haus geschlichen. Das Hüsteln erinnert mich daran, dass die alte Dame vielleicht nie ihre Lust so positiv ausgelebt hat und uns mit ihrem Geräusch daran erinnern wollte, dies vielleicht auch nicht gar so laut zu tun. Wir kennen absolut niemanden in diesem uns völlig fremden Haus und die Chance, dass wir jemanden treffen oder gar kennenlernen werden ist relativ gering, daher fühlen wir uns besonders ungehemmt und frei.
Er richtet seinen Zeigefinger auf und setzt zum Anflug auf meinen Unterleib an.
Oh wie meine Möse ihm entgegen jauchzt, schreit, tobt, gefingert werden will. Ja endlich ja oh ja ja jaaahhh.
Meine rechte Hand findet seinen erigierten Schwanz und umgreift ihn. Wir vibrieren uns gegenseitig und unsere eng-kuschel-knutsch-saugenden Münder geben verzückt den Stand der Dinge wieder, sind erotische Seismographen der Erregungspegel, so dass wir an ihrem Ausschlag gut ablesen können wie unsere Behandlung wirkt.
In dieser Doppel-Erregung turnen wir uns mehr und mehr an.
Er entwindet sich meinem "Biss" und wandert ganz-körperlich auf Mösenhöhe und lässt seinen Finger wirbeln. Ich falle tief in die Hotelbettkissen und erlebe einige Ejakulationswellenhöhepunkte, die ordentlich das Hotelbett nässen. Dann setzt er seine Zunge an und trinkt mich fast aus.
Von nebenan kommt erneut besagtes Alte-Dame-Hüsteln.
Hoffentlich vertrocknet sie nicht.
Ich schwimme weg...vor Lust!

Viagra

Ein Filmteam, Drehort ist in der *Lower East Side* – Manhattan/New York - *Orchardst.* Ecke *Stantonst.*
Der Film heißt arbeitstitelmäßig: *"A King's Land" oder "Space-Shifters",* von Gabrielle Baur einer Schweizer Filmemacherin, der erste Film nur über DragKings.
Bridge Markland in einem ihrer Alter Egos:
Angela die glamouröse-Sexbomben-Unschulds-Schlampe,
mit goldenem Paillettenkleid, roter Locken-Langhaar-Mähne, voll aufgeblasenem Make-Up, Kussmund, Brüste vorne raus gestreckt,
die Augen von unten nach oben schauend, hochhackige Plateauschuhe tragend,
setzt einen Fuß vor den Club,
The Slipper Room eine Bar/Restaurant-Angelegenheit mit Entertainment,

setzt einen Fuß vor die Tür, es regnet mittel schwer,
setzt einen Fuß vor die Tür,
sie öffnet ihren fabulösen Knirps Regenschirm,
sie wird vom Filmteam verfolgt,
Schweizer Filmemacherin,
Französische Kamerafrau,
Schweizer Tonfrau, die mit einer Art Nabelschnur mit der Kamera verbunden ist,
wie sonderbare Siamesische Zwillinge in der regnerischen Manhattan-Gebärmutter,
die Kamera ist mit einem PlastikDING gegen Regen geschützt,
ein technisches Problem tritt auf,
Angela steht vor dem Club, namens *Slipper Room*, in ein goldenes Paillettenkleid gekleidet, über dem Kleid trägt sie eine etwas abgefuckte Lederjacke, um sich vor Kälte und Regen zu schützen,
sie schießt ihre Knirps-Rakete ab, sie macht ihren kleinen Deutschen Jungen auf, steht mit ihrem Schirm, den sie lässig über der Schulter dreht da, UND macht einen Kussmund,
innerhalb von zwei Sekunden steht ein Mann vor ihr,
er tut so, als ob er schauen würde, was im Club passiert,
er schaut weg, männlich scheu, aber m-ä-n-n-l-i-c-h,
er schaut Angela an, er schaut,
Angela schaut IHN von unten nach oben an, ihre Lippen kussig geformt, ihre Augen blinzelnd, den Schirm über ihrer Schulter drehend,
eine stereotype Konversation beginnt,
Mann: "Was machst du heute Abend?"
Angela: "Was machst DU heute Abend?",
der Mann zittert leicht beim Anblick Angelas, die eigentlich viel zu viel für ihn ist, aber weil sie ihm das Bild der stereotypen Traumfrau gibt, von der er schon immer geträumt hat, aber niemals sich wirklich träumen ließ, dass er sie jemals wirklich treffen könnte und hier steht sie wirklich und wahrhaftig vor ihm und sie redet wirklich mit ihm,
er traut sich, er macht weiter er... er... er... uahhhh...
ABER er ist natürlich nur ein Test, weil er überhaupt nicht IHR Traummann ist, mit seinem etwas schwabbeligen Bauch und so weiter und so fort, aber hey – sie flirtet mit jedem und allen, so geht es nun mal in der stereotypen Traumwelt...
Mann: "Was machst du heute Abend?"
Angela: "Was machst DU heute Abend?"
Mann: "Nichts eigentlich, wie heißt du?"
Angela: "Angela"
Mann: "Wo wohnst du?"

Angela: "Ooch, weit weg von hier, in Greenpoint in Brooklyn."
Mann: "Ich wohne hier direkt um die Ecke."
Angela wird plötzlich sehr mutig: "Und ich wette, dein Bett ist sehr groß?!"
Mann: "Na klar!"
angefeuert von Angelas Mut versucht der Mann an diesem Punkt ein Geschoss zu landen, er signalisiert Angela ihm bis zur Straßenecke zu folgen und feuert drauf los,
Mann: "Willst du mit zu mir kommen und etwas Viagra mit mir poppen?"
Angela ist über diese Frage sehr verwundert und etwas entrüstet: "Glaubst du, dass ich Viagra brauche, brauchst DU Viagra?"
Mann: "Hast du es jemals versucht? Es ist wirklich cool! Willst du mitkommen?"
An diesem delikaten Moment in der Konversation, kommt das Filmteam, welches diesen genialen Event aufgrund des technischen Problems völlig versäumt hat, wieder zum Leben, gerade zur rechten Zeit, um Angela vor irgendwelchen Unwirtlichkeiten zu retten,
die Regisseurin ruft: "Bridge komm her!"
Angela zieht den Mann vorne am Hemd und sagt zu ihm: "Liebes, du warst nur ein Test, aber du hast sehr gut abgeschnitten",
geblendet von ihrem Licht, versteht der Mann natürlich überhaupt nicht, wovon sie redet,
Angela: "Ich muss zurück zur Arbeit, ich gehöre zu dem Filmteam da drüben."
Mann: "Ah, du spielst im Film mit?"
sein Interesse an Angela wird sofort noch größer, da die Traumfrau all seiner Traumfrauen anscheinend auch noch ein Filmstar ist und für einen amerikanischen Mann, der wahrscheinlich mit Hollywood ganz und gar über seinen Fernsehschirm gekleistert, aufgewachsen ist, ist das doch DER ultimative Traum, möchte man annehmen.
Angela: "Ja ich bin beim Film und muss jetzt da rüber gehen, um meine Arbeit weiter zu machen."
Mann: "Oh, aber du bist SO eine Versuchung! Was machst du denn nach dem Dreh?"
Angela winkt ihm zum Abschied und entflieht in Richtung Filmteam,
er blickt schmachtend um die Straßenecke, mit der Zukunfts-Aussicht für immer von DER ultimativen Traum-werd-Wirklichkeit-Frau zu träumen und sich nach ihr zu verzehren, welche für fünf wahre filmähnliche Minuten keine reine Phantasie war, aber diese fünf Minuten werden wahrscheinlich nie wieder passieren.

Die Fotos

Eine Frau mit bisexuellen Tendenzen
macht heterosexuelle Erotikfotos
mit zwei schwulen Männern
fotografiert von einer
lesbischen Fotografin.

Telefonat:
B: Ich suche ein Kino, um Fotos zu machen.
A: Muss es das Eiszeit sein? Kann es nicht das Central sein, da haben wir keine Kindervorstellung.
B: Klar, ist egal welches Kino, Hauptsache Kino. Übrigens, die Aufnahmen sind erotischer Natur.
A: Kein Problem.

Wir treffen uns um 12 Uhr am Central Kino. Es ist Ende April und ein strahlend sonniger Hochsommertag, ca. 26°Celsius.
R: Warum müssen wir heute ausgerechnet im Kino Fotos machen. Hast du nicht auch ein paar Storys, die im Park spielen?
B: Doch, doch, z.B. im Wald, aber wer konnte das vor zwei Wochen ahnen.

Anja baut die Lampen auf, Ricci sitzt Probe und ich schminke mich auf dem Hof. Hierbei werde ich von massenweise Touristen beglotzt, die neugierig über diesen vergammelten Kunsthof in Berlin Mitte wandern, irgendwo muss ein Bus gelandet sein.
Um eins kommen Carsten und Alfredo angeradelt: "Puh, was für eine Hitze, wo ist denn der Frühling geblieben?" Sie begrüßen Anja, deren Assistentin Ricci, Anjas Freundin Sabine, die noch als Statistin dazu gekommen ist und schauen sich kurz das Kino an. Anschließend fängt Carsten an, sich umzuziehen. Abgeschnittene Jeans und *Muscle-Shirt*, auf dem Kopf ein graues *Bandana.* Ich trage ebenfalls abgeschnittene Jeans, ein enges graues Rippen-Shirt und ein schwarzes *Bandana.* Die Ästhetik ist eindeutig klassisch schwul-lesbisch. Carsten stöhnt, dass er kaum noch in die Hose reinpasst, da seine Oberschenkel vom Bodybuilding so zugelegt hätten. Meine Hose hab ich schon seit 1983 und sie passt mir immer noch, obwohl ich in der Zwischenzeit häufiger zu- und abgenommen habe.
Anja ist immer noch mit dem Technikaufbau beschäftigt, ich stehe im Gang vom Kino und schaue zu. Carsten drängelt sich von hinten an mich ran und fängt an, meinen Hals zu küssen und mein Ohr zu lecken. Ich bin noch etwas zwiegespalten, ein wenig mit

dem Technischen beschäftigt und außerdem besorgt um mein Make-Up. Carsten lässt nicht locker und reibt seinen Unterleib an meinen Po. Ja, so eine Erektion will vorbereitet sein, aber er ist ja gut in Übung. Dann bestellt uns Anja auf unsere Plätze.
Alfredo und Sabine sitzen hinter uns, spielen das Paar in der letzten Reihe. Anja schaut durch die Kamera, Carsten knutscht wieder meinen Hals, irgendwann fange ich an, an dem Sinn für Make-Up bei erotischen Fotos zu zweifeln und gebe mich der exhibitionistischen Lust hin. Ich habe noch nie explizit-erotische Fotos mit jemand anderem gemacht. Einmal – vor Jahren, war ich bei einem billig-*Shoot* für ein Beine-Breit-Magazin. Ich mit roter Perücke und dämlichen roten Dessous, mich auf einem Glanzlaken räkelnd. Später wollte ich wissen, wo die Fotos veröffentlicht worden waren. Die Fotografin verweigerte mir die Auskunft und meldete sich nie wieder bei mir. Zu dumm, hätte mich wirklich interessiert. Da hätte sicher gestanden: "Hallo, ich bin Ursula aus Wuppertal. Ich bin 24 und Arzthelferin, ich wollte schon immer mal erotische Fotos machen, gefallen sie Dir?"
Na ja, ICH wollte auch schon immer mal erotische Fotos machen und Carsten hier mit mir ist voll im Gange. Seine Erektion ist prächtig mächtig, wir fummeln an und in unseren abgeschnittenen Jeans umher, befeuchten und versteifen uns dabei und knutschen immer wieder wild drauf los, Hals, Lippen, Münder und alles. Anja guckt durch die Kamera, knipst einfach, zwischendurch halten wir mal alle inne und staunen, ist ja alles echt hier, nichts nachgeahmt. Echte Erektion und feuchte Möse, echte Fotos, echte Statisten und echtes Kino, wow! Und weiter geht's, wir fangen dann mal an, die Situation nicht mehr so ernst zu nehmen und entkleiden uns etwas mehr bis wir allmählich gar nichts mehr... Auch turnen wir wild über die Kinostühle, Alfredo und Sabine sitzen hinter uns und grinsen sich eins. Trotzdem werden sie nachher aus den Bildern rausgeschnitten, weil sie einfach nicht aussahen. Zwischendurch muss auch Anja herzlich lachen, solche Fotos hat sie ja auch noch nie gemacht, aber sie versteckt sich geschickt hinter der Kamera und behält völlig die Ruhe. Es ist überhaupt alles ganz *Easy* und völlig normal, niemandem kommt irgendetwas komisch vor, wir geben uns hin und gleiten erotisch-normal-exhibitionistisch-fröhlich-angegeilt-technisch-erotisch "Wo ist denn der Schwanz... Ich kann deine Möse grad nicht so gut sehen... Rutsch doch mal rüber durchs Geschehen." Mir klebt der nackte Arsch an den Kino-Kunststoffsitzen fest und ich kann nicht so gut rüber rutschen, aber dann doch noch und es ist alles ganz geil.

Am selben Abend machen wir noch eine Fotosession. Diese findet in Anjas VW-Käfer statt. Wir stellen ihn auf einem Industriehof ab, von dem aus man von weitem die hochgebaute U-Bahn sehen kann. Diesmal vergnüge ich mich mit Alfredo auf dem Rücksitz und Carsten spielt den coolen Fahrer. Als Alfredo nach den ersten Vorbereitungen schon eine Erektion hat, klingelt erst mal sein Handy und er führt eine wichtige Geschäftsbe-

sprechung bei der es sich um auszuhandelnde Praktiken von schwulem Sex dreht. Währenddessen fummele ich heterosexuellend ungeniert an ihm herum und streichele wiederholt seine geile Erektion ganz leicht und zärtlich. Alfredo grinst mich... redet dabei weiter über schwulen Sex und kommt manchmal etwas durcheinander... Anja schießt ein Foto nach dem anderen und ich grinse mir auch eins. Als das Telefonat sich beendet, geraten Alfredo und ich recht schnell in einen total erotischen Rauschzustand und knutschen und knutschen, Carsten starrt völlig unbeteiligt mit Sonnenbrille und *Basecap* immer geradeaus. Anja turnt mit der Camera rund ums Auto rum und knipst uns durch alle möglichen und unmöglichen Öffnungen. Der ultimative Voyeurismus. Alfredo und ich halten kaum inne und knutschen und fummeln und reiben und lutschen und saugen und kratzen und Stellungswechsel wird schwierig mit so einem gut gebauten Mann und dieser Arsch – und oh lala. Mein Kinn, meine Wangen röten sich zunehmend und werden vom scharfen Bartwuchs zerkratzt, es sind Schwarzweiß Fotos, gut so. Diese Szenerie... eine Fotolampe klemmt an der Autotür, Carsten sieht ein bisschen aus wie ein *Testdummy*, Alfredo und ich treiben's ziemlich wild auf dem Rücksitz – ich habe sicher fünf echte Orgasmen – Anja, die ihr langes Fotorohr durchs Schiebedach, die Seitenfenster steckt, sich auf die Motorhaube legt und vorne durch die Scheibe fotografiert – genial – was für ein Bild.
Anschließend rücke ich mein Hemd zurecht, was ich diesmal nicht ausgezogen habe und pisse hinter einen abgestellten LKW. Als ich wieder hervorkomme, wandert ein Fußgänger übers Gelände...

Freche Boote

Ich gehe: meinen Lieblingsspaziergang.
Ich beobachte: Möwen, das Meer, Steine, tote Seesterne, lebende Seesterne, Schwalben, Algen, Reiher, Bäume, Strandgut.... und natürlich – alle Arten von Booten.
Ich wandere: mit meinen Wanderschuhen – über dicke fette Steine, langsam um die Landzunge –
beobachte: im Vorbeigehen – die Leute auf dem Golfplatz rechts neben mir.
Die Arten von Booten fahren links an mir vorbei: kleine Segelboote, kleine Motorboote, größere Segelboote, größere Motorboote, Frachtschiffe.
Linker Hand: sozusagen hinterm Wasser, liegt das kleine romantische Hafenstädtchen mit seinen rot, blau oder weiß getünchten Holzhäusern. Hier wurden Ende des 19. bis

Mitte des 20. Jahrhunderts große Segelschiffe gebaut.
Ich wandere: um die Zunge, halte immer mal wieder an und genieße den Ausblick.
Links: kommt jetzt die Fischfabrik, die größte auf dem Nord-Amerikanischen-Kontinent (so behauptet es jedenfalls der Fremdenführer, aber Fremdenführer auf dem Nord-Amerikanischen-Kontinent behaupten immer: "alles" wäre das Größte, Schönste, Beste möglichst auf der ganzen Welt, dabei haben sie oft ihre Nord-Amerikanischer-Kontinent-Welt niemals verlassen und darüber überhaupt in irgendeiner objektiven Form Auskunft geben zu können ist ganz schön impertinent...
aber nach so was fragen ja nur Europäer und die werden wiederum als Euro-Snobs bezeichnet und auch daran ist etwas Wahres...wie an allem...und Objektivität existiert ja eigentlich auch nicht...),
Ich habe: Hunger, sitze auf einem Stein und esse mein Picknick – Brote mit *Cheddar*-Käse, Gemüse-Pastete und ein paar Radieschen. Anschließend einen Apfel.
Ich kaue: alles sehr gut und versuche sehr stark im Hier und Jetzt anwesend zu sein...versuche...
anstatt einfach zu Sein , Oh wie schwer mir das fällt im Alltag in Berlin, aber hier, hier geht es schon besser, geht, geht einfach...
Die Apfelschale wird: wunderbar fruchtig süß, je länger ich sie kaue hmmhmm...
Ich wandere: weiter auf wackligen Beinen, über wacklige Steine.
Plötzlich: denke ich – mit Freude – dass ich lange nicht in der Öffentlichkeit onaniert habe.
Ich meine: ich will schon nicht, dass mich jemand sieht, hier nicht und auch sonst nur zu den entsprechenden Gelegenheiten wo Exhibitionismus okay ist...(übrigens geneigte LeserInnenschaft auch ich bin nicht frei von unangebrachten Schüchtern- und Verklemmtheiten und lerne so allmählich Schrittchen für Schrittchen / *learning by doing*, sie abzubauen...)
Ich setze: mich auf einen Stein, schaue: übers Meer und tauche: meinen rechten Mittelfinger in meine Möse.
Es sind: ja nicht sehr viele Boote die vorbeifahren.
Nur: immer mal eins oder zwei auf einmal.
Aber: jetzt gerade sind es mir zu viele auf einmal.
Ich möchte: allein sein, nur ich und das Meer.
Das ist: doch wohl nicht zu viel verlangt!
Ich stelle: mir vor, das die da auf ihren Booten Ferngläser dabei haben und beobachten was ich hier treibe, das ist aufregend und beängstigend gleichzeitig...
Also beende: ich meinen Mösentauchgang erst mal, knöpfe die Hose halb zu und stapfe etwas weiter, bis zur Spitze der Landzunge.
Die Fischfabrik: liegt jetzt schräg links und der Leuchtturm ist in gebührendem Abstand, mir gegenüber.

Ein schwarzer Marder: o.ä. rennt vor mir auf und davon und einem noch lebenden Seestern, den ich auf dem Trockenen finde, rette ich mit Rückschmiss ins Wasser das Leben.
Ich höre: ein meckerndes Geräusch und entdecke nach einigem Suchen ein Eichhörnchen welches vor sich hinschimpfend, sich auf einem Baum-Zweig zu schaffen macht.
Ich setze: mich auf einen von der Sonne angewärmten Stein...
tauche: Finger wieder in Möse...
klemme: Beine links und rechts nach hinten - und fange an den Stein und meinen Finger zu reiten...
Da kommt: doch schon wieder ein Boot...
und meine Fernglas-Fantasie: lässt mich einfach noch nicht los.
Ich drehe: mich um und sehe hinter mir einen Baum, der schräg aus dem Abhang herausragt.
Ich stapfe: 2-3m den Abhang hoch und positioniere mich hinter diesen Nadelbaum.
Der steht: schräg wie eine Rakete, ist sehr zerrupft, hat aber gerade unten am Stamm viel Geäst,
so das: ich dahinter – schön – meinen Unterleib verstecken kann und trotzdem von hinter den
Zweigen auf die frechen Boote und die Fischfabrik schaue, durch die Zweige den Leuchtturm erspähe und über mir den blauen Himmel mit leichten Wolkenformationen sehe...
Mein Finger: taucht feuchtend...
Ich sinke: auf den Rücken...
wälze mich: auf rotem Sand und spitzigen Kieselsteinen...
und stöhne: leicht vor mich hin...
Der Himmel: und die Wolken, der Wind, leichtes Vogelgekreische... haben eine äußerst
erotisierende Wirkung...
Meine Möse: tropft...
doch die Fischfabrik: und die frechen Boote...
lenken mich: doch auch immer wieder ab...
Der Golfplatz: hinter dem Abhang, mit Wald dazwischen...
Die Möglichkeit: das in diesem Autonutzer-Land doch auch mal jemand zu Fuß am Meer spazieren geht...
tun: ihr Übriges...
oh...oh...oh...
Ich beschließe: möglichst schnell zu kommen...
weil: ich diesen Nervenstress nicht aushalte.

Ich könnte: ja auch beschließen gar nicht zu kommen, die nette Wärme in mir zu lassen...
um es: dann später gemütlich in meinem Bett zu treiben.
Nein: ich bin gerade so in Wallung, in Fahrt, in Fluß...
Nein: ich bin schon eine Weile nicht gekommen...
und: schon eine Weile nicht im Freien...
also...
Hilfsmittel: ist angesagt...
und anstatt: völlig nur im Hier und Jetzt und bei meinem Finger in meiner Möse und den daraus resultierenden angenehmen Wallungen zu bleiben...
greife ich: zum beliebten Hilfsmittel Vorstellung: eines Menschen, den ich gut kenne...
und: mit dem ich öfter guten Sex hatte...
denke: an den mit der längsten talentiertesten Zunge den ich kenne, denke komischerweise aber nicht an seine Zunge sondern an seine Finger und seine verbalen Vorlieben (auch die Gedanken machen viel zu oft was sie wollen, anstatt im Hier und Jetzt zu bleiben) und flüstere halblaut...
vor mich hin: "Wichs mich...wichs mich..."
Plump wie: es klingt...
wirken: tut's immer...
Ich steigere: mich sehr schnell in eine Art End-Ekstase...
und lande: doch wieder im Hier und Jetzt...
Schaue: dabei auf eine Zusammenrottung von fünf Ameisen die etwas unentschieden auf einem Fleck auf dem roten Sand herum lümmeln...
(ich bin sicher es gibt in Ameisen-Kreisen kein herum lümmeln...)
Stöhne: die Ameisen an...
"Oh...ihr...ja...AAAmeisennnn...."
und kriege: einen ziemlichen Mega-Orgasmus...
weil irgendwie: ist es schon sehr *special* draußen...
das ist: einfach so...
Ich sinke: zurück auf den Sand...
von dem: ich mich zur Ameisenschau erhoben hatte...
und: verspüre ein sehr intensives Nachbeben...

Das Buch

Einen Monat auf dem Land, wo es mehr Bäume und Wasser als Menschen gab und ich täglich im Garten saß, mit dem Laptop auf dem Schoß, um dieses Buch zu schreiben, oder am Meer spazieren ging.

Am dritten Abend zurück in Berlin, komme ich von einer Fotobesprechung mit Anja für 'Stripped'. Es ist 22.00 Uhr, ich bin total munter, aber zu zoned nach 4 Std. Fotos gucken, um noch was zu arbeiten. In $1^1/2$ Wochen habe ich Endabnahme für 'STRIPPED'.

Ich wandere also nicht gleich in die U-Bahn, um nach Hause zu fahren, sondern habe so ein Feeling in mir, Bewegung – gute Musik – von einem D.J. aufgelegt, wäre jetzt genial.

Auf dem Land hatte ich jeden Morgen im Garten barfuss auf dem Rasen getanzt, gesungen oder auch gejoggt. *Rain or Shine*, egal ob Sonne schien oder es regnete. Mein ganzer Körper und besonders meine völlig lebendisierten Füße, schrieen jedes Mal in begeisterter Lebensfreude. In Berlin habe ich weder Garten noch Balkon, da findet das Tanzen fast nur in Innenräumen und in Clubs statt. Weil: in Berliner Parks barfuss tanzen ist nicht ganz ungefährlich = Glasscherben und Hundescheiße.

Also wie ich da durch die Berlin-Mitte-August-Abend-Straßen wandere, lande ich plötzlich im *Delicious Doughnuts*, einer Bar-Lounge mit Tanzfläche und D.J.'s. Bevor ich eintreten kann, begrüßt mich ein spiddeliger, sehr freundlicher Hund, sicher eine Windhund-Mischung.

Ich lasse ihn per Fingerreichung an Hundenase meine Geruchsrichtung aufnehmen und trete ein. In der Bar sind nur der Besitzer an der Theke, sowie ein anderer Gast. Ich schaue freundlich und weiß erst mal noch gar nichts außer dem Gefühl, dass ich nicht schnöde nach Hause will. Ich flaniere durch den Laden, der vor einem Jahr umgebaut wurde, und den ich schon ewig nicht frequentiert hatte, schaue weiter freundlich auf Möbel, Sofa-Kurven und die inzwischen winzige Tanzfläche. Mehr Bar, mehr Sofas, weniger Tanz scheint im Moment so ein bisschen das Motto, schade eigentlich, aber hey, ich LIEBE es, auf/mit/über Sofas zu tanzen. In meinem Probenraum steht als einziges Möbelstück ein Sofa.

Ich schaue weiter freundlich und warte, was mir die Situation so zu erzählen hat. Leere Läden haben was Tolles, besonders wenn sie ein gutes Innen-Design haben. Das kann dann voll wirken. Architektur, innen wie außen, ist auch ein wundervolles Tanz-Motiv.

Plötzlich steht Hund vor mir mit Spielball im Mund, ah ja, DAS wird mir hier erzählt. Es folgt ein Hunde-Ball-Musik-Möbel-Tanz. Ich jage tänzerisch durch den Laden, werfe den Ball, bewege mich rhythmisch vor Hunds Nase, was den sicher verwundert, da Hunds Herr das anzunehmender weise nicht macht. Ich werfe, kugele mich über die Sofas und

drunter, um Hund den Ball zu entgreifen, schmeiße oder rolle den Ball über den Boden, renne, rutsche oder gleite Hund und Ball hinterher, und wir beide haben ein Hunden-Cals Gag-Vergnügen.
D.J. kommt an und beginnt mit aufregenderer Musikbeschallung als bisher und das Hunden-Vergnügen wird immer größer. Andere Menschen kommen hinzu, aber erst mal nur wenige.
Ich habe die Tanzfläche und die meisten Möbel-Sofas und Wände und Barhocker für mich und veranstalte wildest stilgemixte Tanz-Improvisationen, die mit der jeweiligen Musik korrespondieren. Menschen in der Großstadt noch ohne Alkohol-Einfluß in einem so gut wie leeren Laden sind erst mal meist schüchtern. Also gucken sie kaum, ist ja auch recht ungewöhnlich, was ich da mache. Mit Wänden, Flächen und Möbeln tanzen, und dann je mehr ich tanze, sie auch noch angrinsen, au weia. Ja aber je mehr ich tanze, desto höher ist meine Glückshormon-Ausschüttung, das hatten wir ja schon, also kann ich auch eher grinsen und mich um Schamgefühle nicht kümmern. Übrigens: Menschen auf dem Land sind ohne Alkohol genauso schüchtern, bloß da, wo ich war, nämlich auf dem Nord-Amerikanischen Kontinent, gucken sie eher, grinsen dann auch und geben ihren Kommentar leichter ab als in diesem, unseren schönen Land. Egal – ich tanze und sie gucken nicht hin. Beziehungsweise sie tun erst mal so, als ob sie nicht hinsehen, mal so aus dem Augenwinkel tun sie es ja schon, bloß mitkriegen darf ich es ja nicht. Zu lustig dieses Spiel, aber ich kenn das gut, ich bin ja hier aufgewachsen, ich mach das auch und arbeite schon seit Jahrzehnten daran, mir das selber abzugewöhnen. Nord-Amerika ist da sehr gut zum Üben.
Der Laden füllt sich immer mehr, die Mägen auch, nämlich mit Bier und dergleichen, ich grinse immer mehr, und da ich – wiederholt – die Leute mich dann auch mal - an. Ja, ja.
Es gibt da noch so einen einzigen, allein in seiner Sofa-Ecke sitzenden, rauchenden und Bier trinkenden stoischen Nicht-Hingucker, der reizt mich irgendwie besonders. Ich schmeiße ihm hier und da, nicht zu oft, nicht aufdrängen, eine Tanzbewegung entgegen und tatsächlich es regt sich ein Zucken um seine Mundwinkel und es entfährt ihm ein Fast-Grinsen. Wow. Inzwischen gibt es da so noch ein, zwei einzelne Männerfiguren mit großem Glas Bier vor ihnen stehend an der Bar sitzend, die nichts lieber wollen, als sich mit einer Frau unterhalten – aber eine die einen rasierten Kopf ihr eigen nennt und relativ exzentrisch tanzt – au wei, au wie, oh wei. Ich tanze in Richtung Wand und muss total über mich selbst lachen, aber was soll's, so bin ich nun mal, ist auch wichtig auf dieser Welt.
Ab und an geht auch mal die eine oder andere Frau an mir vorbei aufs Klo, das ist das andere Klischeebild: hochgezogene Schultern, unsicher an den Haaren rumzupfend, ich nehm nicht so viel Raum ein in dieser Männerwelt. Ich habe selbst mit diesem Klischee

zu kämpfen, wir leben ja alle in ihr, dieser Welt, und sind davor nicht gefeit. Die Männer sind genauso unsicher wie die Frauen, die stehen aber oft mehr Raum greifend da, halten sich mächtig an Bier und Zigaretten fest.
Anyway, der ganze Raum kommt so langsam in Stimmung, das Bier im Magen zeigt so langsam seine Wirkung, Mann und Frau ist nicht mehr so ganz allein auf weiter Flur – Herdentrieb – und ich habe alle öfter mal angegrinst, angetanzt, bescherzt und gelacht, dass sie auch mich mal, und ihre Freude größer und so. Sie sitzen da als Kuschel-Pärchen oder größere Männer-Kumpel-Gruppen und merken, dass ich ihnen nichts will, von wegen Eifersucht oder Anmache, und dass ich auch nicht total durchgedreht bin, sondern ein heute fröhlicher und gut tanzender Mensch, und wie gesagt, da entführt auch ihnen das eine oder andere gegrinste Lachen. Und da denke ich mir, dass meine Aufgabe für den heutigen Abend doch erledigt ist, sowohl was meine eigene Tanzwut angeht als auch die Lust-Freundlichkeits-Produktion der anderen. Begebe mich in der Absicht die vorletzte U-Bahn zu erwischen zur Bar, um zu zahlen und treffe hier auf Herrn-Schüchtern-allein-auf-dem-Sofa.
Hier so plötzlich zur Nähe gezwungen, lacht er mich freundlich - und ich sage irgendwas, woraufhin er auf englisch – mir. Ich hocherfreut, denn mein Maul ist ja nach einem Monat von fast nur – völlig im Englisch-Fluss, es will sich also unbedingt um diese Sprache herum formen, also plappere ich drauf los wie ein kleiner kanadischer Wild-Wasserfall. Mr. Shy ist hocherfreut nach so viel allein auf dem Sofa endlich, und wasserfällt zurück und wir bleiben hocken an der Bar und quatschen über Göttinen und die Welten. Während dieser Herrlich-Dämlichen, werden neue Getränke bestellt, klaro muss er mir einen ausgeben, macht Mann ja so. Also er – Londoner, der allerdings in New York wohnt und dort Musiker, aber Geld mit Computer, aber mit Musik bald auch – Jazz – ja, und East-Harlem – ja ja ja, Kinder auf der Straße spielen und cool und Puerto-Ricaner und und und...
Ich schreibe gerade ein Buch... und was sonst auch noch und in dem Moment als ich... sehe ich hinten an der Theke Malvolio, den habe ich ja schon ewig nicht – und viel an ihn gedacht, da auf dem Land im Garten beim Buchschreiben, wie an alle anderen Vergangenen und immer mal wiedrigen – ich auch, weil ich doch über sie alle schrieb und so. Also ich an ihn gedacht und mich gefragt, ob er noch wohnt, wo er mal, und ich ihm Bescheid und so, von wegen er im Buch, weil vielen ich Bescheid und Kontakt aufnehme, manche nach langer Zeit und alle freuen sich und schön ist es, wenn aus meinem Leben ich – Kunst!!! und die anderen freuen sich auch... "Aber bloß keine Namen nennen...", "Meinen Namen darfst du ruhig benutzen, ich habe viel extremere Situationen erlebt!" usw., um nur einige der Kommentare zu nennen.
Ja, und da steht Malvolio, brauch ihn gar nicht anrufen, da is' er ja und ich winke ihn – und erzähle ihm und er freut sich riesig. Mr. Shy freut sich auch und sie verstehen

sich gut – und und und – wir reden ein bisschen über das Buch und Mr. Shy guckt mich an und fragt mich ganz ernsthaft, was er tun müsste, um auch ins Buch zu gelangen. Malvolio grinst: "Ich bin ja schon im Buch." Mr. Shy: "Ich will auch im Buch sein / *I wanna be in THE BOOK, tell me what do I have to do to be in THE BOOK, give me your instructions*, ich will im BUCH sein, sag mir, was ich tun muss um im BUCH zu sein, gib mir deine Instruktionen." Und so geht die Konversation weiter und weiter und auch noch um einiges anderes. Malvolio und Mr. Shy verstehen sich besser und besser, und wir haben alle drei viel wasserfälligen Redespaß. Als das *"I wanna be in THE BOOK"* irgendwann mal ein bisschen überschwappt, so wie das deutsche Bier in Mr. Shy's Bauch, gucke ich die beiden an und sage scherzhaft, dass ich hier doch ZWEI recht attraktive Männer vor mir hätte. Malvolio biegt sich sofort weg: "Oh neee, nicht das, nein, nein." Davon abgesehen, dass MIR am heutigen Abend auch gar nicht nach solchen Abenteuern ist. Wir lachen alle herzhaft.
Malvolio verschwindet immer mal wieder, um mit anderen Freunden zu quatschen, da treffen sich dann zufällig unzufällig Shy's und meine Hände und Finger an den Oberschenkeln und zärteln, fassen ganz natürlich, ich streiche schon mal über seine Haare, oder zupfe an seinem Ohrläppchen, aber immer nur ein bisschen von diesen Aktionen, nicht alles auf einmal. Ja und es wird spät und später und eigentlich wollte ich schon lange Bett – und so, weil morgen früh habe ich Computer-Unterricht, aber es ist zu schön und Malvolio ist auch so froh und offen und wir verstehen uns alle und überhaupt, aber irgendwann ist es dann – und wir gehen nach draußen und verabschieden uns und ich kriege einen sehr weichen, vollen, genüsslichen LippenKuß von Malvolio, so dass mir meine Hormone *instantly* Total-Gänsehaut und inneres Kribbeln bescheren, ich Shy anschaue und "HHHUUUUAAAHHHHH" sage.
Shy und ich gehen händehaltend die Straße lang. Shy ist inzwischen Deutsch-Bier ziemlich betrunken und ich geleite ihn zu seinem Hotel, denn er würde es allein nicht finden in seinem Jetzt-Zustand.
Ich weiß genau, dass ich nicht mit auf sein Zimmer gehen werde. Er gefällt mir gut, ist super sexige 25 Jahre alt, steht total auf mich, fasst mich angenehm und nicht zu fordernd an, spricht englisch. Das ist für mich immer sexy, da habe ich einen Total-Fetisch, Männer in Rock, Frauen-Dessous oder Englisch/Amerikanisch/Australisch sprechend, so ist's halt, aber heute – nein, der Computer-Unterricht ist mir wichtig, aber ich spaziere gerne mit ihm durch die Mitte und scherze und lache und flirte und viel zu betrunken ist er mir ja auch.
Es gibt ja auch Tage, an denen ist es viel aufregender etwas nicht zu tun, als es wirklich auszuführen. Das Kribbeln bleibt erhalten, der Pre-Gasmus schwingt stundenlang weiter, ein Grinsen der Erwartung spielt um die Mundwinkel, die Sinne sind nicht endbefriedigt, aber ungemein belebend angekitzelt, das ist doch oft vvviiieeelll schöner...

Lustigerweise betont Shy irgendwann, dass seine *bodily functions*/seine Körperfunktionen, ja auf JEDEN – noch funktionieren würden und meint damit Mannsbild-typisch – natürlich – seine Erektionsfähigkeit, wie lustig, wie süß... Vor seinem Hotel angekommen sage ich: *"I know I'm a very bad temptation."*, *"Oh no, you are a very good temptation."* / "Ich weiß, ich bin eine böse Versuchung.", "Oh nein, du bist eine sehr gute Versuchung." ist Shy's Antwort. Ich umarme ihn ein paar mal, kuschele mit ihm, schaue ihm tief in die sympathischen britischen Augen, geile mich noch mal gehörig an seiner exquisiten Londoner Aussprache, die ganz leicht amerikanisch beeinflusst ist, geniale Mischung... Finde es irgendwie auch schade, dass es heute nicht, aber nein, ich will nicht, ich muss auch nein sagen können, ich habe schon so viele solcher Geschichten und viele waren auch toll, klar und ein andermal okay, aber nein, heute nicht und ich gehe wirklich und verabschiede mich und winke mir eine Taxe und er ist etwas enttäuscht in seinem betrunkenen Kopf. Aber ich werde ihn ja vielleicht mal besuchen in New York, wer weiß, aber auf jeden Fall werde ich ihm eine e-mail schicken, dass er es geschafft hat, ohne dass er glaubt, irgend etwas geleistet zu haben, lustig...
geschafft hat, in DAS BUCH zu kommen, *made it into THE BOOK.*

Nächste Woche mache ich bei einem Tantra-Workshop mit, das wird ein neues Kapitel in meinem Leben.

Vielen herzlichen Dank an:

Die Fotografin:
- Anja Weber

Die Models:
- Tàlée - Tanzperformerin
- Dr. Carsten Heinze - Doktor der Kommunikationswissenschaft und Linguistik / Performance-Künstler
- Alfredo Holz - Landschaftsarchitekt / Diplom Bühnentänzer / Performance-Künstler
- Christophe Linéré - Stoffformer / Kostümbildner

Die Assistenz:
- Ricci und Sabine

Die Locations:
- Central Kino / Berlin, Mitte
- Gisela und der Katharsis-Club / Berlin, Kreuzberg
- Anjas VW Käfer
- der Berliner Wald

Vielen herzlichen Dank an alle Menschen, die in diesem Buch vorkommen, für die genialen Geschichten, die wir gemeinsam erlebten.

Bridge Markland, *17.2.1961 in Berlin.
Tanz-Theater-Performance-Künstlerin.
Eine Virtuosin des Rollenspiels und der Verwandlung. Ein Chamäleon, dass sich in alle Extreme begibt, aber sich auf keines festlegen lässt, eine Künstlerin, die zwischen Sub- und Hochkultur, zwischen Tanz, Theater, Performance und Erotik mit Leichtigkeit alle Grenzen überschreitet. Eine erotische Aura umgibt sie in allen Rollen und Geschlechtern – sie besitzt weiblichen und männlichen Sex-Appeal, jenseits der Grenzen von Hetero- oder Homosexualität. Nicht zwischen, sondern auf allen Stühlen sitzend und die Bühnen bespielend, betört sie seit Jahren ihr Publikum. Soloauftritte in: Deutschland, Schweiz, Österreich, Groß-Britannien, Frankreich, USA.

Bridge Markland hat Ausbildungen in Gymnastik und Body-Mind-Centering. Tanzt seit 1985 Contact-Improvisation, war 20 Jahre lang Disco-Süchtig, fing mit 17 an Gedichte zu schreiben, liebt Stummfilme, stand 1997 als Frank N Furter auf der Bühne und tritt auf: im Variété, in Galerien, in Tanz-Theatern, bei Lesungen, bei Queer-Veranstaltungen...

Auswahl – Kurzperformances: 'Die schönste Frau der Welt' , 'Sweet T.' , 'M.J.'
Auswahl – Abendfüllende Programme: 'bridgeland zwei' , 'in the box' , 'Best Off'
Das Programm 'Best Off' ist eine szenische Lesung bei der die Kurz-Performances mit Lesungen der hier vorliegenden Geschichten ineinander fließen.

Anja Weber, *1968 in Westfalen, studierte Fotodesign in Dortmund, Exeter und New York. 1996/97 war sie Fulbright Stipendiatin an der New York University und am New Yorker International Center of Photography. Sie arbeitet für Magazine und Zeitungen in den Bereichen Portrait und Reportage. Anja Weber lebt in Berlin.

Foto *Bridge Markland*: Barbara Ellen Volkmer
Foto *Anja Weber*: Bernd Hartung